KB176004

생각의 끝

생각의 곳

| 양창삼 지음

이담
Books

　사람은 생각을 하며 산다. 그 생각은 한 번으로 끝나지 않는다. 죽을 때까지 이어진다. 생각을 많이 한다고 좋은 것은 아니다. 얼마나 좋은 것을 생각하며 그것을 바르게 이루며 사는가 하는 것이 중요하다. 그래야 우리 사회도 더 나아질 것이 아닌가. 이 책은 바로 그 좋은 생각들이 서로 이어져 우리 마음과 우리 사회를 밝고 맑게 하는 데 뜻이 있다. 생각의 끈을 만드는 것이다. 좋은 사회를 위한 좋은 끈이다.

　김윤덕이 맹학교에서 사제로 만나 인생의 동지로 살아가는 두 교수의 특별한 30년 우정을 신문에 소개했다. 1983년 봄, 법대생 남형두는 맹학교에 봉사를 하러 갔다. 고교생 김영일은 배움에 목말라 있었다. 그들은 점자를 붙들고 씨름했다. 앞 못 보는 학생은 대학에 갔다. 매 순간 포기하고 싶었지만 희망만은 포기하지 않았다. 그는 특수교육과 교수가 되었다. 2012년 봄, 남형두는 변호사를 하다 사회를 치료하기 위해 로스쿨 교수가 되었다. 그는 16년간 로펌 변호사를 하며 비정한 승부사로 살았다. 하지만 영일을 보며 법은 사람을 위한 것임을 깨닫고 삶의 방향을 바꾸었다. 지금 두 사람은 장애인 복지를 위해 헌신하고 있다. 책 디지털 파일만 이으면 단말기를 통해 점자, 소리로 출판사가 파일을 제공하도록 하는 저작권법을 함께 개정했다.

그들은 서로에게 빛이 되었다.

이 두 사람의 얘기 속에는 이웃을 위한 생각이 자리하고 있고, 그 생각이 서로를 아름답게 이어주었다. 우리가 사는 지구에는 생물의 종만 천만이나 된다. 그런데 어떤 종이든 홀로 살 수 없다. 함께 의존하며 부딪히며 산다. 우리의 생각이 비록 작을지라도 모두의 삶에 조금이라도 기여할 수 있다면 생각으로서 그 가치는 충분하다.

이 책은 여러 생각을 한데 모아 아름다운 사회를 만드는 데 힘을 보태고자 한다. 모두 4부로 구성되어 있다. 각 부의 제목을 보면 무엇을 말하려 하는지 금방 알 수 있다. "비정한 사회를 따뜻하게 하라", "정신은 나라를 강하게 만든다", "선한 생각이 당신의 미래를 결정한다", "참된 우정은 공리를 초월한다" 이런 생각들이 우리 사회를 더 강하게 만들 수 있다면 얼마나 좋을까.

콜로라도(Colorado)는 스페인어 중 '물들이다'라는 동사 colorar에서 나왔다. 강 유역에 널린 진흙 색이 유독 붉은 데서 따온 것이다. 우리 삶의 색깔은 우리가 어떤 생각을 하느냐에 따라 달라진다. 그 색을 어떻게 칠할 것인가도 우리에게 달려 있다. 우리는 그만큼 중요한 역할을 담당하고 있다. 문제는 우리 각자가 그 사실을 심각하게 인지하지 못하고 있다는 데 있다. 아무 생각 없이 현실을 그대로 받아들이는 것도 문제다. 그것은 기계지 생각하는 사람이 아니다. 잘못된 것을 바꾸려면 치열하게 사고해야 한다.

데카르트는 우리로 하여금 모든 것을 의심하라 말한다. 그것은 우리를 회의론자로 만들려는 것이 아니다. 바른 생각을 통해 진리에 더 접근하라는 말이다. 이 책이 그 일에 도움이 되기를 바란다.

2014년
양창삼

제2부 정신은 나라를 강하게 만든다

제3부 선한 생각이 당신의 미래를 결정한다

제4부 참된 우정은 공리를 초월한다

제1부

비정한 사회를 따뜻하게 하라

데카르트: 생각의 끈을 놓지 마라

"나는 생각한다. 고로 나는 존재한다(Cogito ergo sum)." 프랑스의 철학자이자 수학자, 그리고 물리학자였던 르네 데카르트의 유명한 말이다. 사람들은 이를 '코기토 명제'라 한다. 인간은 생각하는 존재 아닌가. 인간의 특성인 호모사피엔스(*Homo Sapiens*)를 가장 잘 나타내는 말이기도 한다. 그런데 궁금한 것이 있다. 왜 그는 하필 생각하는 존재라 했을까? 그 배경에는 생각이 그저 우리가 일반적으로 갖는 그런 생각이 아니라 '생각을 의심하는 생각'이라는 특징이 있다. 생각을 의심하는 생각은 인간의 불완전한 감각에 의존하지 말고 철저히 의심해보고 깊이 따져봐야 진리에 도달할 수 있다는 것이다. 보이는 것이 다가 아니고, 느낀다고 모두가 진실은 아니라는 말이다.

예를 들어, 누군가가 눈을 가린 사람의 귀에 이것은 사과라 말한다. 사과 대신 양파를 건네면 양파를 먹으면서도 사과라 느낀다. 눈만 가렸을 뿐인데 어떻게 그렇게 스스로 속을까 싶다. 이 간단한 실험 아닌 실험을 보면서 그는 더 이상 사람의 감각기관을 신뢰하지 않기로 했다.

그는 『성찰』에서 이렇게 말한다.

"지금까지 내가 참되다고 여겨온 모든 것을 나는 감각으로부터, 혹은 감각을 통하여 받아들였다. 그런데 이 감각들은 종종 나를 속인 다는 것을 경험했다. 한 번이라도 우리를 속인 것에 대해서는 결코 전폭적인 신뢰를 하지 않는 것이 현명하다."

감각기관이 이처럼 불완전하다면 감각을 통해 느낌으로 얻어낸 생각은 믿을 수 있을까? 이 물음에 그의 답은 단연코 "아니요!"다. 눈으로 보고, 귀로 듣고, 피부로 느낀 것을 바탕으로 만들어지는 것을 믿을 수 없다는 것이다. 이것은 경험한 것만을 믿으려 한 당시 사람들의 생각과는 전혀 다르다. 데카르트는 경험주의자 도마의 생각을 뛰어넘는다.

감각, 곧 경험한 것을 믿을 수 없다면 우리는 어떻게 해야 하는가? 답은 간단하다. 모든 것을 의심해야 한다. 그래야 대상의 진정한 본질을 알 수 있다. 진리에 도달할 때까지 끊임없이 의심하는 것이 바로 그가 말하는 '생각'이다. 한마디로 의심을 통해 진리에 도달하라는 것이다. 그는 이것을 '방법적 회의'라 했다.

생각이란 무엇일까? 틀림없는 사실은 사람이 머리를 쓰는 일이다. 그리고 그 머리로 사물을 헤아리고 판단한다. 어디 그뿐인가. 생각은 어떤 사람이나 일 등을 기억하며 기뻐하거나 괴로움에 빠뜨리게 한다. 생각은 어떤 일에 대해 의견이나 느낌을 가지게 하고, 그 느낌에 따라 나를 어느 쪽에 빠뜨리거나 기울게 한다. 그래서 때론 편견에 사로잡힌다.

그런데 데카르트는 왜 "나는 생각한다. 고로 존재한다"라 했을까? 어떤 이는 그 이유를 의심이 많은 그의 성격 때문이라고 한다. 그는 원래 합리주의자였다. 인간의 이성을 중시한 그는 순수한 이성으로 사고하는 것만 믿을 수 있고, 인간의 감각으로 느껴지는 것들은 다 믿을 수 없다 했다. 철저히 이성 편에 선 것이다.

결국 그는 이 세상 모든 것을 의심하기 시작했다. 이러한 그의 인식 방법을 방법적 회의라 한다. 그는 1+1=2도 의심했다. 누군가 1+1=2라 하자 했고, 그것을 서로 믿으며 확정했을 뿐이지 그 이상도 그 이하도 될 수 있다는 것이다. 우리가 확신하는 것도 얼마든지 의심의 대상이 된다는 말이다.

모든 것을 의심하던 그가 마침내 결코 의심할 수 없는 한 가지 명제를 생각하게 된다. 그것은 세상의 모든 것이 믿을 수 없고, 모든 것이 의심스럽다 하더라도, 바로 그 의심 때문에 계속 생각하지 않을 수 없는 것이 곧 자신임을 결코 부정할 수 없다는 것이다. 의심하는 존재로서의 나다. 내가 의심하는 것이 진정 맞는 것인지 의심하는 그 순간에도 나는 의심하는 존재라는 사실을 부정할 수 없다. 그래서 그는 이 부정할 수 없는 진리를 "나는 생각한다. 고로 나는 존재한다"로 압축한 것이다. 이것은 그의 고백이기도 하다.

방법론적 회의주의가 나쁜 것은 아니다. 긍정적인 면도 있다. 우리가 그렇게 철석같이 믿었던 것들이 허구의 것으로 밝혀졌을 때 얼마나 허탈했던가. 그래서 데카르트는 우리에게 모든 것을 의심하라고 말한다. 그러면 진리에 더 가까워질 수 있기 때문이다.

그러나 회의가 생각의 모든 것은 아니다. 생각은 사리를 분별하도록 만드는 일도 하지만 어떤 일을 하고 싶어 하거나 관심을 가지게 한다. 그 일을 하려고 마음을 먹는다. 그 일이 우리 모두에게 좋은 일이라면 그야말로 금상첨화 아니겠는가. 그리고 그로 인해 앞으로 일어날 일에 대해 상상하며 적극적으로 대처할 수 있는 방법을 구상해

본다. 이것이 생각의 좋은 점이다.

인간을 의심쟁이로 만드는 것이 그의 본마음은 아니다. 그가 강조하는 의심은 단지 진리에 도달하기 위한 수단일 뿐이다. 우리의 생각은 대부분 보고 듣고 느낀 감각을 통해서 얻는다. 그런데 불행하게도 그것은 불완전하다. 그러므로 더 이상 불완전 감각에 의존하지 않고 의심을 통해 자신이 생각의 주체가 될 때 비로소 "나는 생각한다. 고로 나는 존재한다" 말할 수 있게 된다.

데카르트가 인간의 이런저런 말들을 신뢰하지 않게 된 것은 인간의 불완전한 감각기관 때문만은 아니다. 그는 어릴 때부터 들어왔던 것 가운데 진실이 아닌 것을 진실이라 여겨왔던 것이 많음을 알게 되었다. 그는 지금까지 자신이 스스럼없이 받아들였던 모든 것을 뒤집어엎고 다시 세워야 한다고 생각했다. 거짓으로 쌓아진 토대를 깡그리 무너뜨리고 새롭게 쌓고 싶었던 것이다.

혹시 당신은 늘 이성적이고 합리적이라 생각하는가? 물론 인간이 이성적인 면이 없는 것은 아니다. 그러나 지각이론에 따르면 인간은 비합리적인 면이 너무 많다. 착시, 고정관념, 후광효과, 각종 편견 등 모두는 인간의 비합리성을 드러낸다. 데카르트는 인간의 비합리성을 앞서 깨달은 인물일 뿐이다.

사람들은 가끔 이런 말을 한다. "나를 둘러싼 모든 익숙한 것들을 의심하라." "모든 것을 의심하라." 데카르트의 후예가 따로 없다. 자꾸만 의심이 든다고? 데카르트에 따르면 당신은 지금 생각하는 존재가 되고 있는지 모른다. 거짓을 떠나 참된 것을 찾기 바란다.

사람은 모두 생각을 하며 산다. 인류문화는 생각을 통해 발전해왔다. 학문적 발전을 위해선 꾸준히 의심하고 질문하며 살 필요가 있다.

그러나 다른 한편으론 그것이 비록 나에게 이익이 되지 못한다 하더라도 이웃에게 도움을 되는 생각을 오히려 만족스럽게 생각하며 살아가는 사람도 있다. 살신성인의 생각이다.

우리가 생각하며 사는 존재라면 좋은 생각을 하며 살아야 하지 않겠는가? 어제의 생각보다 더 나은 생각을 가져야 하지 않겠는가? 그렇다면 좋은 생각은 과연 무엇일까? 오늘도 그것을 고민하며 사는 것이 우리가 해야 할 일이다. 확실한 것은 그 생각의 끈을 놓지 않고 사는 사람들이 사회를 변화시킨다는 것이다. 당신이 바로 그런 사람이기를 바란다.

링컨: 당장의 이익보다 대의를 위해 싸우라

"대통령은 여기 안 계십니다. 이제 역사 속에 계십니다." 스필버그 감독의 영화 <링컨>에서 의사가 링컨의 죽음을 확인한 다음 한 말이다. 분열된 미국을 하나로 만들고 인류 역사상 가장 위대한 위업 가운데 하나인 노예제도를 폐지한 그다. 그런데 스필버그는 역사 속에 있던 링컨을 다시 무대에 생생한 모습으로 올려놓았다. 때는 남북전쟁이 4년째 접어든 1865년이다.

이 영화는 링컨의 생애 중 가장 강렬하게 불꽃을 태웠던 마지막 4개월을 담고 있다. 이 영화의 키워드는 '헌법 13조 수정안 통과'다. 노예제도 폐지를 위해 반드시 필요했기 때문이다.

모든 인간은 자유로워야 한다고 굳게 믿은 링컨. 그는 남북전쟁 종결 전에 헌법 13조 수정안을 통과시키고자 한다. 결연하기까지 하다. 전쟁이 끝나는 순간 노예제 폐지 역시 물거품이 될 것이라 생각했기 때문이다. 수정안 통과까지 20표만을 남겨놓은 때 남부군으로부터 평화제의가 들어온다. 전쟁도 빨리 끝내야 하겠지만 수정안 통과도 중대한 역사적 과업이다. 그는 이 두 가지 일에서 반드시 성공을 해야 했다.

20표를 얻어내는 것은 나무에서 고기를 잡으려는 것과 같다. 링컨을 독재자라 집요하게 공격하는 민주당 하원의원들, 그리고 같은 당원이면서도 링컨에 반대표를 던지고자 하는 일부 공화당 의원들을 어떻게 설득할 것인가? 남북전쟁은 전쟁터에만 있는 것이 아니라 하원에서도 벌어지고 있다. 남부의회도 아닌데 왜 그럴까? 노예가 해방되면 그들에게 불어닥칠 갖가지 불이익 때문이다. 그것을 놓고 싶지 않은 것이다. 링컨이 앞으로 태어날 수많은 미국인들의 인권까지 바라보고 있었다면 반대자들은 당장의 이익을 지키는 데 급급했다.

반대파들은 수정안이 통과되면 앞으로 흑인들이 투표권을 요구할 것이고, 여성들마저 그것을 요청할 것이라는 의구심도 컸다. 흑인은 물론이고 여성에게 투표권조차 부여되지 않았다는 것은 당시 미국이 평등이나 민주주의와는 상당히 거리가 있었음을 보여준다. 실제 흑인 투표권이 허락된 다음에야 여성에게 투표권이 주어졌다. 여성도 그만큼 차별을 받았다.

영화는 지금까지 링컨에 대해 가졌던 성인군자로서의 모습을 여지없이 깨뜨린다. 링컨은 수정헌법 통과에 필요한 표를 모으기 위해 정치 전문 브로커를 고용했고, 반대자들에게 관직을 약속하는 등 부정도 서슴지 않는다. 대통령은 무소불위의 힘을 가지고 있지 않은가. 매관매직이 따로 없다. 이것이 정치적 수완이라면 할 말이 없다. 목적은 좋은데 방법이 좋지 않았다는 점에서 정치의 난맥상을 느낀다. 이상과 현실은 언제나 괴리가 있다. 링컨에게서도 예외가 아니다. 정치는 그만큼 어렵다.

어디 그뿐이랴. 링컨은 전쟁 종결 협상을 위해 도착한 남부 정치 인사들의 발을 워싱턴 밖에 묶어두었다. 민주당원들이 투표 전에 남부 협상 팀이 왔다는 이유를 들어 수정안 표결을 연기하려 들었다. 링컨은 그런 일은 없다는 거짓말로 표결을 유도했다. 결국 수정안은 두 표 차로 통과되었다. 방법에는 문제가 있었지만 목적은 이루었다. 이럴 땐 "목적만 정당하다면 수단은 아무래도 상관이 없다"는 마키아벨리의 말이 자꾸 떠오른다.

끝으로, 남부와의 협상이 남아 있다. 남부 협상 팀과 만난 자리에서 남부는 훗날 수정안을 다시 논의할 것을 제시한다. 그러나 이 법은 연방법으로 통과된 사항 아니던가. 여기서 물러설 링컨이 아니다.

영화에서 링컨은 몹시 지쳐 있었다. 오죽하면 피로가 뼈에 사무쳤다고 말할까. 그만큼 고뇌가 있었다는 말이다. 링컨은 부인에게 말한다. "예루살렘에 가고 싶어요. 솔로몬과 다윗이 걸었던 그곳을." 지금 링컨은 부인과 함께 새 예루살렘을 걷고 있을 것이다.

영화는 가르쳐준다. "정치가라면 눈앞의 이익보다 대의를 위해 싸우세요. 그래야 나라가 발전할 수 있어요." 링컨은 그런 인물이었다. 아니 미국 헌법 수정안 13조는 이렇게 탄생했다.

등용문: 꿈을 이루려면 한 단계 뛰어올라야 한다

옛날엔 과거시험에 통과하는 것을 등용문(登龍門)이라 했다. 대과에 합격하면 온 집안의 경사다. 집안의 위세가 달라지기 때문이다. 요즘에도 등용문은 각종 시험에 적용되고 있다. 어려운 만큼 보상이 따르기 때문이다.

등용문은 '용문(龍門)을 오른다'는 뜻이다. 용문은 황하(黃河) 상류 산서성(山西省)과 섬서성(陝西省)의 경계에 자리한 협곡의 이름이다. 장엄한 황하의 물길이 두 산의 절벽을 깎아 만든 협곡이다. 이곳의 물살이 어찌나 세차고 빠른지 큰 물고기도 여간해서 거슬러 올라가지 못한다. 용문을 오르려는 물고기들은 바위에 비늘이 찢기고 상처를 입고 나가떨어진다. 다시 오를 생각을 접는다. 하지만 일단 그 물살을 거슬러 오르기만 하면 그 물고기는 용으로 변한다. 물론 전설이다. 용문에 오른다는 것은 온갖 난관을 돌파하고 그것을 도약의 발판으로 삼는 것을 의미한다.

등용문의 반대말은 점액(點額)이다. 점(點)은 상처를 입는다는 것이고 액(額)은 이마를 가리킨다. 용문에 오르려고 급류에 도전하다 바위에 이마를 부딪쳐 상처를 입고 하류로 떠내려가는 물고기들이다. 출세 경쟁에서 패배했거나 중요 시험에서 떨어진 사람들이다. 처량해 보이지만 그렇게만 보지 말라. 비록 실패했지만 그들의 도전정신을 인정하고 칭찬해주어야 한다. 도전하지 않은 사람들보다 훨씬 낫다.

등용문이라고 해서 다 시험을 보는 것은 아닌 모양이다. 등용문이란 글자는 『후한서(後漢書)』 이응전(李膺傳)에 나오는 말이다. 후한 말 나라가 극심한 혼란에 빠지자 뜻있는 관리들이 나라의 기강을 바로 세우기 위해 나섰다. 이응은 이들 가운데 중심인물이었다. 그는 온갖 어려움과 탄압을 받았지만 관리로서의 양심과 지조를 끝까지 지켰다. 그래서 당시 젊은이들이 그를 존경했다. 관료세계에서는 그를 '천하에 모범이 되는 인물'이라 했다. 그런 인물이다 보니 그로부터 인정을 받고 천거되는 것만으로도 장래를 보장받는 것으로 인식되었다. 여기서 등용문이라는 말이 나왔다는 것이다. 물고기가 용문을 오르거나 이응으로부터 인정을 받는 것이나 어렵긴 마찬가지다.

천웨이핑이 쓴 『공자평전』에 등용문이 나온다. 공자가 열아홉 살에 결혼을 했고, 1년 뒤에 아들을 낳았다. 친지와 이웃들이 축하해주었다. 노(魯)나라 임금 소공(昭公)은 잉어 한 마리를 보냈다. 이에 감격한 공자는 아들의 이름을 잉어라는 뜻의 리(鯉)라 지었다. 그리고 호를 백어(伯魚)라 했다. 이것은 '첫 번째 물고기'라는 뜻이다. 천웨이핑은 이 이름에 등용문이 암시되었다고 한다. 용문으로 뛰어오르는 잉어를 생각하며 희망을 보고자 했을 것이다.

사마천은 궁형(宮刑)에 처해지자 『사기』를 썼다. 그런 형에 처해지면 사내로서 구실을 할 수 없고 조상을 욕되게 했다는 자괴감에 빠진다. 그리고 차라리 죽음으로 대신하겠다는 생각을 하게 된다. 그러나 그는 그런 유혹을 물리치고 사기를 마무리했다. 사마천의 사기를 '용문사(龍門史)'라 하기도 한다. 이 이름을 가진 것은 그가 태어난 곳이 황하 상류의 협곡 용문이었기 때문이라 한다. 하지만 사기를 마치고자 한 그의 기개를 더 담고 있을 것이다.

용문협곡은 예나 지금이나 대궐 문처럼 당당하게 서 있다. 오늘도 용이 되기를 바라는 잉어들이 용문의 거친 물살을 이겨내며 거슬러 오를 것이다. 황하 잉어의 꼬리는 붉은색이 나 있다. 그만큼 협곡의 거친 물살에 다져진 몸임을 보여준다.

이 시대에 등용문은 무슨 의미를 줄까? 입신출세를 위한 어려운 관문이나 시험, 그것뿐일까. 그것만이라면 등용문이 존재할 이유가 없다. 시험 따윈 늘 있을 것이니까. 등용문은 무엇보다 한 단계 뛰어올라야 다른 경지로 들어갈 수 있음을 가르쳐준다. 오늘도 많은 사람들이 용문을 거슬러 오르던 잉어의 거대한 꿈을 가지고 살아간다. 꿈은 사람들의 희망이다. 꿈을 이루려면 한 단계 뛰어올라라. 결코 포기하지 말라.

주마등: 주마등 같은 인생, 바르게 살 일이다

"그를 처음 만났을 때부터 헤어질 때까지 있었던 모든 일이 가지가지 추억이 되어 주마등과 같이 눈앞을 지나갔다." 추억을 말할 때 자주 등장하는 단어가 있다. 주마등이다. 그런데 주마등이 무엇일까? 아는 사람은 많지 않다. 주마등 하면 그저 스쳐 지나가는 것인가 생각한다.

주마등(走馬燈)은 등(燈)이다. 달릴 주, 말 마, 등불 등 여러 단어가 합쳐 있다. 달리는 말이 있는 등인데 처음 들으면 무슨 말인지 모르겠다. 영어로 revolving lantern(회전하는 등)이라 하니 뭐가 도는가 보다. 주마등을 영등(影燈)이라고도 한다. 등 초롱 속에 회전하는 기구를 설치한 뒤 종이로 사람이나 동물의 모양을 만들어 그 위에 붙여 바람이나 불기운의 상승효과로 빙빙 돌게 해 그 그림자가 밖으로 드러나도록 한 것이다.

주마등엔 달리는 말이 있다. 등 한가운데에 가는 대오리를 세우고 대 끝에 두꺼운 종이로 만든 바퀴를 붙이고 종이로 만든 네 개의 말 형상을 달아서 촛불로 데워진 공기의 힘으로 종이 바퀴가 돌게 한다. 등의 외피(外皮) 중심을 철사 끝에 머물게 하고 속에서 타는 촛불의

열기가 한쪽 방면으로만 빠져나가게 해 그 힘으로 빙빙 돌게 한 것이다. 촛불로 데워진 공기가 종이 바퀴를 돌려 말 형상이 따라 돈다. 밖에서 보면 말이 달리는 것처럼 보인다. 열심히 돈다.

주마등은 중국의 풍습과 연관이 있다. 명절이나 행사가 있을 때 길거리에 등을 내걸었다. 관등 행사다. 통금이 풀리면서 며칠이고 요지에 등이 내걸린다. 등 모양도 다양하다. 하지만 대표적인 것이 주마등이다. 등 위에 둥근 원반을 올려놓고 원반의 가장자리를 따라 말이 달리는 그림을 붙여 늘어뜨린다. 밑에서 촛불을 밝히면 등 내부의 공기가 대류현상을 일으켜 원반을 돌게 한다. 촛불의 밝기에 따라 회전 속도도 빨라진다. 원반이 돌아가면 말이 질주하는 모습이 연속으로 보인다. 마치 만화영화를 보는 것 같다.

청나라 기행문이 많지만 3대 연행록으로 노가재 김창업의 『노가재 연행일기』, 담헌 홍대용의 『담헌연기』, 연암 박지원의 『열하일기』가 있다. 그중 노가재가 쓴 글에 주마등이 소개되어 있다. 노가재는 조선 숙종 때 영의정을 지낸 김창집의 동생으로 동지 겸 사은사의 정사가 된 김창집을 따라갔었다. 그는 "용례약방서원 한태명이 등 두 개를 가져왔는데, 하나는 작약등이요, 또 하나는 영등이었다. 모양은 우리나라의 물건과 비슷하나 사람과 금수의 사지가 다 움직인다" 했다. 영등이 바로 주마등이다.

지금은 주마등을 보기 어렵다. 주마등은 무엇이 빨리 지나감을 비유적으로 이르는 말로 자주 사용되고 있다. 세월이 빠르게 지나가거나 어떤 사물이 하루가 다르게 변할 때 이 단어를 사용한다. "아련한 추억이 마치 주마등처럼 머릿속을 스쳐 지나갔다"는 표현이 바로 그것이다.

주의할 것이 있다. 주마등을 때론 kaleidoscope(萬華鏡)이라는 단어를 사용하는데 이것은 성격이 다르다. 만화경은 여러 개의 거울로 이루어져 있는 광학기구다. 구멍 안에 여러 색유리 조각을 넣고, 그 속을 들여다보면 유리 조각의 영상이 거울에 비쳐 기하학적 대칭 무늬를 이룬다. 그렇다고 임의의 축을 중심으로 자유로이 회전하는 기계장치 자이로스코프(gyroscope)도 아니다.

지금 당신에게 있어서 주마등처럼 스쳐 지나가는 것은 무엇인가? 어린 시절의 추억인가, 아니면 다른 어떤 것인가? 덧없이 빨리 돌아가는 세월을 보며 붙잡을 수 없음을 한탄하는가? 주마등 같은 인생이다. 빠르게 아니라 바르게 살 일이다. 남은 인생 후회 없이 살 일이다.

갈등: 개인과 사회는 갈등을 통해서 성장한다

인간은 욕망한다. 하지만 욕망한다고 그 모든 욕망이 이뤄지는 것이 아니다. 그래서 좌절한다. 그러다 일어서기도 하고, 목표를 다시 세우기도 하고, 다른 길을 모색하기도 한다. 그 가운데서 인간은 얼마나 고민하고 갈등하는가. 이번에 생각해볼 주제는 바로 갈등이다.

갈등(葛藤)을 한자로 보면 칡(葛)과 등나무(藤)의 싸움질이다. 둘 모두 덩굴식물이고 콩과식물이라는 점에서 같다. 그러나 지주목을 감아 오르는 방식이 다르다. 칡넝쿨은 오른쪽으로 돌돌 감아 오르고, 등나무 덩굴은 반대로 친친 감싸며 돈다. 그러다 보니 서로를 누르며 자리다툼을 한다. 갈등은 칡넝쿨과 등나무 덩굴이 서로 얽히고설키듯 개인이나 집단 사이에 의지나 처지, 이해관계 따위가 달라 서로 적대시하거나 충돌을 일으킬 때 사용하는 말이다.

영어의 갈등(conflict)은 라틴어 콘프릭투스(conflictus)로, 서로 또는 함께(together)라는 뜻을 가진 콤(com)과 싸운다는 뜻을 가진 플리게레(fligere)를 합한 것이다. 갈등은 개인이나 집단이 이해관계가 달라 서로 충돌하고 싸우며 대적하는 모습을 가리킨다. 갈등은 개인 안에서도 일어난다.

레빈(Kurt Lewin)은 개인에게 있어서 두 개의 상반되는 세력이 동시에 작용하는 상황에 주목하고, 3가지 유형의 갈등상황을 제시했다.

첫째는 두 개의 긍정적 유의력(valence) 간의 갈등이다. 유의력은 생활공간 속의 특정구역이 심리적 인력이나 압력을 가지는 것을 말한다. 둘 중에 어느 것을 택하든 좋은 것이지만 어느 것을 택할까 고민한다. 이른바 접근-접근 갈등이다. 두 사료 뭉치 사이에서 굶어 죽은 당나귀, 곧 뷔리당의 나귀설이 이에 해당한다. 14세기 프랑스 스콜라 철학자 뷔리당은 나귀 앞에 좌우로 같은 거리에 동질동량의 당근을 놓아두면 결정을 짓지 못하고 끝내 아사하고 만다. 좋아도 문제가 된다. 그러므로 당근이란 비전이나 에스프리(정신력)가 없는 우민을 채찍질해야 한다고 했다. 이런 속담도 있다. '나귀가 움직이는 것은 엉덩이를 후려치는 채찍 때문이요, 눈앞에 보이는 당근 때문이다.' 얼마나 우민으로 봤으면 그럴까 싶다.

둘째는 두 개의 부정적 유의력 사이의 갈등이다. 이것은 앞서의 경우와 정반대되는 상황이다. 가난한 여자가 마음에 없는 남자와 결혼을 할 것인가를 두고 고민하는 경우다. 회피-회피 갈등이다.

셋째는 긍정적 유의력과 부정적 유의력이 동시에 작용하는 경우다. 얼굴은 예쁘나 성격이 안 좋은 여자와 사귀는 남성의 고민이 이에 속한다. 접근-회피 갈등이다.

레빈은 인간의 마음속에 여러 벡터(vector)가 이렇듯 상호작용하고 있음을 보았다. 이것이 바로 갈등하는 개인의 구체적인 모습이다. 이러한 갈등은 집단에서도 존재하고, 사회에서도 존재한다. 갈등 없는 개인, 집단, 사회는 없다.

문제는 이렇듯 다양하게 존재하는 갈등상황을 어떻게 잘 조절하며 화합을 이끌어내느냐 하는 것이 관건이다. 프로이트 심리학에서는 방어기제(defense mechanism)를 통해 개인의 갈등상황을 해결하도록 한다. 방어기제 속에 다양한 방법이 존재하는 것은 그만큼 처한 상황이 다르고 똑 부러진 대안이 존재하지 않기 때문이다. 그중에 승화의 방법을 취하려면 높은 성숙이 요구된다.

집단 사이의 갈등을 해결함에 있어서 가장 좋은 방법은 양승(Win-Win) 방법이다. 그러나 모두를 만족시키는 방법을 찾는 것은 결코 쉽지 않다. 그래서 중지를 모아야 하고, 서로 조금씩 물러설 수 있는 아량도 필요하다. 일상에선 승패(Win-Lose) 방법이 많이 채택되고 있지만 한쪽의 승리는 곧 다른 쪽의 패배를 의미하기 때문에 완벽한 해결책이 못 된다. 그렇다고 나 너 죽고 나 죽기식의 양패(Lose-Lose) 방법을 쓸 수도 없다. 토마스(K. Thomas)는 서로 타협하고 협력하라고 한다.

갈등이 모두 나쁜 것은 아니다. 사회는 갈등을 통해서 성장한다. 개인도 마찬가지다. 개인은 내면적인 갈등을 보다 바람직한 목표를 달성할 수 있는 계기로 활용할 수 있다. 이 과정을 통해 조금씩 성숙한다. 사회도 갈등을 통해 무사안일의 태도를 깨고 성장과 발전의 길로 나아간다. 어느 정도의 스트레스가 좋은 면으로도 작용하듯 어느 정도의 갈등과 불안은 변화와 발전의 돌파구를 제공해줄 수 있다. 조직에서도 어느 정도의 갈등은 창의성과 혁신을 자극한다. 그러므로 개인이든 사회든 발전을 원한다면 갈등을 무조건 피할 일은 아니다.

허버트 스펜서: 사회도 진화한다

　사회변동론을 공부하다 보면 사회진화론을 만나게 된다. 갈등론, 구조기능론과 함께 주축을 이루는 변동이론이다. 여러 이론이 있다는 사회변동을 보는 눈이 서로 다를 수 있음을 보여준다. 하나의 안경만으로 사회 전체를 볼 수 없다는 말이다.

　사회진화론(social evolution)은 사회를 동태적으로 파악하는 이론이다. 이에 속한 인물로 멀리는 아리스토텔레스가 있다. 그는 "사회는 성장한다" 했고, 성장의 극치가 최상의 형태라 했다. 사회진화론에 여러 학자가 있지만 대표적 인물로 영국의 사회학자이자 철학자인 허버트 스펜서(Herbert Spencer)가 꼽힌다. 그는 사회를 살아 있는 유기체(living organism)로 보았다. 사회도 생물처럼 성장하고 발달한다는 것이다. 그는 사회의 발달과정을 진화과정으로 보았다.

　스펜서는 진화의 단계를 무기적(inorganic) 진화, 유기적(organic) 진화, 그리고 사회적(social) 진화, 곧 초유기적(superorganic) 진화로 구분했다. 유기의 진화는 생물학적 차원의 진화이며, 사회의 진화는 문화적 차원의 진화이다. 단계마다 진화의 수준이 다르나 사회적 진화로 갈수록 진화의 정도가 높다.

그에 따르면 진화의 포뮬러(fomula)는 작은 사이즈에서 더 큰 사이즈(greater size)로, 불명확한 것에서 명확한 것(definiteness)으로, 일관성이 없는 데(incoherence)서 일관성(coherence)으로, 단일성(uniformity)에서 다양성(multiformity)으로, 동질성(homogeneity)에서 이질성(heterogeneity)으로, 미분화된 상태에서 분화된 상태로 진화한다. 사이즈가 커지는 것은 구조와 기능이 변하고 달라지기 때문이다. 일관성이 높아지는 것은 통합성(integration) 때문이다. 이질성이 높다는 것은 사회가 같은 발전단계를 밟아 분화하지만 이 진화과정을 모든 사회에 적용시킬 수 없다는 것, 곧 다선진화를 의미한다. 사회가 서로 달리 분화됨으로 구조적으로 복잡성을 띠게 된다. 이른바 사회분화(social differentiation)다.

복잡성, 상호연관성, 산업화에 따른 요구가 증가하면서 서로 의존하며 생존해야 하는 환경이 조성되고, 개인의 권리 보호, 정부역할의 감소, 전쟁 철폐, 국경의 와해, 글로벌 커뮤니티의 확립 현상 등이 나타난다. 인간의 발전도 불가피하다. 인간의 정신과 그 역사는 같은 방향으로 향하며, 둘 사이에 모순은 없다. 크게 볼 때 동질성에서 벗어나 이질성으로 간다. 사회의 분화도 구조적으로 기능적으로 다르다. 국내기관, 정치기관, 종교기관, 전문기관, 산업기관 등 여러 형태의 기관들도 진화한다.

스펜서는 사회진화를 논함에 있어서 모든 사회에 다른 일반적인 패턴을 추출하기를 주저하는 등 아주 조심스러운 태도를 취했다. 규제를 강요하지 않는 산업사회의 경우 자유롭고, 비강압적이며, 자발적인 제도가 강해 중앙집권적이고, 위계적이며, 통제가 심한, 비자발적 체계로 대치될 수 없기 때문이다.

그 밖에 여러 이론가가 있다. 다윈은 생물학적인 진화론을 내세우며 적자생존을 주장했다. 콩트는 단선(unilinear)으로 진화하는 사회를 상정했다. 뒤르켐은 기계적 결속체에서 유기적 결속체로 진화한다 했다. 가모우(George Gamow)는 우주도 진화한다고(evolutionary universe) 했다. 마르크스와 엥겔스도 사회진화론을 폈다. 레비(M. Levy)는 테크놀로지를 중심개념으로 해서 비근대화에서 근대화된 사회로의 이행을 주장했다. 스멜서(N. Smelser)는 경제발전을 통해 이를 설명했다. 그는 경제적 차별화가 정치, 교육, 종교, 가정에 영향을 준다고 보았다. 무어(Moore)는 경제 및 심리적 측면에서 다루었다. 테크놀로지와 사회조직이 경제의 영향을 받는다 했다. 여러 경제학자도 이 이론에 동참했다. 레벤쉬타인(H. Leibenstein)은 '빅 푸시(Big Push)' 개념을 통해 정체, 생계유지 상태에서 근대화 상태로 발전한다 했다. 이를 위해서는 지속적인 성장과 소득 향상이 있어야 한다. 로스토우(W. Rostow)는 도약단계에서 성숙단계로의 발전을 말했다. 성숙단계에 이르기 위해서는 자체적으로 지속할 수 있는 성장이 있어야 한다.

우리는 사회생활을 하고 있다. 그러나 변화가 심하고 다양하여 앞으로 어떻게 변하고, 어디로 갈지 혼란스러울 때가 있다. 그런 땐 사회는 진화한다는 안경, 사회는 갈등하면서 성장한다는 안경, 그리고 사회는 안정을 추구한다는 안경을 바꾸어가면서 살펴볼 필요가 있다. 그러면 사회를 보는 안목도 생기고 생각도 달라진다.

그러나 각 이론도 한계가 있다. 진화론은 사회가 생물처럼 계속 성장하고 발전한다는 것인데, 생물이 늘 성장하고 발전하지는 않는다. 어느 정도 성장하다 퇴화한다. 인간이든 조직이든 출생, 성장, 퇴화라는 엔트로피 현상에 종속될 수밖에 없다. 갈등도 때론 사회를 심하게 파괴한다. 조화와 협력을 강조하는 구조기능론도 한계가 있다.

하지만 어두운 면만 보다 보면 발전할 수 없다. 엔트로피 현상을 막을 수는 없지만 이것을 극복할 수 있는 의지와 노력이 중요하다. 이것이 우리가 해야 할 일이다. 사회는 결국 사람이 만들어간다. 그러므로 선한 사회를 꿈꾼다면 생각부터 바르게 가질 일이다.

베토벤: 절망의 끝에서 오히려 희망을 바라보라

인간은 누구나 자신을 경영하는 사람이다. 성공과 실패는 자기를 어떻게 다스리느냐에 따라 달라진다. 베토벤을 가리켜 음악의 영웅이라 부른다. 그만큼 거장이라는 뜻이다. 그러나 그가 거장이 되기까지 많은 어려움과 고비를 겪어야 했다.

베토벤은 귓병에다 위장병, 간 경변, 황달, 수종, 신장병과 폐질환 등 어느 한군데 성한 곳이 없었다. 한마디로 걸어 다니는 종합병원이었다. 베토벤이 죽은 후 그의 시신을 해부했던 의사는 그 몸으로 57세까지 산 것이 기적이라고 했다.

베토벤의 아버지는 아들이 모차르트처럼 음악가로 성공하기를 바랐다. 베토벤의 나이 7살 때 아버지는 그를 제2의 모차르트로 만들기 위해 나이를 한 살 줄여 어린이 베토벤이라는 이름으로 퀼른의 궁정 음악회에 데뷔시켰다. 신동이라는 말을 듣고 싶어 한 것이다. 12살 때 그는 선제후 막시밀리안에게 피아노 소나타 3곡을 작곡해 헌정함으로써 자신을 드러냈다. 16살 되던 해 그는 어릴 적부터 사모해온 모차르트를 만나러 빈을 방문하였다. 그리고 모차르트 앞에서 즉흥 연주를 했다. 즉흥 연주의 대가 모차르트 앞에서 모차르트의 흉내를 낸 것이다. 이것은 그가 얼마만큼 모차르트를 닮고자 했는가를 보여준다.

그러나 베토벤의 삶에 결정적 영향을 준 선생은 모차르트가 아니라 하이든이었다. 그의 예술적 벤치마킹 대상이 모차르트에서 하이든으로 바뀐 것이다. 하이든의 낭만적 음악에 빠진 그는 본거지를 아예 빈으로 옮겨 그로부터 교향곡 작법을 배워나갔다. 그리고 계속 정열과 낭만을 담은 곡을 쏟아냈다. <월광>, <전원 교향곡>과 같은 낭만적 음악은 사람들로부터 많은 사랑을 받았다.

이것만 보면 그는 매우 부유한 가정에서 자라 성공의 가도를 달린 것처럼 보인다. 그러나 그것은 사실이 아니다. 그의 삶을 가장 잘 보여주는 것이 그가 평소 사용했던 피아노다. 그 피아노는 건반 거의 모두가 패어 있다. 닳아 없어진 것이다. 얼마나 열심히 했으면 그랬을까. 그러나 그 열심 뒤에는 그의 고통과 시련이 배어 있다. 그의 아버지는 알코올 중독자로 가정을 돌보지 않았다. 베토벤은 11살 때부터 오케스트라 극단에 들어가 돈을 벌어야 했다. 17세가 되던 해엔 어머니가 폐결핵으로 세상을 떠났다. 이로 인해 주벽이 심해진 아버지는 폐인이 되고 말았다. 베토벤은 식구들을 부양해야 하는 짐을 떠맡지 않으면 안 되었다.

23세에 음악적인 자질을 인정받아 하이든의 지도를 받게 되었다. 하지만 불행히도 귀가 먹게 되었다. 한창 자신의 음악성을 발휘하던 전성기에 그는 청각을 잃게 된 것이다. 30세 때 난청이 시작되었고, 47세에는 완전 난청 상태에 들어갔기 때문에 그 17년은 작곡가로서, 지휘자로서 견디기 어려운 인고의 세월이었다. 아무리 치료를 해도 호전이 안 되자 절망 상태에 이르렀다. 설상가상으로 그는 애인 테레제로부터 실연의 아픔을 당했다. 그는 32세에 동생들에게 비통한 유서를 남기고, 자살할 결심까지 했다. 유서에는 삶에 대한 회한과 원망이 가득 담겨 있다.

그는 유서에서 좌절과 슬픔을 거침없이 쏟아냈다. "어릴 적부터 나는 착한 것과 부드러운 감정을 가지고자 했다. 위대한 업적을 이루며 그것을 보고자 했다. 그러나 생각해보라. 지난 6년 동안 내 처지가 얼마나 비참했던가를. 나아질까 하는 막연한 희망을 품기도 했다. 그 희망은 헛되기만 하다. 나는 쾌활하고 사교적인 성격을 가지고 태어났건만 고독한 생활을 하지 않으면 안 되었다. 오오 불구자라는 것을 깨닫는 슬픔에 얼마나 부딪혔던가. 사람들이 모인 자리에 가면 남들이 내 병세를 알아차리게 되지 않을까 하는 무서운 불안에 사로잡힌다. 이제 머잖아 삶을 마감할 것이다. 오, 하나임이시여. 내게 기쁨의 날을 허락해주소서." 그는 절망의 끝자락까지 내려갔다.

그러나 신은 사망의 골짜기에서 그를 붙잡았다. 그는 자살의 유혹에서 벗어나 고뇌와 아픔을 작품으로 승화시키기 시작했다. 그는 자기 폐쇄를 벗어나 음악에 자신을 전적으로 투입했다. 난청이 있기 전 완벽했던 감각을 보다 완전무결하게 표현하고자 했다. 죽음보다 삶을 택한 그는 달라졌다.

완전히 난청에 빠진 이후에도 소나타 32번을 완성했다. 그는 불굴의 투지로 고난을 극복하고 <운명 교향곡>, <영웅 교향곡> 등 수많은 곡을 내놓았다. 가곡 <나를 잊지 마세요>도 내놓았다. 그 기막힌 환경에서 그는 외쳤다. "나는 괴로움을 뚫고 나아가 마침내 기쁨을 발견했다." 그는 음악을 통해 환희를 노래했다. 그의 천재성이 가장 빛을 발휘하게 된 때는 청력을 상실하기 시작했을 때부터이다.

1827년 그는 슈베르트와 브로닝 등이 간병을 하는 가운데 세상을 떠났다. 죽음은 자신을 끝없는 고뇌로부터 해방시켜 주는 것이 아니겠느냐며 늘 죽음 가까이 있었던 그가 세상을 떠난 것이다. 슈베르트를 비롯한 많은 음악가와 시민이 그의 마지막 가는 길을 지켜보았다. 자기가 죽은 다음에도 자기를 잊지 말아달라던 그는 많은 사람들의 애도를 받았다.

베토벤은 1미터 63센티미터의 작은 체구를 가지고 있었다. 그러나 그의 삶은 결코 작지 않았다. 그는 자신에게 주어진 운명을 넘어섰다. 그의 삶 전체는 절망을 넘어서고, 죽음을 넘어서 오늘도 우리를 감격케 한다. 그의 곡 못지않게 그의 삶도 박수를 받기에 충분하다. 죽기 3년 전 그는 9번 '합창' 4악장을 <환희의 송가>라 했다. 절망을 견딘 자만이 이 노래를 부를 수 있다. 지금 삶이 힘든가. 아직 베토벤만큼은 아닐 것이다. 그보다 더하다면 어떤가. 그 자리에서 일어서라. 이제 당신이 승리의 송가를 쓸 차례다.

김진우: 최상의 조건에서 평범함을 좇지 말라

디오게네스의 제자인 테베의 크라테스(Crates of Thebes)는 인생의 이상은 가난을 통하여 얻어지는 행복이라며 빈곤의 행복론을 주장했다. 세상에 가난을 좋아하는 사람이 있을까. 그런데 그는 가난이 오히려 행복하다 한다. 가질수록 더 고민이 많다는 사람들이나 이해가 가능한 경지다.

사우디아라비아엔 빈부의 차가 크다. 사실 빈부격차는 세계 모든 나라가 가지고 있는 문제이기도 하다. 그런데 사우디 사람들 상당수는 알라가 나에게 준 것이 이것뿐이므로 가난을 부끄러워할 필요가 없다고 말한다. 인도에도 가난한 사람들이 많다. 그런데 상당수 힌두교도들도 그런 생각을 한다. 가난을 숙명적으로 받아들이는 것이다. 종교적 신념이 아니면 받아들이기 어려운 일이다.

가난을 좋아하거나, 숙명으로 받아들인다 해도 가난은 우리가 풀어야 할 중요한 문제가 아닐 수 없다. 그래서 네덜란드의 신학자이자 정치가였던 아브라함 카이퍼(A. Kuyper)는 가난한 자를 위해 최저임금제를 제시했다. 일하면 먹고살도록 해야 한다는 생각 때문이다. 지금 상당수 국가들이 이 제도를 실시하고 있다. 절대적 궁핍을 막는

제도적 장치다.

그래도 우리 사회에는 가난한 자들이 있다. 우리가 도와야 할 이웃이 있다면 그들의 아픔을 생각하고 그들을 향해 손을 뻗치는 것은 당연한 일이다. 이 일에 앞선 단체들이 많지만 그중에 대표적인 단체로 구세군(the Salvation Army)을 들 수 있다. 구세군은 몰라도 자선냄비는 안다고 할 만큼 자선냄비는 구세군의 이미지로 강하게 각인되어 있다.

구세군은 영국의 윌리엄 부스(W. Booth)에 의해 창설된 기독교의 한 분파다. 구세군은 처음부터 빈민과 실직자, 부랑자와 알코올 중독자와 같은 소외계층을 선교의 대상으로 삼았다. 부스는 십대 때 전당포에서 일한 적이 있었다. 그곳에서 그는 영국의 가난한 도시민들이 고리대금업자인 전당포 주인에게 마지막 소유물까지 매정하게 빼앗기고 마는 참상을 직접 보게 되었다. 가난한 자의 아픔을 알게 된 것이다. 이 체험은 훗날 그가 구세군을 창설할 때 빈민에 대해 각별한 애정을 가지도록 만들었다.

구세군의 자선냄비는 1891년 조셉 맥피에 의해 시작되었다. 이 냄비가 샌프란시스코에 처음 등장했고, 우리나라에는 1928년 12월에 등장했다. 이 냄비에 구세군의 빈민선교정신이 자리하고 있다. 가난한 자를 구제하는 데 앞장 선 구세군의 자선냄비는 자주 노벨 평화상 후보에 올랐다. 하지만 십시일반 사랑의 마음들을 쌓고자 하는 순수의 아름다움을 지키기 위해 수상을 거부해왔다. 순수성을 지키는 것이 중요하다고 생각했기 때문이다.

구세군은 성탄절 행사로 엔젤 트리(angel tree) 운동도 전개하고 있다. 엔젤 트리란 구세군이 파악한 불우한 이웃의 딱한 사정을 엔젤 카드에 적어 걸어놓으면 누구든 이를 읽고 선물을 사서 구세군 자원

봉사자를 통해 전달하는 것이다.

기관들의 이런 활동도 중요하지만 사실 가난한 개인들이 우뚝 일어서는 자세가 더 중요하다. 일리노이대 언어학 교수 김진우는 세계적인 언어학자로 KBS가 수여하는 해외동포상을 받았다. 그러나 그는 가난한 삶을 살았다. 초등학교 4학년 때 처음 한글을 배웠고, 연필이 닳고 닳을 때까지 써야 할 정도로 가난했다. 부모의 지원도 없었다. 하지만 주어진 환경 안에서 열심히 살아야겠다는 의지는 꺾지 않았다. 대학을 졸업하고 유학을 가 마침내 미국의 교수가 되었다. 그가 미국 인명사전(Who's Who in America)에 등재될 때 이렇게 소감을 밝혔다.

> "나는 가난이 무지의 핑계가 될 수 없다고 생각했다. 그래서 열심히 공부했다. 오늘의 풍요로운 환경을 활용하지 않는 학생들을 볼 때마다 나는 서글프고 안타깝다. 왜냐하면 나는 최상의 조건 속에서 단지 평범함만을 좇는다면 그것은 죄라고 생각하기 때문이다."

그렇다. 가난을 행복으로 생각하며 살아가는 사람도 있고, 운명으로 감내하는 사람도 있다. 도움을 받으며 살아가는 사람도 있다. 그러나 그 어떤 사람보다 가난을 극복하며 살아가는 사람이 큰 박수를 받는다. 가난보다 풍요를 누리고 사는가. 그렇다면 탁월한 환경 속에서의 범용은 죄라고 말하는 김 교수의 말에 귀를 기울여야 한다.

● ● ●
실패의식: 인간은 주저앉는 존재가 아니다

우리는 종종 실패의식에 사로잡혀 그동안 허탕한 삶을 살지 않았는지 자책하기도 한다. 거기까지는 있을 수 있다. 인간은 완전하지 않기 때문이다. 그러나 그 일로 삶을 포기하려 한다면 그것은 크게 잘못된 일이다. 우리 모두는 포기하기 위해 이 땅에 태어나지 않았기 때문이다. 인간은 주저앉는 존재가 아니라 일어서는 존재다.

원숭이를 대상으로 한 실험은 우리의 모습을 보게 한다. 장대 끝에 바나나를 매달아두었다. 원숭이가 어느 정도 장대에 오르면 찬물을 끼얹어 도전하지 못하게 했다. 실험에 참가한 원숭이들 모두 물벼락을 맞았다. 이 경험을 한 원숭이들은 더 이상 도전하지 않았다. 얼마후 새로운 원숭이를 우리에 집어넣었다. 새 원숭이는 장대 끝에 매달린 바나나를 보며 장대에 도전하고자 했다. 그러자 이미 경험을 했던 원숭이들이 한사코 그를 말렸다. "올라가면 물벼락을 맞는다"고 했을 것이다. 결국 원숭이들은 바나나 따기를 포기하고 그저 장대 밑에서 놀고 있었다. 좌절의 경험이 포기를 낳은 것이다.

인간은 도전한다는 점에 특색이 있다. 아무리 실패의 경험이 있다 할지라도 다시 도전한다. 그렇지 않다면 지금 같은 문명을 만들 수 없다.

도전의 삶을 살기 위해선 우리가 왜 실패하는가를 따져볼 필요가 있다. 릭 워렌(Rick Warren) 목사는 실패이유를 5가지로 보았다.

첫째, 미리 계획을 세우지 않으면 실패한다. 현명한 사람은 문제를 예의주시하고 그것에 대비를 하지만 그렇지 못한 사람은 앞을 보지 못한 결과 고통을 당하게 된다. 노아는 120년간이나 하나님의 때를 기다리며 방주를 준비했다.

둘째, 우리가 도달했다고 생각할 때 실패한다. 고래를 기억하라. 당신이 정상에 이르러 "이제 다 이루었다"며 물을 내뿜는 바로 그 순간 작살에 꽂힌다. 교만은 파괴로 인도하고 거만은 무너짐으로 인도한다.

셋째, 위험이 불가피함에도 받아들이기를 두려워할 때다. 실패에 대한 두려움은 실패의 원인이 될 수 있다. "만약 실패하면 어떡하지" 하며 시도조차 하지 않는다. 두려움이 당신을 올무에 걸리게 한다(잠 29:25). 탈켄톤(F. Tarkenton)은 말한다. "두려움이 당신을 실패자로 만든다."

넷째, 너무 빨리 포기할 때이다. 많은 경우 성공은 가까이 와 있다. 게임은 종종 종료되기 몇 초 전에 결판이 난다. 끝까지 기다린다. 우표의 가치는 우편물이 도착할 때까지 우편물에 붙어 있는 능력에 달려 있다. 전구를 발견하기 위해 200번 실패한 에디슨은 말한다. "실패를 실패라 부르지 말라, 그것을 교육이라 불러라. 나는 작동하지 않는 200가지의 길을 알게 되었다."

끝으로, 하나님의 충고를 무시할 때다. 성경은 삶의 안내서이다. 성경은 일, 가정, 재정, 관계, 건강에 관한 교훈과 지침들로 가득 차 있다. 성경의 교훈을 따르지 않으면 재난을 자청하는 것이다. 우리는 주로 사람 보기에 합당한 길을 택한다. 하지만 그 길이 하나님 보시기에 합당하지 않을 수도 있다. 그때 문제가 된다는 것이다. 이것은 기독교인들에게 매우 의미 있는 지적이 될 것이다.

그 밖에 다른 원인이 존재할 수 있다. 실패의 원인을 찾아내면 일어설 수 있다. 당신이 끝이라고 인정하지 않는 이상 실패가 결코 끝이 아니다. 로버트 슐러의 처남은 어릴 적에 쇳물에 닿아 손가락에 장애를 입었다. 그럼에도 불구하고 그는 유명한 바이올리니스트가 되었다. 최선을 다한 것이다. 그는 말한다. "내가 장애인이라고 말하기 전까지 나는 장애인이 아니다." 당신이 포기하기 전까지 당신은 결코 실패자가 아니다.

실패자(failure)와 실패 도중(the failing)은 다르다. 실패자는 다시 일어설 수 없지만 실패 도중인 자는 다시 일어설 수 있다. 우리가 무엇인가 해보려고 노력하는 한 실패는 아니다. 오프라 윈프리도 말한다. "실패란 존재하지 않는다. 다만 자신이 진정으로 누구인지 보다 뚜렷하게 집중할 수 있도록 살아가는 동안 실수할 뿐이다." 실수를 실패로 오인하지 말라. 월터 디즈니는 어릴 때 아이디어가 없는 아이로 낙인 찍혔다. 하지만 그는 결국 꿈을 파는 인물이 되었다. 리빙스턴은 다시는 설교하지 않겠다고 했다. 그러나 그는 다시 일어서 아프리카를 변화시킨 인물이 되었다. 이전 것을 잊어버리고 미래에 초점을 맞추라. 실패에 자신을 결코 내어주지 말라. 도전하는 자에게 실패는 없다.

••••

마쓰시타: 행복은 도전하는 자에게 온다

아픈 사람이 많아서일까, 한때 힐링(healing)이 서점가를 장식했다. 그런데 최근엔 그것이 행복으로 이동하고 있다고 한다. 행복을 추구하는 마음이야 옛날부터 있어 왔기에 전혀 새로운 단어가 아니지만 행복에 대한 생각은 시대에 따라 조금씩 바뀌고 있다.

미국 헌법에는 국민의 행복추구권을 인정한다. 행복추구는 그만큼 법으로 보장된 권리라는 말이다. 그러므로 개인이 행복을 추구한다고 해서 아무도 그것을 막을 순 없다. 국가가 오히려 보호해주어야 한다.

행복이란 무엇일까? 좋은 부모를 만나고, 출세를 하고, 유능하면 행복할까? 송나라의 정이는 누구나 행복이라고 생각하는 것이 오히려 불행일 수 있다고 말한다. 그가 말하는 불행의 3가지를 보자.

첫째, 소년등과(少年登科)다. 어려서 너무 빨리 출세하면 교만해져서 불행해질 수 있다. 둘째, 석부형제지세(席父兄弟之勢)다. 너무 좋은 부모나 형제를 만나면 그들의 권세만 믿고 게으르다 불행해질 수 있다. 끝으로, 유고재능문장(有高才能文章)이다. 뛰어난 재주와 문장만 믿다 안일함에 빠지면 불행해질 수 있다는 것이다. 역시 교만, 게으름, 안일은 행복의 경계 대상임을 알 수 있다.

일본에서 '경영의 신'으로 불리는 마쓰시타 고노스케는 마쓰시타 그룹의 창업주다. 성공의 비결을 묻는 질문에 그는 세 가지를 하늘에 감사한다고 했다.

첫째는 가난한 집에서 태어난 것이다. 그의 나이 여섯 살 때, 아버지가 쌀 사업에서 실패해, 가산이 기울기 시작했다. 아홉 살 때 그는 학교를 그만두고, 3년 동안 잔심부름을 하며 아이를 돌보는 보모 역할을 했다. 그것이 그의 첫 직장이었다. 자전거포는 그의 두 번째 직장이었다. 17살 때 세 번째 직장인 오사카 전등회사 직공으로 입사했다. 그리고 이 경험을 바탕으로 23살 때 마쓰시타 전기기구 제작사를 창업했다. 그는 가난하기 때문에 부지런함을 배울 수 있었다고 고백했다.

둘째는 병약한 몸을 주신 것이다. 그는 약한 몸으로 인해 힘들었지만 오히려 늘 운동을 하게 되었고, 건강의 소중함을 평생 잊지 않고 살 수 있었다고 했다. 자신의 약함을 오히려 감사의 조건으로 바꾼 것이다.

셋째는 배우지 못한 것이다. 그의 학력은 초등학교 4학년 중퇴다. 가방끈이 짧다. 그는 이 때문에 주위의 모든 사람을 스승으로 알고 배울 수 있었다고 했다. 늘 겸손한 마음을 가지고 배우고자 하는 자세로 살았다는 것이다.

마쓰시타는 우리가 생각하는 행복의 조건을 하나도 가지지 못했다. 그가 늘 삶을 비관하며 살았다면 오늘의 마쓰시타 그룹은 없었을 것이다. 그는 자신의 처지를 비관하지 않았고, 오히려 스스로 문제를 극복하며 살았다.

마쓰시타에게서 과연 행복은 무엇일까? 그의 행복은 우리가 생각하는 것들이 아니다. 오히려 약하고, 부족하고, 없는 가운데서 느끼는 새로운 차원의 도약이다. 그것은 외적인 것이 아니라 내면에서 만들어진다. 감사할 수 없는 조건에 오히려 감사하고, 힐링을 남에게서 구하지 않으며, 스스로 행복을 창출하는 것이다.

행복은 남과 비교해서 얻어지는 것도 아니다. 내가 만들어나가는 것이다. 그 행복을 위해서는 행복할 수 없는 조건들에 도전하며, 작은 것에도 크게 만족하고 감사할 줄 아는 마음이 필요하다. 이를 위해 좁은 마음을 넓힐 필요가 있다. 부정의 마음보다 긍정의 마음을 가지고, 현재에 굴복당하기보다 미래조차 나의 것으로 만든다. 행복은 누가 가져다주지 않는다. 행복은 당신이 만들어야 하고, 그래야 그 행복이 행복다울 수 있다. 하늘도 스스로 돕는(노력하는) 자를 돕는다 하지 않는가.

오프라 윈프리: 삶의 큰 기쁨은 변화에 있다

　　오프라 윈프리(Oprah G. Winfrey), 그는 자기가 진행하는 토크쇼에서 300명에게 1,000달러 선불카드를 주었다. 그리고 주문을 했다. "이 카드로 선한 일을 해 기적을 일으켜보세요." 이 돈은 뱅크아메리카(BankAmerica)가 후원한 것이었다. 그것을 받은 사람들은 1,000달러가 일궈낸 기적을 갖고 돌아왔다. 그는 늘 말하곤 했다. "삶의 큰 기쁨은 존재하는 것에 있는 것이 아니라 변화하는 것에 있다."

　　오프라 윈프리는 지금 전 세계에서 가장 영향력 있는 여성이다. 그러나 그의 삶을 돌이켜보면 한마디로 파란만장한 것이었다. 우선 흑인 가정에서 사생아로 태어났다. 어렸을 때는 자기가 신을 신발조차 없었을 만큼 가난했다. 그것도 어머니와 아버지 집을 오가며 불안정한 생활을 했다. 열네 살에 미혼모가 되었다. 하지만 그녀의 아들이 두 주 후에 죽었다. 물질도 사랑도 모든 것이 부족한 환경에서 그는 "미안해, 엄마가 키우지 못해서"라고 말할 수밖에 없었다. 그는 아홉 살 때 이미 친척들에게 성폭행과 성적 학대를 당했다. 이보다 더한 절망이 어디에 있을까.

　　그가 기대할 수 있었던 것은 말 잘하는 그의 재능이었다. 그는 기도했다. "하나님, 난 다른 사람이 되고 싶어요." 하늘은 그를 외면하지 않았다. 그는 고등학교 때 라디오 프로에 등장했고, 대학생 팬 뉴스 앵커로 활약했다. 취재 활동을 하면서 자신의 공감능력을 인정받아 토크쇼 진행자가 되었다. 그는 시카고의 삼류 지역 토크쇼를 최고의 자리로 끌어올렸다. 그리고 마침내 그는 본인의 이름을 내건 <오프라 윈프리 쇼>를 통해 '토크 쇼의 여왕'임을 증명했다. 그는 자신의 토크쇼에 출연한 게스트들의 사연에 진심으로 공감하며 위로를 건네고, 이를 본 시청자들은 그의 따뜻함에 다시 한번 위안을 받았다.

그 후 다양한 미디어 사업으로 엄청난 부를 쌓았다. 그리고 그는 그동안 자신이 받았던 사랑을 자선사업을 통해 세상에 돌려주기 시작했다. 새로운 일에 도전한 것이다. 그는 미국의 상위 자선가들 중 첫 번째 아프리카계 미국인으로 꼽혔다.

그뿐 아니다. 그는 흑인 최초로 『보그(Vogue)』지 패션모델이 되기도 했고, 1991년엔 달리기를 통해 107킬로그램이던 몸무게를 2년 만에 68킬로그램으로 줄여 화제를 낳았다. 에미상도 여러 번 받았다. 그는 '인생의 성공 여부가 온전히 개인에게 달려 있다'는 '오프라이즘(Oprahism)'을 낳기도 했다.

오프라 윈프리는 바쁜 일상 속에서도 감사하며 일기를 적었다. 하루 동안 일어났던 일들 중에서 다섯 가지 감사목록을 찾아서 기록하는 것이다. 감사 내용은 일상의 것들이다.

- 오늘도 거뜬하게 잠자리에서 일어날 수 있어서 감사합니다.
- 유난히 눈부시고 파란 하늘을 볼 수 있어서 감사합니다.
- 점심 때 맛있는 스파게티를 먹게 해주셔서 감사합니다.
- 얄미운 짓을 한 동료에게 화내지 않게 해준 저의 참을성에 감사

합니다.
- 좋은 책을 읽었는데 그 책을 써준 작가에게 감사합니다.

그의 불행한 과거를 안다면 이 일상의 감사가 얼마나 의미가 있는지 알 수 있을 것이다. 그는 말한다. "감사의 지혜가 최선의 인생을 선사합니다." 그의 감사는 세계로 전파되어 감사의 바람을 일으켰다. 그만큼 그의 영향력이 크다.

만일 그가 어릴 적 자신의 불행한 처지만 생각하며 좌절하고 살았다면 지금 그는 어떻게 되었을까. 확실한 것은 지금의 오프라 윈프리는 될 수 없었을 것이다. 그는 하버드 대학에서 명예박사학위를 받았다. 그는 수상 자리에서 외쳤다. "제가 하버드에 왔어요." 모두 그를 기뻐하며 박수를 보냈다. 그의 삶에 대한 존경과 경의의 박수다.

그는 오늘도 긍정과 희망을 말한다. 그리고 우리에게 속삭인다. "끝없이 앞만 보고 달리는 사람이 되긴 싫어. 우리에겐 가끔씩 허황된 꿈도 필요해. 끝까지 사람들과 소통하고 싶어. 책이 인생을 바꿀 수 있다는 것을 말하고 싶어. 내면이 강해질수록 나도 강해지는 거야. 돈이 하는 일이 아니라 영혼이 하는 일을 원해." 당신도 그처럼 강해지기를 바란다. 삶의 큰 기쁨은 변화에 있다.

데이비드 그로스: 자녀들의 질문을 존중하고 생각을 격려하라

미국의 이야기다. 한 아버지가 빚에 쪼들려 아들을 삼촌 집에 맡기고 피신을 했다. 아이가 중학교 다닐 때 돌아와 자기가 '아버지'라며 집으로 데려갔다. 하지만 아이는 도망가 삼촌 집을 찾곤 했다. 아버지가 죽자 아들은 그 점을 미안스럽게 생각했다. 그러곤 그는 입버릇처럼 말했다. "아이는 부모가 키워야 해."

20세기 물리학의 양대 기둥인 양자역학과 상대성이론을 하나의 이론으로 설명하는 초끈(superstring)이론의 발전에 기여한 공로로 2004년 노벨 물리학상을 받은 인물이 있다. 데이비드 그로스(David Gross)다. 그는 유대인이다. 그는 한 초청강연회 자리에서 유대인이 우수한 이유는 유전자 때문이 아니라 저녁 밥상머리에서 부모님들이 자녀들의 궁금증을 풀어주는 대화 때문이라 했다. 그는 경제학 박사였던 아버지와 다른 세 형제와 함께 매일 저녁을 먹으면서 다양한 주제를 두고 지적인 대화를 나눴다. 아버지는 질문을 던지고 아들들이 서로 답변을 하느라 경쟁하는 것을 즐겼다. 자녀들의 질문을 존중하고 생각을 격려하면 자녀가 달라진다.

사람은 체력, 지력, 심력이 필요하다. 체력은 근면과 성실에 바탕을 둔 것으로 이것에 피와 땀을 바친다. 돌다리도 두들기며 가고, 실수나 실패를 두려워한다. 지력은 이성을 사용해 일을 합리적으로 처리해간다. 심력은 감성에 바탕을 둔다. EQ를 선호하는 것도 이에 해당한다. 이 모든 것을 키움에 있어서 부모의 역할이 아주 중요하다.

자녀를 키우는 데는 여러 방식이 있다. 수용적 태도는 부모가 자녀에게 깊은 관심을 가지며 사랑스럽게 대하고 독립된 인간으로 존중한다. 익애적 태도는 한마디로 과보호다. 거부적 태도는 자녀에게 무관심하거나, 자녀의 성장이나 발달과는 관계없는 분위기를 조성해주거나, 심지어 때로는 자녀에게 적대감을 나타낸다. 지배적 태도는 지나친 통제력을 행사하며, 엄격하고 권위적으로 대한다. 허용적 태도는 지배적 태도와 달리 자녀에게 무엇이나 허용해줌으로써 자녀들이 제멋대로 하도록 내버려 둔다. 포부적 태도는 자녀에 대해 지나친 기대를 갖는다. 이 가운데 어느 것이 가장 바람직할까? 많은 사람들이 수용적 태도를 꼽는다. 수용적 태도에서 가장 필요한 것이 자녀와의 진솔한 대화다.

부모가 어떤 대화를 하느냐에 따라 자녀의 자아상도 달라진다. 자아상(self image)은 자기 모습에 대한 자기 이해이다. 자아상에는 긍정적 자아상과 부정적 자아상이 있다. 긍정적 자아상을 가지기 위해서는 자아개념(self concept)이 강해야 한다. 안정적인 소속감, 부모나 친척 등 의미 있는 타자들에 의해 형성되는 가치의식, 그리고 자기에 대한 자신감 등이 자아개념을 강화시킨다.

부모가 해야 할 일은 자녀가 부정적 자아상을 갖지 않도록 하는 것이다. 자녀와의 대화를 거부하고 무시하면 부정적 자아상을 갖기 쉽다. 부정적 자아상을 가지면 공격성이 커지고, 시기와 질투, 위축이 발생한다. 어른이 되어서도 아이처럼 행동하기도 하고, 스스로 독립할 수 없어 술 등 다른 것에 집착한다. 마무리도 잘하지 못한다. 그뿐 아니다. 실패와 부족과 실망, 자기 배척, 두려움과 갈등과 격돌로 삶을 덧칠하게 한다. 이로 인해 우울하고 의기소침하다. 삶의 의욕을 상실해 자살충동마저 생긴다. 결과가 무섭다.

부정적 자아상을 극복하기 위해서는 지속적인 대화와 접촉으로 창조적 회상(creative imagination)을 키우고 성숙한 결단을 내리도록 하는 것이 좋다. 창조적 회상은 과거를 더듬어, 서로 용서하고 용서받음으로써 사랑의 비율을 높여나가는 것이다. 과대보호가 아니라 자율성을 높인다. 성숙한 결단은 점진적으로 해결방안을 모색하도록 하는 것이다. 삶은 공동협업이다. 그것을 위해 필요한 것이 부모와 자녀 사이의 진솔한 대화의 회복이다. 대화의 깊이가 자녀의 성숙을 좌우한다.

유대인들이 위대한 것은 그 어려운 처지와 환경에서도 결코 낙심하지 않고 자녀를 귀하게 보며 밥상머리에서부터 교육한 것이다. 나라를 사랑하는가. 그러면 자녀들의 질문을 존중하고 생각을 격려하라. 미래가 보인다.

발저: 벤야멘타 하인학교 신입생 모집 공고

요즘 서번트 리더십, 곧 섬김의 리더십이 각광을 받고 있다. 경영자가 소비자뿐 아니라 종업원을 섬기고, 우리 모두가 자기보다 이웃을 섬길 때 사회는 금방 변할 것 같은 느낌이 든다. 그러나 섬김이 어디 그리 쉽다던가. 그래서 섬김을 위한 학교가 필요할지 모른다.

일찍이 섬김의 학교를 제창한 인물이 있었으니 그가 바로 로베르트 발저(Robert Walser)다. 그는 1909년에 소설 『야콥 폰 군텐 이야기(Jakob von Gunten)』를 썼다. 우리나라에선 소설 속에 나오는 학교 '벤야멘타 하인학교'를 제목으로 사용했다. 원제가 부제로 바뀐 것이다.

이 소설은 귀족 태생의 소년이 가장 작은 존재, 가장 미미한 존재가 되기 위해 하인 양성학교에 스스로 찾아간다는 내용이다. 모두가 성장과 발전을 꿈꾸는 사회에서 오히려 거꾸로 가는 열차를 탄 사람의 이야기니 놀라운 이야기가 아닐 수 없다. 이 반영웅적 이야기가 해체적 패러디로 평가받으면서 그는 일약 포스트모던 작가로 떠오르게 되었다.

야콥은 주인공 이름이다. '폰 군텐'은 그가 귀족 가문 출신임을 암시한다. 태생이지만 그의 인생 목표는 하인이 되는 것이다. 그런데 그가 하인이 되기 위해 스스로 이 학교에 입학하는 것이다. 자신의 성공만을 목표로 삼은 것과는 전혀 다른 선택이다. 하인학교에선 남을 위해 자신을 제로로 놓는 법을 가르친다. 더 이상 단 하나뿐인 소중한 나이기를 포기하고 여러 사람 속의 한 사람이 되어 충실하게 섬기며 살아가는 것이다. 철저한 자기 낮춤이다.

같은 형제지만 그의 형 요한은 귀족 출신으로서 오로지 자신의 성공만을 위해 산다. 그 속에는 허위의식이 가득하고, 술수와 기만으로 무장되어 있다. 자신을 제로로 놓는 것이 아니라 남을 제로로 놓고 그 위에 자기를 세운다.

발저는 이 소설을 통해 무엇을 말하려 했을까? 요한처럼 남 위에 군림하며 살아가느니 야콥처럼 세상을 섬기면서 하인으로 살아가는 것이 낫다는 것이리라. 당신 스스로 아무리 높이 올라가려 해도 사회는 그리 호락호락하지 않다. 당신은 그 잘못된 추구로 인해 언젠가 추락하게 된다. 그 모습이 얼마나 추한가. 그 결과를 안다면 이제 다른 길을 선택해도 늦지 않다. 더 이상 낮아질 필요도 없고, 더 이상 떨어질 곳도 없는 저 낮은 자리에서 새롭게 출발하는 것이다. 벤야멘타 하인학교에 입학해 인생을 새롭게 배우고, 실천하는 것이다.

그러면 발저는 어떤 삶을 살았을까? 스위스에서 태어나 초등학교와 예비 김나지움을 다녔지만 가정형편으로 인해 그 이상의 교육은 받지 못했다. 열네 살 때부터 베른은행에서 견습생 생활을 했고, 스위스와 독일의 여러 도시에서 엔지니어 조수, 은행원, 사서, 비서 일을 했다. 그러면서 열심히 시와 소설을 썼다. 하지만 그는 고독과 불안, 망상으로 시달려 정신병원에 입원도 했고, 결국 심장마비로 사망했다. 여러 소설을 남겼지만 유명작가로서의 명성과는 거리가 먼 아웃 사이더로 살았다. 그가 유명하게 된 것은 그가 죽고 난 다음이다. 그의 난해한 작품들에 대해 포스트모던 해석이 가해지면서 그는 스위스의 국민작가가 되었고, 독일 문학사에선 신화가 되었다. 노벨 문학상 수상자 엘프리데 옐리네크는 자신에게 영향을 준 작가로 주저 없이 발저를 꼽았다. 발저는 생전에 명성과 영화를 누리지 못했다. 인생 자체를 하인으로 산 것이다. 삶은 외로웠지만 결코 외롭지 않다. 하인의 삶이 진정 보람이 있다는 것을 그는 알았고, 많은 사람들에게 이를 깨닫게 했기 때문이다.

사람들은 오늘도 위엄을 부리기 좋아하고 존경을 한 몸에 받고자 한다. 많은 사람들에게 섬김은 먼 나라 얘기일 뿐이다. 혹시 유명해지고 싶어 짝퉁 섬김을 택했다면 섬김을 도구화한 것이니 오히려 죄를 물어 마땅할 것이다. 하지만 진정 섬김의 도를 실천하는 자라면 칭찬을 받아 마땅하다. 섬기는 자는 영웅을 꿈꾸는 자가 아니다. 섬기는 자는 세상에서 미미한 자다. 그러나 섬기는 자가 바로 큰 자다. "혹시 벤야멘타 하인학교 신입생 모집 공고를 보셨나요? 지금 학생이 필요하답니다."

● ● ●

유씽킹: 비정한 사회를 따뜻하게 하라

고등학교 때 제천에 있는 청풍면에 친구들과 함께 농촌봉사를 하러 간 일이 있었다. 몇 해에 걸친 봉사였는데, 슈바이처를 꿈꾸던 시절이라 힘든 줄 모르고 기쁨으로 일을 했다. 초등학생들과 친구가 되어주고, 농부들의 일손을 도우며, 마을에서 필요한 것을 찾아 나섰다. 그중에 지금도 잊을 수 없는 것이 개천에 다리를 놓아주는 일이었다. 비만 오면 마을의 초등학생들이 힘들어하기 때문에 돌과 나무를 이용해 쉽게 건널 수 있게 한 것이다. 조그마한 일이라도 남을 위한 것은 늘 가슴에 남는다. 고등학생도 남을 위해 뭔가 할 수 있다는 뿌듯한 자부심과 함께.

글을 읽으니 일화 하나가 실려 있다. 개천 이야기가 나오니 자연 나의 시선이 그 글에 간다. 선생님 한 분이 시냇가 징검돌을 건너 출근하는 길에 미끄러져 그만 온몸이 물에 젖게 되었단다. 그대로는 출근할 수 없어 옷을 갈아입으려 집에 왔다. 집에는 마침 어머님이 계셨다. 온몸은 물론 양복까지 젖은 아들을 보자 어머니는 당장 물으셨다.

"그래, 너를 넘어뜨린 그 징검돌은 제자리에 돌려놓고 왔느냐?"

물음에 놀란 아들은 기어드는 목소리로 말했다.

"아니요."

"아니 이놈아, 선생이라는 자가 고쳐놓지 않았다면 앞으로 어찌 바른 선생이 되겠느냐!"

그렇다. 선생은 잘못된 것을 보면 뒤에 오는 사람을 생각해서 바로 놓아야 할 사람이다. 앞서 간 사람은 뒤따라올 사람들에게 거울이 되어야 하느니. 어느 방에 들어서니 이런 글이 앞에 붙어 있었다.

"당신이 떠난 자리에는 당신의 인격이 남습니다."

방을 깨끗하게 써달라는 것이지만 그것을 읽을 때 인격에 대해 다시금 생각하게 된다. 과연 나의 인격은 몇 점일까.

사람은 자신만을 생각하며 살아가는 사람과 다른 사람을 생각하며 살아가는 사람으로 나뉜다. 전자의 생각을 '아이씽킹(iThinking)'이라 하고, 후자의 생각을 '유씽킹(uThinking)'이라 한다. 사람들은 대부분 아이씽킹을 하며 살아간다. 남의 성공보다 나의 성공이 중요하기 때문이다. 그러나 모두가 이런 생각을 하며 살아간다면 우리 사회는 정말 비정한 사회가 될 것이다. 그러나 가끔씩 유씽킹을 하며 자신보다 남을 배려하는 모습을 볼 때 세상은 참 살아갈 가치가 있다는 생각을 하게 한다.

요즘 당신은 무슨 생각을 하며 살아가는가? 자기를 사랑하며 사는 것은 누구나 할 수 있다. 그러나 이웃의 아픔을 생각하며 그들을 위해 무엇을 하며 살아가는 것은 아무나 할 수 있는 일이 아니다. 그것이 비록 작다 할지라도 귀하고, 귀하다. 이젠 우리 모두 쓰러진 징검돌을 바로 세울 때다. 유씽킹, 비정한 사회를 따뜻하게 하라.

르네 드 프랑스: 핍박받는 자들의 친구가 되라

억압과 핍박, 두려움과 죽음이 판치던 시대에 스스로 위험에 처할 수 있음에도 불구하고 고난에 처한 사람들을 돕거나 구해준 사람들의 이야기를 들을 때 우리는 감동한다. 그리고 말한다. "그래서 이 세상은 살 만한 가치가 있는 게야."

영화 <쉰들러 리스트>를 봤을 때 우리 가슴은 얼마나 떨렸던가. 그와 같은 휴먼 감동스토리는 언제나 우리 마음을 움직인다. 거꾸로 말해서 그만큼 우리는 감동을 목말라했는지 모른다.

최근 한 책을 소개받았다. 미국 루터란 신학교 종교개혁사 교수가 쓰고 장신대 박경수 교수가 옮긴 『여성과 종교개혁』이다. 이 속에는 종교개혁 역사에서 남성들의 그늘에 가려진 여러 위대한 여성인사들이 소개되어 있다. 마르틴 루터의 아내 카타리나 폰 보라 루터, 재세례파 순교자 우르술라 요스트, 바이에른의 변증가 아르굴라 폰 그룸바흐, 위그노들의 친구 르네 드 프랑스 등이 그들이다.

그중에 나의 주목을 받은 인물이 르네 드 프랑스(Renée de France)였다. 르네라는 이름이 개인적으로 친숙하다는 점도 작용했지만 무엇보다 그가 위그노들의 친구로 소개되어 있기 때문이었다. 핍박받던 위그노들의 친구라. 호감이 가지 않을 수 없다.

살펴보니 르네는 프랑스 귀족이었다. 1510년 프랑스 블루아에서 태어났고, 1574년 몽타르지에서 죽었다. 그녀는 이탈리아와 프랑스 종교개혁 역사에 있어서 아주 중요한 역할을 했다. 그녀는 프랑스 루이 12세와 브르타뉴의 안 사이의 둘째 딸이며 1534년 페라라 공작이 된 에콜 데스트와 1528년에 결혼했다. 페라라 공작부인이 된 것이다. 브르타뉴에 대한 권리를 포기한 대가로 프랑스의 프랑수아 1세로부터 샤르트르 공작 령을 받았다.

페라라에 있는 그녀의 궁정은 자유주의 사상가들을 위한 사교 장소이자 프랑스 프로테스탄트인 위그노들의 피난처가 되었다. 인문주의자인 올림피아 모라타가 그곳에서 교양을 쌓았고, 프랑스 시인 클레망 마로(Clément Marot)는 1535년 그곳을 은신처로 삼았으며, 1536년에는 칼뱅도 르네를 방문했다.

1540년 르네는 칼뱅의 영향을 받아 가톨릭 신앙생활을 그만둘 만큼 칼뱅의 지지자가 되었다. 1543년 교황 파울루스 3세로부터 특별 사면을 받았다. 그러나 그녀의 남편은 자녀들을 그녀로부터 격리시켰으며, 그녀가 이단 죄로 투옥되는 것을 막지 않았다. 1554년의 일이었다. 얼마 후 그녀는 전향각서에 서명하고 풀려났다. 하지만 그녀는 프랑스뿐 아니라 해외에서 핍박받는 개신교도들을 위해 일하는 것을 멈추지 않았다.

1559년 남편이 죽었다. 하지만 르네는 아들 페라라의 알폰소 2세와 사이가 좋지 않았다. 그는 1560년 프랑스로 돌아와 몽타르지에 정착했고, 그곳을 프로테스탄트 운동의 중심지로 만들었다. 1562년에서 1598년은 종교전쟁 시기였다. 전쟁이 난 첫해 그녀의 성이 사위인 기즈 공 프랑수아에 의해 포위되어 가톨릭 군의 공격에 시달리기도 했다. 1563년 칼뱅은 그녀의 행동을 높이 평가했다. 그녀는 성 바르톨로메오 축일 대학살이 일어난 그 밤에 위기에 처한 다수의 개신교도들을 구하는 데 공헌하기도 했다.

여기까지가 그녀에 관한 대략적인 역사다. 종교전쟁 시기 프랑스에선 가톨릭과 개신교 사이엔 피비린내 나는 살육과 핍박이 있었다. 프랑스의 개신교도인 위그노들은 이루 말할 수 없는 고난을 받았다.

난 지금 여기서 두 종교 간의 갈등이 얼마나 심각했는가를 말하려는 것이 아니다. 중요한 것은 그 어려운 시기에 자기에게 닥칠 위험과 곤경에도 불구하고 르네처럼 여성으로서 핍박당하는 자의 편에서 그들을 보호해준 사람이 있었다는 것이다. 이것이 너무도 아름답고 충격적이다.

누군들 편한 쪽을 택하지 않겠는가. 그러나 르네는 외부의 공격뿐 아니라 자기 식구들로부터의 공격도 막아내야 했다. 귀족의 할 일은 약한 자를 보호하는 것이다. 진정 하나님을 두려워하는 자는 자신의 위험에도 불구하고 약자를 살린다. 그곳에 진정 인류를 향한 사랑이 있기 때문이다. 오늘 당신의 삶에서 남을 핍박하는 자가 되지 말라. 오히려 핍박받는 자의 친구가 되라. 그것이 이 땅에 태어난 자로서 끝까지 해야 할 사람됨의 일이다.

우분투: 우리가 있기에 내가 있다

우리가 사는 사회에서 흔히 볼 수 있는 것은 한마디로 '나 먼저(me first)'다. 내가 손해나는 것은 결코 참지 못한다. 게임을 해도 내가 이기는 것에 관심이 있다. 모두가 1등이 되려 하지 꼴찌가 되려 하지 않는다. 2등도 사양한다. 별 볼 일 없다고 생각하기 때문이다. 이것이 경쟁사회의 특징이다.

그러나 이와는 달리 거꾸로 사는 사람들이 있다. 이탈리아에 가면 여러 곳에 컨서버토리(Conservatory)가 있다. 음악당, 예술학교에 붙여진 이름이다. 그런데 이곳은 원래 고아들을 보호하던 곳이다. 보호, 보존이라는 뜻을 가진 것이 바로 컨서버토리다. 이곳에 음악가들이 함께함으로써 훗날 음악당이 되었다. 가난한 이웃을 생각한 것에서 나온 이름이다.

벨기에는 초콜릿이 유명하다. 그곳 브랜드 가운데 고디바가 있다. 고디바는 백성의 세금을 깎아주려 나체로 말을 탄 고디바 부인의 전설이 담겨 있다. 초콜릿 포장에도 부인이 새겨져 있다. 백성의 아픔이 줄어든다면야 자신에 대한 비웃음이야 얼마든지 감수할 수 있다는 마음이 정말 갸륵하다. 이 마음 때문에 초콜릿이 단 것 아닐까 싶다.

홍익희가 쓴 책으로 『유대인, 그들은 우리에게 누구인가』가 있다. 그는 이 책에서 유대인의 장점을 배워야 한다고 주장한다. 가장 배울 만한 점은 복지제도다. 유대인들은 회당에 헌금함을 놓아두고 유대인이라면 누구나 그곳에서 2주간의 생활비를 가져갈 수 있게 한다. 이 헌금함은 비는 법이 없다. 이것은 '동족을 도우라는 그들의 율법에 따른 것이다. 이것은 우리 사회가 지향해야 할 공동체 자본주의의 원형이 아닐까.

부자들보다 가난한 사람들이 더 다른 사람을 생각하며 살아간다고 한다. 한 인류학자가 아프리카 부족 어린이를 대상으로 실험을 했다. 나무 옆에 싱싱하고 달콤한 과일들로 가득 찬 바구니를 놓았다. 그리고 누구든 제일 먼저 바구니까지 뛰어간 아이에게 과일을 모두 상급으로 주겠다고 했다. 경쟁을 붙인 것이다.

말이 떨어지자마자 아이들은 약속이라도 한 듯 서로 손을 잡고 함께 달리기 시작했다. 바구니에 다다르자 아이들은 모두 함께 둘러앉아 과일을 나누어 먹기 시작했다. 놀란 것은 인류학자였다. 그는 아이들에게 물었다.

"누구든 1등으로 간 사람에게 과일을 모두 주려 했는데 너희들은 왜 손을 잡고 함께 달린 거야?"

그러자 아이들의 입에서 한 단어가 합창하듯 쏟아졌다.

"우분투(Ubuntu)!"

그리고 한 아이가 이렇게 말하는 것이었다.

"한 사람이 몽땅 가져가면 다른 아이들은 슬프겠죠? 어떻게 나만 기분 좋을 수 있나요?"

우분투는 아프리카 코사(Xhosa)어로 "우리가 있기에 내가 있다"라

는 뜻이다. 우리말에 콩 한쪽도 나눠 먹는다 하지 않았는가. 세월이
바뀌어도 우리 사회가 필요로 하는 것은 나눔이다. 혼자서 가지려 하
면 모두가 불행해지지만 나누면 모두가 행복해진다.

　시대가 부자를 만드는가. 강철시대엔 강철왕 카네기가 가장 부자
였다. 자동차시대에는 포드, 석유시대에는 록펠러, 그리고 인터넷시
대에는 빌 게이츠가 부자였다. 그들에겐 공통되는 점이 하나 있다. 바
로 그 부를 남을 위해 사용한 것이다. 카네기는 2,500개 도서관을 지
어 헌납했다. 포드, 록펠러, 빌 게이츠도 그 뒤를 따랐다. 많은 재산을
사회에 환원시킨 록펠러는 임종 시 회계사와 이런 대화를 나누었다.

　"내가 얼마나 남겼는가?"

　"다 남기고 가십니다."

　어디 그들뿐이겠는가. 사제 이경재(1926~1997)는 사제로서 순탄한
길을 포기하고 스스로 나환자들 속에 들어가 그들과 애환을 함께했
다. 의사 장기려(1909~1995)는 평생을 영세민과 장애인을 위한 무료
진료에 바침으로써 의술은 인술임을 보여준 심의였다. 우리도 할 수
있다.

성 프란체스코: 위로받기보다는 위로하라

내 주변에는 봉사하려는 형제들이 많다. 온갖 병으로 고생하는 사람들을 찾아다니며 위로하고 작은 일부터 큰일까지 자신들이 할 수 있는 일이라면 아끼지 않는다. 자신의 일보다 어렵고 힘든 사람들을 도우려는 그들의 모습이 아름답다. 심지어 자신들의 아픔보다 이웃들의 아픔을 더 걱정하는 모습을 볼 때마다 진정 사랑이 무엇인가를 느끼게 한다. 남을 도우는 일도 좋지만 자신들의 생계는 어떻게 꾸려가는지 걱정이 되기도 한다.

그들을 보면서 '위로받기보다는 위로하라'는 성 프란체스코 기도문

〈마더 테레사〉

이 떠올랐다. 그리고 그런 삶을 살아간 이 땅의 많은 사람들을 생각했다. 그중에 우리가 너무나 잘 아는 마더 테레사가 있다.

그녀는 말라리아로 인한 오열과 고질적인 심장병, 폐질환 등으로 심장박동이 중단되는 등 사경을 헤맨 적이 있었다. 의사는 구부린 자세로 병약자를 돌봐온 오랜 봉사활동이 여러 질환의 원인이라고 했다.

한번은 심장질환으로 입원을 했다. 심장의 심한 통증에도 불구하고 그는 더 이상의 간호와 치료를 거부했다. 그는 자신이 봉사한 가난한 사람들처럼 죽어가도록 내버려 달라고 호소했다. 자신이 매일 대하는 인도의 가난한 사람들과 다르게 특별간호를 받는다는 것이 그녀로서는 너무나 견디기 어렵고 고통스러웠다. 많은 사람들이 병원에 와보지 못하고 죽어가는 판에 자신에 대한 간호가 과분하다고 느낀 것이다.

이 과정에서 그는 스스로 가난한 사람들의 어머니임을 다시금 보여주었다. 병상에 누운 그에게 힌두교인과 이슬람교인들이 찾아와 함께 눈시울을 붉혔고, 인도 상하원은 합동으로 그의 쾌유를 빌었다. 퇴원할 때 그는 병원비부터 걱정할 만큼 스스로 가난했다.

그의 기도문은 이렇게 시작된다.

> "거룩하신 주님, 위로받기보다는 위로하고, 이해받기보다는 이해하며, 사랑받기보다는 사랑하게 하여 주소서. 저희는 줌으로써 받고, 용서함으로써 용서받으며, 자기를 버리고 스스로를 죽여야만 영생에 이를 줄 믿습니다. 아멘."

그는 성 프란체스코의 기도문을 이 땅에서 실천한 인물임이 틀림없다. 그는 위로받기보다 위로하는 삶을 선택한 사람이었다.

우리는 사실 부모나 형제, 친지들로부터 많은 위로를 받고 살아왔
다. 이젠 우리가 그 위로를 필요로 하는 모든 사람에게 나눠줄 차례
다. 나의 작은 위로가 그들에게 무슨 도움이 될까 묻지 말라. 크든 작
근 가진 것을 나눠줄 때 당신은 이미 차원이 다른 삶을 살고 있다.

●●●●

릭 워렌: 이웃을 위해 시간을 선물하라

지금 당신은 현재(present)를 누리고 있다. 그 현재는 다시 돌아올수 없다는 점에서 그 무엇보다 귀하다. 이 귀한 시간을 자신을 위해 사용할 수 있지만 다른 사람에게 내어줄 수 있다면 그에게 얼마나 귀한 선물(present)이 되겠는가. 릭 워렌(Rick Warren)은 그가 쓴『목적이 이끄는 삶』에서 이렇게 말한다.

> "삶은 관계이다. 시간은 당신의 삶에서 가장 귀한 선물이다. 그것을 선물하라."

바쁜 세상에서 시간을 내주는 것은 어쩌면 희생이다. 희생하면서까지 그 귀한 시간을 내주니 어찌 고마운 일이 아니겠는가.

어떤 이는 '나에게 남는 것은 시간밖에 없다'고 말한다. 자기에겐 시간이 남아돈다는 얘긴데 이쯤 되면 시간은 별 가치 없는 것처럼 느껴진다. 그럼에도 불구하고 워렌은 우리에게 있어서 시간은 매우 소중한 것이요, 생명이라 한다. 이 땅에서 우리가 가진 시간은 매우 한정되어 있다. 앞으로 얼마를 살지 알 수 없다. 그러니 더 소중한 것이 아니겠는가.

바로 그 소중한 시간을 이웃을 위해, 친구를 위해, 가족을 위해 주는 것처럼 귀한 것은 없다. 시간은 사실 조물주가 우리 각자에게 허락하신 선물이다. 남아도니까 그저 주는 것이 아니라 내 생명의 일부를 나누는 것이니 얼마나 귀한 일인가. 조물주로부터 받은 선물을 이웃에게 돌려주는 것이다. 자기희생을 바탕으로 한 새로운 문화 창조다. 지금 당신이 누리고 있는 이 귀한 현재를 어떻게 활용하는가에 따라 우리의 미래가 달라질 수 있다.

와튼 스쿨 교수 애덤 그랜트에 따르면 세상에는 세 유형의 사람이 있다. 첫째는 기버(giver)다. 기버는 받는 것보다 더 많이 주기를 좋아한다. 그의 좌우명은 살신성인이다. 그만큼 희생정신이 강하다. 둘째는 테이커(taker)다. 테이커는 주는 것보다 더 많이 받기를 원하는 사람이다. 그의 좌우명은 적자생존이다. 끝까지 살아남으려면 줄 것이 없다. 오히려 더 받으려 한다. 끝으로 매처(matcher)다. 매처는 받은 만큼 되돌려주는 사람이다. 상당히 계산적이다. 그의 좌우명은 자업자득이다.

그랜트는 실리콘 밸리는 기부 밸리라 한다. 기버로 사는 사람이 의외로 많다는 말이다. 동네가 작아 안 도와주면 소문이 금방 퍼진다. 그는 비즈니스계 3대 기버로 맥 휘트먼 HP CEO, 존 헌츠먼 시니어 헌츠먼코퍼레이션 창업자, 그리고 에드 커트멀 픽사 애니메이션 스튜디오 회장을 꼽았다. 존 헌츠먼 시니어는 암 발병 후 암 치료에 1조원 이상을 기부했다. 업계에서 1등 하는 사람만 기부하는 것이 아니다. 꼴찌도 많다. 그는 직원을 평가할 때 일을 얼마나 잘하느냐만 따지지 말고 타인에게 얼마나 좋은 영향을 주는지도 고려해야 한다고 말한다. 직원에 대한 평가방식을 바꾸어야 한다는 것이다. 일리가 있는 말이다.

실리콘밸리야 기술과 돈이 있는 곳이다. 그렇기에 그들이 가진 것으로 자연스럽게 남을 도울 수 있다. 우리야 그들처럼 많은 돈을 기부할 수는 없다. 하지만 시간을 내고 사랑을 나눠줄 수 있다.

조물주는 오늘도 우리 모두에게 하루를 선물하셨다. 그분은 우리가 시간을 낭비하며 사는 것을 원치 않으신다. 시간은 생명이다. 당신의 친구가 기꺼이 시간을 내어준다면 당신은 그의 생명을 선물로 받은 것이다. 그러니 그를 귀히 여기고 사랑하라. 그리고 남은 생애 어떻게 살까 고민하라.

조지 워싱턴 카버: 배운 것을 사람들에게 돌려주라

　흑인 노예 출신으로 땅콩박사가 된 사람이 있다. 그가 바로 조지 워싱턴 카버(George Washington Carver)다. 어느 날 그는 하나님께 기도했다.

　"세상의 모든 지혜를 다 알게 해주세요."

　배우고 싶은 마음이 컸던 것이리라. 그러자 하나님은 그에게 말씀하셨다.

　"세상의 모든 지혜를 다 안다는 것은 불가능하다. 그러니 땅콩 한 가지에 집중해서 연구해보아라. 그러면 생각보다 아주 많은 것을 알게 될 것이다."

　그는 땅콩 연구에 매달렸다. 그리고 마침내 땅콩을 이용해 콩 우유, 화장품, 염료, 인조대리석, 페인트, 플라스틱, 가솔린, 니트로글리세린 등 콩 제품 100여 가지를 발명하였다. 땅콩을 이용해 각종 식료품, 의약품, 화장품을 만들어냄으로써 그야말로 땅콩 박사가 된 것이다. 1941년 타임지는 그를 '검은 레오나르도 다빈치(Black Leonardo)'라고 했다. 그만큼 창조성이 뛰어났다는 말이다.

　조지 워싱턴 카버는 1864년 미국 중서부 미주리 주 한 농가에서 흑인 노예의 아들로 태어났다. 난 지 일주일 만에 어머니와 함께 노예 상인들에게 유괴되었다. 세상에 노예를 훔쳐 가다니. 농장주 모세스는 사람을 보냈지만 어린 조지만 찾아냈다. 어머니는 이미 다른 곳에 팔려갔다. 납치범과 협상해 겨우 어린 그를 데려왔다. 농장주 부부가 그를 돌보았다. 카버라는 이름도 농장주의 이름에서 따온 것이다. 하지만 인종차별 때문에 학교를 제대로 다닐 수 없었다.

노예제도가 철폐되자 그는 농장주 부부로부터 글을 배웠고, 부부는 계속 공부하도록 격려했다. 그는 이곳저곳 학교를 찾아다녔다. 먹고살기 위해 요리사, 세탁 등 일을 가리지 않았다. 좋은 부모 밑에서 열심히 공부하는 아이들이 얼마나 부러웠을까. 대학에 진학하고 싶었지만 인종차별로 여러 번 입학을 거부당했다.

그러다 우연히 자신처럼 그림을 좋아하는 밀홀랜드 부인을 알게 되었고, 그 부부의 권유로 인종차별이 없는 심프슨 대학교(Simpson college)에 들어가 미술과 음악을 공부했다. 그리고 그 대학 미술 교수 에타 버드(Etta Budd)의 권유로 아이오와 농과대학에 진학했다. 하지만 그는 식당에서 밥을 먹지 못할 만큼 차별을 당했다. 버드 교수의 친구가 학교를 찾아와서 따진 덕분에 밥은 겨우 먹게 되었다.

사실 그는 의지할 데가 전혀 없었다. 형이 있었지만 병으로 세상을 떠났다. 그래서 더욱 하나님께 매달렸다. 대화 상대는 오직 하나님뿐이었다. 그는 결국 신앙으로 모든 어려움을 극복하고 농학박사가 되었다.

그는 흑인운동가이자 터스키기 대학(Tuskegee Institute)을 세운 부커 워싱턴의 요청을 받아들여 이 학교에서 47년간 농업을 가르쳤고, 일요일에는 교회에 나가 가르쳤다. 목화산업이 바구미 때문에 몰락하자

고구마와 땅콩을 재배하도록 했다. 땅콩이 많이 재배되었다. 공급이 문제가 되자 그는 땅콩을 이용해 땅콩버터, 인조고기, 빵, 땅콩우유, 음료 등을 발명했다.

그는 얼마든지 자신의 불우한 처지를 비관하며 살 수 있었다. 하지만 그는 비관이 낳을 결과를 생각하고, 자신을 그것에 넘겨주지 않았다. 비관 대신 배움에 대한 열정으로 가득 채웠다. 그 열정이 그를 농학박사로 만들었다.

그는 흑인 노예의 피를 받았기 때문에 인종차별을 당했다. 차별을 당할 때 그도 인간인지라 분노하고 괴로워했다. 그 환경에서 그는 얼마든지 혁명적 투사가 될 수 있었다. 하지만 그는 그 길을 택하지 않았다. 잠시 열혈 투사가 되기보다는 보이지 않는 누룩처럼 자신의 일에 최선을 다함으로 흑인에 대한 사회의식을 바꿔보자 결심했다. 이 결심이 그의 삶뿐 아니라 흑인에 대한 편견을 바꾸게 했다.

조지 워싱턴 카버, 그는 땅콩을 이용해 수많은 제품을 만들어낸 인물로 그치지 않는다. 그는 사람을 사랑하고 나라를 사랑하는 마음으로 승화시켰다. 그렇게 된 데는 그의 인생을 바꾸게 한 마리아 왓킨스(Mariah Watkins) 아주머니의 한마디 말 때문이었다.

"할 수 있는 한 많이 배우고, 세상에 나가 네가 배운 것을 사람들에게 돌려주어야 해(You must learn all you can, then go back out into the world and give your learning back to the people)."

그가 그처럼 학교를 다니고 싶어 했을 때 아주머니는 친절을 베풀었던 사람이었다. 그는 그 가르침을 삶의 표지로 삼았고, 그렇게 살아냈다. 그래서 그가 더 귀하다.

우리 주변에도 불우한 사람이 많다. 아무리 불우해도 조지 워싱턴 카버만 할까. 그에게는 있는 것보다 없는 것이 더 많았다. 가진 것보다는 없는 것이 더 많았다. 하지만 훗날 그는 많은 것을 나누어준 사람이 되었다. 미국뿐 아니라 세계적으로도 인정받는 사람이 되었다. 세상은 부요한 가운데서 물질적으로 성공한 사람이 아니라 가난한 가운데서 정신적으로 성공한 사람들에게 박수를 보낸다. 정신이 많은 사람을 살린다. 조지 워싱턴 카버를 기억하라. 배운 것을 많은 사람에게 나누어주라. 세상에 필요한 사람이 되도록 노력하라.

● ● ●

나우웬: 남은 생애를 어떻게 살 것인가

헨리 나우웬(Henri Nouwen)은 1980~1990년대 영성신학자로 이름을 날린 분이다. 그가 쓴 책 『희망의 씨앗』에서 심판 날에 하나님이 당신에게 어떤 질문을 하실 것인가를 소개하는 글이 있다. "사는 동안 얼마나 벌었습니까?" "친구를 몇이나 사귀었습니까?" "사업에서 얼마나 성공했습니까?" "몇 권의 책을 쓰셨습니까?" "몇 명이나 전도했습니까?" 이런 질문을 던진다면 자신 있게 말할 사람이 상당수 있을 것이다. 그러나 하나님은 이런 질문은 하나도 하지 않고 오히려 생각지도 않은 질문을 던지셨다. "내 형제 중 지극히 작은 자에게 한 일이 무엇인가?"

나우웬은 결론적으로 말한다. "이것은 나그네가 있는 한, 굶주리고 헐벗고 병든 사람이 있는 한, 감옥에 갇힌 사람이나 망명자나 노예가 있는 한, 신체적으로나 정신적으로 혹은 정서적으로 장애를 겪고 있는 사람들, 일자리가 없거나 집이 없거나 땅 한 평 없는 사람들이 있는 한, 심판의 보좌에서 결코 떠나지 않을 질문입니다."

나우웬은 교수직을 버리고 남은 생애를 장애자와 함께 살다 간 인물이다. 신부인 그는 하버드대와 예일대, 그리고 노트르담대 교수로 재직했다. 영성에 관해 주옥같은 글을 써 가톨릭뿐 아니라 개신교들에도 많은 영향을 주었다.

그는 왕성한 강의와 저술활동을 통해 명성을 쌓으면서도 다른 한쪽으론 자신의 남은 생애를 어떻게 하면 가장 의미 있게 보낼 수 있을까 고민했다. 60세가 되던 해 그는 자신의 문제를 놓고 기도하기 시작했다. "주님, 제가 가야 할 길을 가르쳐 주십시오. 그러면 주님의 명령을 기꺼이 따르겠습니다." 그러나 주님이 그에게 보여준 길은 자신이 기대한 것과는 거리가 멀었다. 자신이 가고 싶은 길은 지금까지 자기가 해왔던 것처럼 교수로서 강의를 하거나 유명인사로서 특강을 나가 봉사를 하는 정도였을 것이다. 하지만 주님이 그를 위해 준비한 길은 그가 지금까지 훈련받고 쌓아왔던 것과는 반대되는 것이었다. 하나님이 그를 어디로 인도하고자 하는가를 알았을 때 그는 비명을 지르고 발로 차면서 저항했다.

그런 그가 결국 주님께 항복하고 간 곳은 토론토 근교 장애인 시설 '데이브레이크(Daybreak) 공동체'였다. 거기서 그가 했던 일은 정신적으로나 육체적으로 심한 장애를 가진 26세의 청년 아담을 돌보는 것이었다. 아담은 말을 못했을 뿐 아니라 좀처럼 웃지도 않았다. 음식을 먹고 싶거나 무엇이 필요해도, 심지어 자기의 마음이 아프다 해도 다른 사람에게 표현하지 못했다. 아담이 다른 사람을 알아볼 수 있는지 그렇지 않은지도 잘 모른다. 옷을 입고, 옷을 벗고, 먹고, 걸어 다니고, 화장실에 가고 하는 일 모두 다른 사람의 도움을 받지 않고서는 불가능했다. 나우웬은 그의 친구가 되어 주었다. 매일 아침 면도시키고, 머리를 빗겨주고, 이를 닦아주고, 식사시간에 손을 입으로 가져갈 수 있도록 돕는 데만 2시간이 걸렸다.

위대한 영성신학자인 그가 다른 사람이 해도 될 일을 마다하지 않고 자원해 나선 것은 자기 자신보다 하나님이 기뻐하는 삶을 살기로 했기 때문이다. 그는 자신의 책 『데이브레이크로 가는 길』에서 하나님이 아담과 같은 사람들이 살고 있는 공동체에서 그가 일하기를 원하신다는 확신을 갖게 되었고, 아담을 통해 하나님이 자기를 얼마나 사랑하시는가를 오히려 배웠다고 고백한다. 그는 1996년 9월 심장마비로 세상을 떠나기까지 10년 동안 장애인들과 함께 생활했다. 그러면서도 더 뜻있는 글을 남겼다.

그가 쓴 책이 많지만 그 어느 것보다 감명을 준 것은 그의 마지막 봉사인생 10년이다. 이 일로 그는 사람을 돕는 자뿐 아니라 변화를 일으킨 사람이 되었다. 그는 연약함을 수용하는 영성을 강조하며 이 시대에는 무능력자, 소외된 자, 권력자, 부유한 자에 상관없이 '있는 모습 그대로' 받아들일 수 있고 연약함을 수용할 수 있는 영성이 필요함을 강조했다.

나우웬은 교수로 재직하던 중 자신의 풍요로움에 죄책감을 느꼈고, 하나님의 뜻을 더욱 알고자 하여 학교를 떠나 데이브레이크로 들어갔다. 지금 많은 사람들이 경쟁사회 속에서 외로움과 적대감, 그리고 염려와 두려움 속에서 자신의 존재에 대해 회의에 빠지거나 존재상실의 아픔을 겪고 있다. 이 풍요의 시대를 살아가는 교수나 대학생들이 가야 할 곳은 어디일까? 우리 모두 나우웬이 되지는 못한다 해도 그의 정신을 사랑한다면 우리 주변에서 그 정신을 얼마든지 이을 수 있을 것이다. 우리 주변에 널려 있는 아픔을 사랑으로 감싸 안을 때 우리는 그 순간 나우웬이 될 수 있을 것이다.

옛날에는 "공부해서 남 주나?"고 했다. 그러나 자원봉사의 세계에서는 "공부해서 남 준다"고 말한다. 공부를 한 사람은 그만큼 사회에 돌려주어야 한다. 자원봉사는 새로운 시민사회, 더불어 사는 공동체 사회의 초석이다. 봉사가 생활화될 때 나의 삶은 더욱 의미 있게 되고, 우리 사회는 더 밝고 건전한 사회로 나가게 될 것이다. 이 시대는 나우웬을 찾고 있다. "봉사하는 당신, 당신은 이 시대의 나우웬이다. 그런 당신이 가장 아름답다." 그것이 아무리 작은 것이라 할지라도.

제2부

정신은 나라를 강하게 만든다

컬덕: 문화로 우리 영혼을 춤추게 하라

융합, 퓨전, 믹스 시대인가. 음식뿐 아니라 언어의 믹스와 혼합이 활발하다. 그중에 하나가 컬덕(cult-duct)이다. 이것은 문화(culture)와 제품(product)을 합한 조어로 문화융합상품이라는 뜻을 가지고 있다. 브랜드와 상품이 단순히 물리적 생산품이 아니라 그것에 문화적 속성이 덧입혀진 것을 말한다. 그래서 상품만 파는 것이 아니라 문화까지 판다.

컬덕을 말할 때 빼놓지 않고 등장하는 기업이 있다. 바로 스타벅스다. 스타벅스는 커피점이지만 단지 커피만 들기 위해 이곳을 찾지는 않는다. 스타벅스만의 문화 상징성을 함께 공유하고, 그것을 나의 것으로 만들기 위해 매장을 찾는다. 도회지의 세련됨을 느끼고, 스타벅스만이 주는 고급스러운 취향에 자신을 동일시한다. 커피 그 자체는 다른 문제다. 스타벅스는 커피만 팔아 성공한 기업이 아니라 문화를 팔아 성공한 기업이다.

그 밖에도 컬덕 기업은 많다. 유머경영으로 자리매김한 사우스웨스트 항공사(Southwest Airlines), 도발적인 광고와 독특한 색상 및 디자인으로 유명한 의류회사 베네통(Benetton), 제품을 통해 반항적인 이미지를 파는 오토바이 업체 할리 데이비슨(Harley Davidson) 등도 이 대열에 서 있다.

사람들은 왜 컬덕에 매료될까? 그것은 인간이 가진 심리적인 동일시 현상 때문이다. 1980년대에 사회학자 장 보드리야르(J. Baudrillard)는 소비자의 이런 심리를 확인하고, 어떤 물건을 사면서 마치 값어치 있는 그 브랜드 집단에 속하게 된 것 같은 환상에 빠지는 현상을 파노플리 효과(Panoplie effect)라 했다. 파노플리란 집합(set)이라는 뜻으로 '같은 맥락의 의미를 가진 상품 집단을 뜻한다. 특정집단의 사람들이 즐기는 물건을 사면서 마치 자기도 그 집단에 속하게 된 것 같은 느낌을 받는 것이다. 슈퍼맨이 아니지만 아이들은 슈퍼맨복을 사 입음으로써 마치 자기가 슈퍼맨이나 된 것처럼 생각하고 행동한다. 명품이 잘 팔리는 것도 이런 현상 때문이다. 동일시 욕구는 이처럼 강하다.

요즘 컬덕으로 유명해진 것으로 문화융합상품들이 있다. 문화에 대한 목마름으로 껄떡이는 대중을 위해 문화예술계는 다양한 상품을 내놓고 문화소비자들을 겨냥하고 있다. 과거엔 고급예술을 향유할 수 있는 소수를 위한 잔치로 멀리 해외까지 나가야 했지만 지금은 각종 공연과 전시기획을 통해 낮은 가격으로 쉽게 다가갈 수 있다. 소비자들로선 감사한 일이다.

컬덕은 그 영역이 제한되지 않는다는 특성이 있다. 유기농채소, 요가, 건강센터 등도 얼마든지 컬덕이 될 수 있다. 언제 커피만 컬덕이라 했을까. 우리도 얼마든지 컬덕을 창출할 수 있다. 문제는 제품에 어떤 문화를 어떻게 입히고, 그것이 얼마만큼 소비자들에게 소구될 수 있느냐 하는 것이다.

제품만 컬덕이 될 수 있는 것이 아니다. 서비스도 문화 코드를 입히면 컬비스(culvice)가 된다. 컬비스는 문화와 서비스를 조합한 단어다. 얼마나 훌륭한 컬비스를 만들어낼 수 있는가 하는 것은 컬덕과 마찬가지 고민이다.

지금은 문화가 각광을 받는 시대다. 개인이든 기업이든 어떤 조직이든 문화코드가 색다르면 주목을 받는다. 얼마나 튀느냐 하는 것도 중요하겠지만 그 문화가 내면적으로 얼마나 멋지고 거룩한가 하는 것도 우리의 관심거리다. 왜냐하면 문화는 나름대로 정신과 혼을 가지고 있기 때문이다. 혼이 없는 문화는 죽은 문화다. 비록 그것이 상품이나 서비스에 덧입혀 있다 할지라도 우리가 보고 싶은 문화, 소유하고 싶은 문화는 따로 있다. 절대 유치하지 않고, 우리를 살리는 문화, 그것만 생각해도 우리 영혼이 춤추는 문화, 그것이 우리의 컬덕이었으면 한다.

자문화 · 자민족중심주의: 자기만 생각하면 밖을 볼 수 없다

자문화 · 자민족중심주의(ethnocentrism)는 철저히 자기 문화 또는 자기 민족의 가치와 습관에 기준하여 다른 문화를 바라보고 평가하는 것을 말한다. 자기 민족과 문화에 대한 자긍심을 가지는 것은 어느 민족에게나 있고, 그래야 맞다. 그러나 자기 문화를 우월하게 생각하고 다른 문화를 좋지 않게 여기거나 무시한다면 그것은 잘못된 것이다. 이것이 타민족, 타문화에 대한 편견과 오해를 불러일으키는 작용을 한다면 다시 한번 생각해볼 일이다. 함께 어우러져 글로벌 시대를 사는 우리 모두에게 합당하지 않기 때문이다.

자문화 · 자민족중심주의 예는 많다. 우선 서양사회가 다른 사회에 대해 우월감을 갖는 것을 들 수 있다. 백호주의도 그런 유다. 이것은 서양사회만 해당되지 않는다. 중국 스스로 세계의 중심으로 보는 중화사상도 이에 해당한다. 역사적으로 볼 때 주변 국가들을 오랑캐 정도로 인식한 것이 그 예다. 우리나라도 예외가 아니다. 우리나라도 대원군 시절 척화비를 세워 다른 문화를 배척하게 만들었다. 한국에 살던 화교들이 발붙이지 못하게 한 것도 마찬가지다. 일반적으로 소규모 원시사회인이 문명사회보다 발생론적으로 열등하다는 인식도 이에 속한다. 이것은 마치 자기는 옳고, 상대는 그르다는 생각과 하등 다르지 않다. 상대를 잘 알지 못하면서 자기 것에 대한 우월감과 상대에 대한 무시로 얻을 것이 과연 무엇인지 묻지 않을 수 없다.

민족, 민족문화, 얼마나 가슴 설레게 하는 말인가. 하지만 이것이 자문화·자민족 중심으로 가면 문제가 발생한다. 자기 사회나 자기 문화의 관점을 다른 모든 것을 판단하는 척도로 사용하기 때문에 다른 민족이나 종족에 대한 이해가 부족하다. 이해부족에 그치는 것이 아니라 타문화나 타민족을 배척하고 경멸하고 천대함으로써 문제를 심각하게 만든다. 이 생각이 고착된다면 타민족, 타문화와의 관계에서 우리의 삶은 더욱 피폐하게 된다.

자문화·자민족중심주의는 우수한 문화일지라도 다른 민족, 다른 문화의 것을 받아들이지 않는다. 이런 배타성과 폐쇄성은 자문화를 더 이상 발전하지 못하게 만들어 결국 문화정체를 야기한다. 스스로 손해를 본다는 말이다. 정도가 심한 경우 국제적 고립을 자초한다.

자기 문화를 낮추고 타문화를 높게만 보려는 문화사대주의도 문제지만 자문화중심주의도 이에 못지않게 문제가 크다. 이 문제를 극복하기 위해서는 배타적인 자문화중심주의를 벗어나 타문화라 할지라도 좋은 것은 받아들이는 적극적인 자세가 필요하다.

나아가 자문화를 중립적으로 볼 필요가 있다. 자기 문화든 타 문화든 객관적으로 볼 수 있도록 하는 것이다. 칼 만하임이 사용하는 개념으로 '자유 부동한 인텔리겐치아(free-floating intelligentia)'가 있다. 이것은 하나의 관점에 치우치지 않는 의식 있는 개인이라는 뜻이다. 종합관찰을 주장하는 그의 관점에 맞는 개념이다. 자민족·자문화중심주의를 벗어나려면 적어도 자유 부동한 인간이 될 필요가 있다. 그래야 좁은 시야를 벗어날 수 있다. 넓은 시야를 가질수록 자유롭게 사고하고 행동할 수 있을 것이다.

그러나 자문화를 모두 부정적으로 볼 것은 아니다. 글로벌시대에는 경계가 무너져 문화의 흐름이 자유롭다. 이로 인해 문화의 독특성이 없어지고 글로벌하게 통일되는 성향을 보이고 있다. 이에 따라 지역적으로 독특한 문화를 발전시켜야 한다는 주장이 제기되고 있다. 이때 지역문화, 각 민족의 고유문화를 유지하고 발전시키는 일이 중요하다. 없어져야 할 문화가 아니라 지켜내야 할 문화가 된 것이다. 그렇다고 타문화를 배타적으로 보라는 것은 절대 아니다. 위에 언급한 자문화중심주의의 문제점을 경계하면서 자문화를 발전시켜 이것을 글로벌 시대에 돋보이는 문화로 접합시키는 것이다. 새로운 시대를 살아가는 우리에게는 언제나 성숙한 문화관이 필요하다. 자기만 생각하면 밖을 볼 수 없다.

토마스 홉스: 국가는 왜 시민의 재산과 생명을 지켜야 하는가

토마스 홉스(Thomas Hobbes)는 철학과 과학은 경험을 사색하고 일반적 특징과 원리를 발견하는 것이라 생각했다. 그는 경험을 종합해서 공리에 알맞도록 노력하는 것이 우리의 임무라 했다. 그는 지식에 의해 원리를 확립했으면 이 공리에 따라 모든 현상을 설명할 수 있어야 한다고 주장했다. 그는 경험을 사색하고 어떤 원리를 발견하고 이 원리가 모든 사실에 통용된다는 것을 논증하고 싶어 했다.

그 소산이 바로 레비아탄(Leviathan)이다. 그에 따르면 레비아탄은 국가다. 레비아탄은 지배력이 강한 환상적인 동물이지만 국가도 바로 인간이 모여 만든 바로 그 동물과 같다고 보았다. 이것은 국가란 무엇인가를 설명하는 아주 새로운 해석이었다.

레비아탄은 원래 바다에 사는 거대한 괴물을 가리킨다. 바다 그 자체를 뜻하기도 한다. 바다도 무섭지 않은가. 구약에는 리워야단으로 소개되고 있다. 레비아탄은 히브리어로 '돌돌 감긴'이라는 뜻을 가지고 있다. 그 괴물은 신의 퇴치 대상이다. 욥기엔 인간이 잡을 수 없는 리워야단의 무서운 모습이 기록되어 있다(욥기 41:1~26). 하지만 신은 그 머리를 깨뜨리고(시편 74:14), 꼬불꼬불하고 날랜 뱀 리워야단,

바다의 용을 쫓아가 그것을 강한 검으로 찔러 죽인다(이사야서 27:1). 그것은 악마이기 때문이다. 레비아탄은 성경에만 나타나지 않는다. 페니키아, 메소포타미아 신화에도 등장한다.

홉스는 이 괴상한 동물의 힘을 잘 알고 있었다. 그는 1651년에 책을 내놓았다. 제목은 『레비아탄, 혹은 교회 및 세속적 공동체의 질료와 형상 및 권력(Leviathan, or The Matter, Forme and Power of a Common-Wealth Ecclesiastical and Civil)』이다. 우리가 흔히 레비아탄으로 아는 바로 그 책이다.

이 책의 표지에는 사람들이 뭉쳐서 만들어낸 거대 존재, 곧 인조인간이 산 너머에서 도시를 굽어보는 모습이 그려져 있다. 인간 모습을 한 거대 존재가 바로 국가라는 것이다. 이 레비아탄은 왕의 홀과 검을 들고 있다. 이것은 공권력을 상징한다. 머리에는 왕관이 씌워 있다. 이것은 백성이 그의 지배권을 인정하고 따라야 한다는 것을 의미한다.

인간은 왜 국가라는 레비아탄을 만들어냈을까? 그것은 자기 보존을 향한 끊임없는 인간의 욕구 때문이다. 사람은 안정과 평화를 원한다. 하지만 인간의 이기심, 경쟁심, 자기 영광을 추구하는 마음이 작동하면 무섭다. 만인에 대한 만인의 투쟁(bellum omnium contra omnes)으로 사회는 혼란과 무법상태에 빠진다. 자기 것을 지킬 수도 없다. 모두 죽을 것 같은 공포가 엄습한다. 그래서 이것을 억누를 공통된 힘이 필요하다. 이 공통된 힘이 바로 국가라는 것이다. 시민의 총의에 따라 만들어진 국가는 만인에 대한 만인의 투쟁 상태를 중단시킨다. 그는 말한다.

"이것은 동의나 화합 이상의 것이며 그들 모두의 참된 통일이다. 하나의 인격체 안에서 통일된 군중은 국가(Commonwealth), 국가조직(Civitas)이라 불린다. 이것이 위대한 레비아탄 또는 유한한 신의 탄생이다. 우리가 평화를 유지하고 방어하는 것은 이 유한한 신 덕분이다."

국가는 이처럼 시민들의 자발적인 총의, 곧 사회계약에 따라 세워진 것이다. 이러한 생각은 종래의 왕권신수설과는 전혀 성격이 다르다. 따라서 국가의 통치자는 백성들 사이에 질서와 평화를 유지하고 공동의 적을 방어할 책임이 있다. 시민의 생명을 보존하고 개인의 재산을 지킬 책임도 있다. 국가 통치자가 해야 할 일은 그 목적에 충실히 하는 것이다.

그런데 사람들은 왜 레비아탄을 무서워할까? 대항해시대 때 레비아탄은 공포의 대상이었다. 당시 유럽 선원들은 레비아탄이 배 주위를 돌며 소용돌이를 만들어 배를 뒤집어버린다고 생각했다. 그때 통을 던지면 레비아탄의 손아귀로부터 벗어날 수 있다고 믿었다.

통치자라고 다 선정을 하진 않는다. 그때 그 레비아탄은 무서운 괴물일 수밖에 없다. 생선가게를 고양이에게 맡긴 셈이니까. 국민은 그로부터 벗어나고자 할 것이다. 국가가 해야 할 일은 국민을 평안하게 만드는 것이다. 그렇지 않으면 세상은 전쟁상태에 놓이게 된다. 이것이 바로 홉스가 경험을 종합해 만든 국가라는 공리다. 정치 참 잘해야 한다.

나폴리: 도시도 새로움을 꿈꾼다

내가 나폴리를 방문했을 땐 도시가 전체적으로 어지러웠다. 쓰레기가 쌓이고 악취가 났다. 무슨 일인가 했더니 쓰레기를 치워야 할 사람들이 항의 중이었다. 그때 지닌 나폴리에 대한 인상이 지금도 지워지지 않는다.

나폴리는 원래 그리스 사람들이 많이 살던 곳이었다. 당시 도시 이름은 네오폴리스(Neo Polis). '새로운 도시(New City)'라는 뜻을 가졌다. 그런데 이 도시가 로마로 병합되면서 도시 이름은 지금의 나폴리로 바뀌었다. 물론 뜻은 그대로다. 나폴리가 이름 그대로 새로워지려면 해야 할 것들이 한두 가지가 아니리라.

사람들은 종종 새로운 곳에 발을 붙인다. 그곳에 정착하며 새로운 삶을 살고자 한다. 그만큼 각오도 남달랐으리라. 그렇게 해서 마을이 태어나고 도시가 형성된다. 나폴리 사람들도 예외가 아니다.

나폴리 사람들은 무엇을 새롭게 하고자 했을까 궁금하다. 이전의 것 중에 무엇을 털어내고 새롭게 바꾸고자 했을까 궁금하다. 왜냐하면 그 생각들이 오늘을 사는 우리에게도 크게 도움이 될 것이기 때문이다.

기업도 필요하면 이름을 바꾼다. 필립모리스사가 회사 이름을 알트리아(Altria)로 바꿨다. 알트리아는 라틴어 '알투스(altus)'에서 따왔다. '높은', '깊은' 그리고 '고상한'이라는 뜻을 가지고 있다. 현실에 만족하지 않고 항상 더 높은 이상을 향해 나가는 기업이 되고자 한 것이다. 왜 그랬을까? 그것이 궁금할 것이다. 그 답은 멀리 있지 않다.

필립모리스사는 그간 말보로를 생산하는 대표적인 담배생산업체로 기업이미지를 키워왔다. 하지만 최근 담배가 건강에 해롭다는 집단소송에서 계속 패하면서 막대한 배상금을 물었다. 덩달아 기업 이미지도 크게 추락되었다. 이에 따라 기업 이미지를 바꾸는 일이 절실해졌다. 담배 외에 맥주와 치즈(Kraft Foods) 등을 생산하던 필립모리스는 지금 알트리아 그룹이 되었다. 중요한 것은 기업 이미지를 겉으로 포장만 할 것이 아니라 진짜 더 높은 이상을 향해 나가는 일일 것이다.

어찌 도시만 그러겠는가. 어찌 기업만 그러겠는가. 나라도 마찬가지다. 정치가들은 늘 새 시대를 열겠다고 말한다. 기대도 해본다. 하지만 기대는 늘 실망으로 남는다. 그런데도 정작 정권이 바뀌면 또 그 말을 듣는다. 다람쥐 쳇바퀴가 따로 없다. 그래도 이번엔 좀 다를까 기대하고, 아니 달라야 한다 생각해본다. 국민은 늘 희망을 먹고 산다. 참으로 순진하다.

그러나 문제는 나다. 남이 달라질 것을 바라기 전에 우리 자신부터 달라지는 것이 중요하기 때문이다. 이것은 단지 이름을 바꾼다고 되는 일이 아니다. 멋진 구호를 내건다고 되는 일도 아니다. 내가 생각을 근본적으로 바꾸지 않는 한 늘 제자리걸음만 할 수밖에 없다. 한 걸음 더 나가려면 생각을 바꾸고, 삶을 바꿔야 한다.

나폴리 사람들은 지금도 새로운 도시를 이루려던 그 마음가짐으로 살고 있을까? 아니면 이름만 그럴까. 알트리아 그룹은 어떨까? 우리의 정치는 나아지고 있는가? 우리 자신은 어떤가? 늘 새로운 마음, 새 각오로 살아가야 하는데 그것이 어렵다. 행동은 변함이 없다. 더 이상 지체를 허용해서는 안 된다. 나폴리, 늘 새로움이어라. 우리로 희망을 노래하게 하라. 도시도 새로움을 꿈꾼다. 젊은 그대여, 더 이상 과거의 당신으로 만족하지 말라. 눈은 높은 곳을 바라보고, 두 손은 하늘을 향해 펴라. 그늘진 과거를 벗어나 하늘을 날면 새로운 세계가 보일 것이다. 그것이 우리가 꿈꾸는 세계다. 당신이 가야 할 새로운 세계다.

로스앤젤레스: 도시엔 성과 속이 공존한다

　로스앤젤레스는 뉴욕에 이은 미국의 제2 도시이자 우리 교민이 제일 많이 거주하는 곳이다. 그만큼 살기 좋은 곳이기 때문이리라. 나도 1971년 호놀룰루를 거쳐 맨 처음 그곳에 도착해 몇 개월 머문 적이 있다. 캘리포니아의 아름다움과 신선함을 경험한 기억이 아직도 새롭다.

　캘리포니아엔 유독 스페인식 이름을 가진 도시가 많다. 그 땅이 원래 스페인 영향을 받은 멕시코 땅이었기 때문이다. 미국은 영토를 넓히는 과정에서 침략도 하고 돈을 주고 사기도 했다.

　로스앤젤레스의 역사는 스페인 원정대로 거슬러 올라간다. 1769년 8월 가스파르 데 포르톨라가 이끄는 원정대가 이곳에 도착했다. 선교사들도 함께했다. 목적은 적합한 선교지를 찾는 것이었다. 강가에 야영을 하면서 그들은 강의 이름을 포르시운쿨라(Porciúncula)라 했다. 그리고 마을 이름을 '포르시운쿨라 강에 있는 천사들의 여왕이신 우리의 귀부인의 마을(El Pueblo de Nuestra Señora la Reina de los Ángeles del Río de Porciúncula)'이라 했다. 천사들의 여왕이신 우리 귀부인은 성모 마리아를 가리킨다. 마리아를 기리기 위한 마음을 담은 것이다. 그들이 바로 이곳을 찾은 최초의 유럽인들이었다. 그들은 그곳의 인디언들과 교제하며 하룻밤을 보냈다. 여러 차례 지진을 경험했지만 아름다운 밤이었다. 함께 왔던 후안 크레스피 신부는 이곳을 최적의 정착지로 꼽았다.

2년 뒤 그들이 야영하던 곳에서 멀지 않은 곳에 산가브리엘 아르칸젤 포교지가 세워졌다. 10년 뒤엔 총독이 멕시코 병사들을 데리고 와 관리를 했다. 시의 명칭에 대해 여러 설이 있다. 처음엔 포르시운쿨라 강 이름을 따라 부르기도 했지만 첫 원정대가 부른 이름에 따라 '천사들의 여왕 성모 마리아의 마을'로 불리게 되었다. 길어서 마을이라는 뜻을 가진 엘 푸에블로 또는 천사의 뜻을 가진 로스 앙헬레스라 하다가, 지금은 로스앤젤레스로 불리게 되었다.

로스앤젤레스는 남성 정관사 el의 복수형 los에 천사(angel)의 복수형이 붙은 것이다. '천사들'이라는 뜻이다. 하지만 원래 이 명칭의 중심에는 천사가 아니라 마리아가 자리하고 있다. 마리아를 천사들의 여왕이자 성모로 보았기 때문이다. 그만큼 이곳은 선교지로서 거룩한 목적을 가지고 있었다.

로스앤젤레스는 1835년에 시가 되었다. 당시 그곳의 인구는 약 1,250명. 1840년 이곳을 방문한 리처드 헨리 데이너는 로스앤젤레스에 대해 글을 쓰며 "진취적인 사람들이 모여 살게 되면 이곳은 얼마나 멋진 곳이 될 수 있을까" 했다. 그만큼 의미를 부여한 것이다. 그러나 1849년 그곳 의사는 "도박·음주·매춘만이 판을 치고 있는 곳"이라 했다. 10년이 못 되어 달라진 것이다.

1876년 철도가 놓이고 골드러시 붐이 일었다. 사람들이 대거 서부로 몰려들었다. 목적은 돈벌이였다. 1913년 3월 『스마트 세트(Smart Set)』라는 잡지에 이런 글이 실렸다. "가치관이 치명적으로 병들었다.

시가 지나치게 팽창한 결과 심령주의자, 무당, 점성술사, 골상학자, 손금장이, 그 밖에 모든 종류의 신비적 수다쟁이들로 들끓고 있다." 버트런드 러셀은 "로스앤젤레스는 현실 부적응자들의 궁극적인 격리 장소이다"라며 악평했다. 1927년에 브루스 블리븐은 "미래의 문명이 뜨거운 통 안에서 뒤섞여 들끓고 있는 암울한 모습을 미리 보여주는 도가니"라 했다. 그만큼 문제가 많았다는 말이다.

하지만 하인리히 만과 토마스 만, 아놀드 쇤베르크, 베르톨트 브레히트, 브루노 발터, 프란츠 베르펠, 리온 포이히트방거, 알프레드 노이만 등 유능한 유럽인들이 나치의 핍박을 피해 대거 로스앤젤레스로 망명해왔다. 이곳은 점차 문화의 도시로 바뀌어졌다. 그동안 조롱의 대상이 되었던 이곳이 선망의 곳으로 자리하게 된 것이다. 그리고 마침내 미국에서 손꼽히는 도시가 되었다.

이곳 사람들은 로스앤젤레스가 천사와 연관된다는 것을 잘 안다. 하지만 마리아와 연관된 곳이라는 것은 잘 알지 못한다. 로스앤젤레스엔 성모 마리아 대성당(Cathedral of Our Lady of the Angels)이 있다. 스페인 출신 건축가 요세 라파엘 모네오(José Rafael Moneo) 교수가 새롭게 설계해 2002년 완공했다. 청동문과 문 위에 마리아 동상이 서 있는데, 이것은 멕시코 출신 조각가 로버트 그라함(R. Graham)이 제작했다. 로스앤젤레스를 가면 마리아를 찾아보라. 그러면 그 옛날 프란체스코 수도회 형제들이 이곳에 들어와 수도했던 이야기도 들을 수 있다. 아무튼 도시가 영적으로 회복되기를 바란다. 사람이 도시를 망치기도 하고, 살리기도 한다. 그래서 사람을 미워할 수 없다. 사람이 바로 문화의 주인이니까. 도시엔 성과 속이 공존한다.

꽃담: 조선의 미학과 삶의 철학이 담겨 있다

　꽃가게나 음식점 이름에 '꽃담'이 있다. 꽃담인데 '꼳땀'이라 읽는다. 꽃이 있는 담인가, 꽃과 대화한다는 건가. 손님들은 나름대로 상상을 한다. 무슨 뜻인지 묻자 답이 간단하다. "왜 경복궁 자경전(慈慶殿)에 가면 있잖아요." 아하, 여러 색채로 글자나 각종 무늬로 치장하여 아름답게 쌓은 담 말이구나. 화초담이라 하기도 한다. 글자꼴, 꽃그림, 색채 모자이크, 기하학적 무늬와 아름다움으로 조선시대를 대표하는 설치미술로 평가받고 있다. 그러나 꽃담문화는 조선시대가 아니라 삼국시대부터 시작된 것으로 추정되고 있다.

　꽃담은 흔히 궁궐이나 상류 가정의 샛문 주위에서 볼 수 있다. 궁실엔 꽃담처럼 장식한 굴뚝도 있다. 운치가 있다. 꽃담은 대부분 벽돌을 이용하는데 문양을 넣기 위해 특수 제작된 벽돌이 사용되기도 한다.

　꽃담에는 담 이상의 미학과 삶의 철학이 담겨 있다. 선조들은 꽃담 안에 속한 집주위의 공간을 자연의 일부라 생각했다. 꽃담의 무늬를 통해 자연의 아름다움과 행복을 느낀다. 나아가 이 공간을 작은 우주라 생각했다. 이 소우주 안에 복을 받아들이고 재앙을 피하기 위한 수단으로 삼는다. 그래서 기복적이라는 비판도 있다. 가정의 건강과

풍요로움을 하늘에 기원하는 인간의 간절한 소망이야 꽃담이 아니라
도 표현할 방도는 많다. 그러나 꽃담의 무늬에 이 소망을 담았다는
것이 특징이다. 꽃담에는 보이지 않게 선조들의 삶과 바람이 간결하
게 농축되어 있다.

우선 경복궁 자경전으로 가보자. 자경전은 대비들이 일상생활을
하고 잠을 자는 침전 건물이다. 그곳 서쪽에 꽃담이 있다. 매화, 복숭
아, 모란, 석류, 국화, 진달래, 대나무가 그려져 있다. 이것은 장수, 다
산, 지조와 절개, 부귀, 화목 등을 상징하고 있다. 왕실의 장수를 꽃으
로 빌고, 손이 귀한 왕실에 다산을 기원한다. 왕조의 영원함을 바라는
뜻이 상징적으로 담겨 있다. 이 밖에 새와 보름달, 나비도 있다. 새와
나비는 자유로움과 화목을 상징한다. 이런 생각들이 중시되었음을 알
수 있다.

꽃담은 궁궐에만 있는 것이 아니다. 이종근은 우리네 삶의 냄새가
묻혀 있는 옛집과 꽃담 이야기를 묶어 유연준의 사진과 함께 『한국의
옛집과 꽃담』을 내놓았다. 10여 년 동안 전국에 흩어진 꽃담을 직접
답사했다. 담과 굴뚝 등에 새겨진 무늬와 그것에 담긴 상징을 읽어내
고, 그 속에 숨겨진 의미와 가치를 찾은 것이다. 궁궐과는 달리 깨진
기와를 박아 넣은 꽃담은 서민의 정을 드러낸다.

꽃담에서 한국의 미를 찾은 사람들도 있다. 그들은 이것을 보다 현
대화하는 데 앞장서고 있다. 가장 주목을 끄는 것은 디자인에서 꽃담
을 활용하는 것이다. 꽃담에 있는 식물문과 동물문, 문자문, 기하문,
자연문 등 다양한 문양들을 의상디자인, 도자디자인, 공간디자인 등
여러 분야에서 재해석해 장식이나 예술적인 소재로 활용한다. 꽃담은
옻칠상자에도 있다. 전통의 꽃담을 상자의 문양에 담아 현대적인 생

활공간에 잘 어울릴 수 있도록 한다.

특히 패션에서 꽃담 문양을 선호한다. 한 패션 디자이너가 그 문양을 택한 이유를 다음과 같이 들었다. 첫째, 꽃담에 나타난 꽃문양은 형(形)과 선(線)이 단아하고 소박하며, 자연과의 합일을 추구하는 우리 미의식을 그대로 반영한다. 둘째, 담에 나타난 꽃문양 모티브 재구성을 통해 문양 디자인의 무한한 창출 가능성을 확인할 수 있다. 셋째, 가죽을 응용한 핸드페인팅은 채도가 낮고 고풍스러운 꽃담의 색을 표현하는 데 용이하며, 또한 올 풀림이 없어 아플리케 기법으로 꽃담 문양의 다양한 특징적 형태와 조형성을 응용하는 데 적합하다. 이런 작업을 통해 전통문양이 현대문양으로 거듭난다. 아름다운 것은 언제나 시대를 초월한다.

이 모든 것은 꽃담이 담을 넘어 예술의 경지로 다양하게 발전하고 있음을 보여준다. 그 문양 속에 전통이 살아 숨 쉬고 있다. 아니 우리 선조들의 기대와 소망이 이어지고 있다. 옛것을 지금 눈으로 보고 마음으로 느낄 수 있다는 것이 경이롭다.

오덕: 우리가 실천해야 할 덕목이 있다

옥(玉)에 관한 설명을 듣다 옥에 오덕(五德)을 새겨 삶을 새롭게 한다는 말을 들었다. 오덕은 우리가 삶에서 실천해야 할 덕목들이다. 오덕을 무엇으로 삼느냐에 따라 마음가짐과 삶의 태도가 달라질 것이다. 여러 종교에서 오덕을 말한다. 그중 유교, 불교, 시크교를 들 수 있다.

유교에서 말하는 오덕은 온화(溫), 양순(良), 공손(恭), 검소(儉), 겸양(謙)이다. 이것은 유교의 오상(五常)에서 나온 것으로 인(仁), 의(義), 예(禮), 지(智), 신(信)이 근본이다. 그리고 '중용'을 보면 성인이 가져야 할 오덕으로 총명예지(聰明叡智), 관유온유(寬裕溫柔), 발강강의(發强剛毅), 제장중정(齊莊中正), 문리밀찰(文理密察)을 꼽았다. 총명예지는 총명하고 지혜로운 것을, 관유온유는 너그러운 도량과 온유한 성품을, 발강강의는 강직한 태도로 굳세게 버티는 것을, 제장중정은 외형과 내면이 엄숙하고 장중하여 치우치지 않고 바른 것을, 그리고 문리밀찰은 문장과 조리가 치밀한 것을 말한다.

불교에서는 비구(比丘)가 갖춰야 할 오덕으로 포마(怖魔), 걸사(乞士), 정계(淨戒), 정명(淨命), 파악(破惡)이 있다. 포마는 수행을 완수하여 마군, 곧 나쁜 무리를 두렵게 하는 것이고, 걸사는 위로는 진리를 빌어 마음이 밝고 맑게 되고 아래로는 밥을 빌어 몸을 기른다는 것이며, 정계는 깨끗한 계(戒)를 가져 어긋나지 않는 것이고, 정명은 욕심 없는 맑은 생활을 한다는 것이며, 파악은 마음속의 온갖 나쁜 죄를 없앤다는 것이다.

나아가 불교신자가 지켜야 할 다섯 계율, 곧 오계를 오덕으로 치기도 한다. 이것에는 불살생계(不殺生戒), 불투도계(不偸盜戒), 불사음계(不邪淫戒), 불음주계(不飮酒戒), 불망어계(不妄語戒)가 있다. 불살생계는 온갖 중생의 생명을 죽이는 것을 금지한 것이고, 불투도계는 주지 않은 남의 것을 도적질하지 말라는 것이며, 불사음계는 삿된 음행을 하지 않는다는 것이고, 불음주계는 술을 마시지 않는 것이며, 불망어계는 거짓되고 망령된 말을 하지 않는 것을 말한다.

시크교(Sikhism)에도 오덕(the Five Virtues)이 있다. 오덕은 해탈(Mukti)에 이르거나 신과 합일되기 위해 기본적으로 필요한 것으로 시크 구루들은 오덕으로 사트(Sat), 다야(Daya), 산토크(Santokh), 님라타(Nimrata), 피아르(Pyar)가 있다. 사트는 진실(truth)한 삶을 사는 것으로, 의, 정직, 정의, 공평무사, 페어플레이를 실천하는 것이다. 다야는 측은히 여기는 마음(compassion)으로, 남의 어려움이나 슬픔을 자신의 것으로 생각하고 도와주는 것이다. 산토크는 만족(contentment)으로 이것이 있어야 진정 마음의 평화가 있고 야망, 부러움, 탐욕, 질시로부터 자유로울 수 있다. 님라타는 겸양(humility)으로 겸손, 자비심을 말한다. 그리고 피아르는 사랑(love)으로, 신의 사랑으로 채우는 것을 말한다. 오덕과 대조되는 오도(五盜, Five Thieves)가 있다. 색욕(Kaam), 분노(Krodh), 욕심(Lobh), 애착(Moh), 그리고 자만(Ahankaar)이다. 이것은 덕을 이루지 못하게 한다.

유교, 불교, 시크교에서 말하는 오덕을 보면 비슷한 점이 많다. 나쁜 것을 멀리하고 좋은 것들을 실행에 옮기고, 자기의 이기적 욕심보다 이웃의 아픔을 먼저 생각하도록 한다. 이것은 우리가 이 세상에서 어떤 삶을 살아야 하는가를 가르쳐준다.

이따금 매미를 놓고 오덕을 말하는 것을 볼 수 있다. 이른바 선(蟬)의 오덕이다. 진나라 시인 육운(陸雲)의 한선부(寒蟬賦)는 아주 대표적이다. 과연 그것에 무슨 덕이 있다는 것인가?

첫째는 문(文·紋)이다. 아름다운 무늬를 가진 날개를 가지고 있다. 많은 사람들이 이 무늬를 디자인에 사용할 정도다. 둘째는 청(淸), 곧 맑음이다. 이슬이나 나무의 수액 등 맑고 깨끗한 먹이를 먹고 자라선지 소리조차 청아하다. 수와 당나라에서 벼슬을 지낸 우세남은 말한다. "입으로 맑은 이슬을 마시고 오동나무 가지 사이에서 시원스레 운다. 높이 있기에 멀리 퍼진다." 셋째는 염(廉)이다. 매미는 사람이 가꿔놓은 채소나 곡식을 훔쳐 먹지 않으니 염치가 있다. 넷째는 검(儉)이다. 매미는 집을 짓지 않고 검소하게 산다. 욕심을 부리며 사는 인간과 비교가 된다. 끝으로 신(信)이다. 매년 여름이면 어김없이 허물을 벗고 시원한 소리를 들려준다.

미물인 매미가 오덕을 지녔다면 인간은 과연 어찌해야 할까? 정답은 이미 우리 가슴속에 있다. 우리는 흔히 '옥에 티'라 말한다. 옥에 흠(a flaw in the crystal)이 있는 것을 말한다. 오덕을 실천해야 할 사람들에게 자꾸만 흠이 생긴다면 문제가 아니겠는가. 더 큰 흠이 생기기 전에 계속 덕을 쌓을 일이다. 그래야 세상이 밝고 맑아진다. 오늘 당신이 실행한 오덕은 무엇인가.

사불삼거: 자기 유익을 구하지 않는다

TV에서 사불삼거(四不三拒)를 '한국의 유산'으로 소개하였다. 일종의 시리즈 형식인데 모두에 다음과 같은 멘트가 있다.

> "궁색한 살림에 아내가 세간을 팔아 밭을 사자 사직서를 낸 풍기군수 윤석보. '국록을 받으면서 땅을 장만했다면 세상이 나를 어찌 보겠소. 당장에 물리시오.'"

아내는 뇌물을 받은 것도 아니고 시집올 때 가져온 비단옷을 팔아 채소밭 한 떼기를 샀을 뿐이다. 이유야 어찌 되었든 아내가 밭을 산 것을 안 윤석보는 사표를 내고 말았다.

조선시대 고위공직자들에겐 꼭 지켜야 할 불문율이 있었다. 그것이 바로 사불삼거였다. 그 가운데 공직자는 자신을 위해 땅을 사지 않는다는 것이 있었다. 부인이 저지른 일이지만 군수는 스스로 이 규범을 어겼다고 판단했다. 군수면 군수지 어려운 가정 형편을 돌파해 나가려 했던 아내의 마음은 전혀 고려하지 않아 마음 한쪽이 짠하다. 윤석보라고 왜 마음이 아프지 않았으랴.

사불삼거란 고위공직자가 재임 중에 해서는 안 되는 4가지와 거절

해야 할 3가지를 말한다. 당시 관료들은 청렴을 덕목으로 삼았기 때문에 굳이 이를 강조하지 않아도 마땅히 지켜야 할 불문율로 여겼다한다.

하지 말아야 할 4가지는 다음과 같다.

- 부업을 갖지 않는다.
- 땅을 사지 않는다.
- 집을 늘리지 않는다.
- 재임지의 명산물을 먹지 않는다.

그리고 거절해야 할 세 가지는 다음과 같다.

- 윗사람의 부당한 요구를 거절한다.
- 부득이 요구를 들어줬다면 답례를 거절한다.
- 경조사의 부조를 거절한다.

사불삼거의 표본으로 윤석보 외에 여러 사람이 거론된다. 조선 영조 때 이름난 아전 김수팽이 어느 날 역시 아전인 아우의 집에 들렀다. 그의 집 마당 여기저기에 염료 통이 놓여 있었다. 동생은 그의 아내가 염색업을 부업으로 한다고 했다. 그 말을 듣는 순간 김수팽은 염료 통을 모두 엎으며 일갈했다. "우리 모두 나라의 녹을 받고 있는데 부업을 한다면 가난한 사람들은 도대체 무엇으로 먹고살라는 말이냐!"

대제학 김유는 자기 집 지붕의 처마 몇 치도 늘리지 못하게 했다. 집을 늘리지 않는다는 것이 사불 가운데 하나다. 정붕이 청송 부사로 가자 영의정이 그곳 명품인 꿀과 잣을 보내달라며 부탁을 해왔다. 정봉은 명품을 보내는 대신 다음과 같이 글을 보냈다. "잣나무는 높은 산 위에 있고, 꿀은 민가의 벌통 속에 있습니다." 그 글을 받은 영의정이 뭐라 했을까. 우의정 김수항은 아들이 죽었을 때 한 지방관이 무명 한 필을 보냈다. 지방관은 고맙다는 말 대신 벌을 받아야 했다.

사불삼거하면 조선 관료들이 꽤나 청렴했을 것으로 생각된다. 하지만 실상은 그렇지 못했다. 오히려 사불삼거와는 거리와 멀었다. 당시에도 부패는 만연했다. 그럼에도 불구하고 사불삼거로 자신을 지키려 했던 사람들이 있었다는 것이 오히려 자랑스럽다.

사불삼거는 법으로 정한 것도 아니다. 그저 그러면 좋겠다는 불문의 규범이었을 뿐이다. 지키지 않아도 그만이다. 다들 그렇게 살지 않는가. 그럼에도 불구하고 그것을 지키는 것이 나라와 백성을 위하는 일이라고 생각했던 사람들이 있었다. 충신이 어디 따로 있는가. 일을 함에 있어서 자기 유익을 구하지 않고, 남보다 자신에게 더 엄격하게 자를 들이댔던 사람들이 아니겠는가. 그들이 있었기에 한국의 청렴 정신은 오늘도 빛을 발하고 있다. 사불삼거, 우리가 기억하고 지켜야 할 유산임엔 틀림없다.

문화혁명: 양심이 깨어나야 진짜 문화대혁명이다

산둥성 지난시 문화국 문물처 처장으로 일하다 퇴직한 60대의 류보친, 그는 중국 문화혁명 때 홍위병으로 활동했다. 그런 그가 월간지 『염황춘추』에 광고를 내고 그 시기에 자신이 박해했던 교장, 교사, 동창생들의 이름을 일일이 언급하며 사죄했다. 1966년 당시 그는 중학교 1학년으로 어린 나이에 무지해 옳고 그름을 분별하지 못하고 그들을 포함 그 가족 모두에게 큰 상처를 줬다고 고백했다. 그는 당시 스승을 때리고 침을 뱉었다. 당시 정치상황으로 돌려 자신을 합리화할 수도 있지만 그는 그렇게 하지 않았다. 아무리 환경이 그렇다 해도 개인이 저지른 악행에 대한 책임을 덮을 수는 없다며 공개적으로 용서를 빌었다. 자신의 과거 행동이 오랫동안 그의 마음을 짓눌렀다고 했다. 이 광고를 접한 중국 퉁지대학 주다커 교수는 웨이보를 통해 잘못을 인정하는 전통이 없는 나라에서 이번 소식은 양심이 살아 있다는 증거라 했다.

이 보도가 나의 가슴에 와 닿는 이유가 있다. 2000년도 연변과기대에 있을 때 난 연변대학교 부총장을 지낸 정판룡의 책『고향 떠나 50년』을 읽었다. 북경의 민족출판사에서 나온 이 책은 전남 담양 출신의 그의 식구가 흑룡강 성으로 이주하게 된 경위, 그리고 모스크바 대학에서 유학한 뒤 중국에 돌아와 문화혁명을 겪었을 때의 아픔을 가감 없이 소개했다. 난 그 책을 통해 문화혁명기에 지식인들이 얼마나 고난을 받았는가를 실감했다.

그에 따르면 대학의 경우 지도급은 물론 교수, 직원 모두가 비판의 대상이 되었다. 수정주의자로 낙인찍히면 엄격한 규율 아래 집단으로 강제노동을 해야 했다. 그들은 아침 일찍 기숙사 앞에 모여 먼저 모택동의 만수무강을 빌고 어록을 외운 다음 자신들을 관리하는 나이 어린 홍위병들의 훈시를 들어야 했다. 그 훈시는 모멸감을 주기에 충분한 것이었고, 일은 학생들이 시키는 대로 해야 했다.

문화혁명 기간 동안 자산계급 지식인이거나 학자들은 잡귀신 취급을 받았다. 학술계, 교육계, 문화계의 잡귀신들을 쓸어버린다는 명목 아래 그 방면에 권위 있는 사람들을 철저히 제거했다. 고깔모자를 씌우고 얼굴에 먹칠을 한 뒤 징을 치면서 조리돌림을 했다. 일부는 단지곰을 당하기도 했다. 단지곰이란 도자기 단지에다 고기를 넣고 곰을 하듯 푹 삶는다는 것인데 자기 잘못을 인정하지 않는 사람들을 데려다가 인정할 때까지 삶는 것을 말한다. 지식인들은 과거에 받은 모든 낡은 교육의 영향을 철저히 청산하고 진정한 노동일꾼으로 거듭나야 했다. 외국에 유학을 했거나 그곳에서 학위를 받았다는 것은 자랑이 아니라 오점이 되었다. 심지어 과거로부터 자신을 청산한다는 의미에서 대중 앞에서 국외에서 받은 학위증서를 찢는 일은 물론 갖고 있던 저서를 버리거나 태우는 일마저 벌어졌다.

문화혁명이 시작된 후 근 10년간 교육혁명을 한다고 하면서 학생들을 선동하여 교원을 마구 비판하여 교학질서를 파괴함은 물론 노동을 통해 재교육을 실시한다는 명목으로 지식인들을 농촌에 투입하고, 수업을 재조직한다는 이름으로 정상적인 수업을 하지 못하게 했다. 학술연구는 수정주의적 사고로 비판의 대상이 되었다. 그러므로 문화대혁명은 사실상 문화적으로나 교육적으로 중국을 퇴보시킨 기간이었다.

연변대학만 보더라도 문화대혁명 기간에 이러저러한 죄명으로 비판을 받은 교직원이 124명이나 되었고 임민호 교장은 4년에 걸친 비판과정으로 세상을 떴다. 노동 재교육을 받기 위해 농촌으로 쫓겨난 교직원은 210명이 되었다. 10년간 지속된 혼란 속에서 파괴되었거나 잃어버린 교실, 실험실, 실험장비, 도서자료들은 부지기수였다.

문화혁명은 공산 중국을 혁명적 공산주의의 모범사례로 발전시키려는 모택동의 '홍(紅)' 노선과 실용주의에 기초하여 부강한 현대국가의 건설을 지향하는 유소기, 주은래, 등소평 등의 '전(專)' 노선이 최악의 상황으로 치달은 것이었다. 문화혁명은 경제재건 문제를 도외시한 채 계급투쟁의 정치문제로 일관했다. 연변의 경우 그들은 연변 시민들이 그동안 이뤄낸 성과를 전면 부정하고 주덕해 등 지방 간부들을 모조리 자본주의로 나아가는 주자파로 몰았다. 심지어 농촌의 간부는 물론 농민까지 혁명의 대상으로 삼아 온갖 죄명을 씌워 가혹하게 박해를 가했다. 문화혁명은 임표가 죽고 강청, 장춘교, 요문원, 왕홍문 등 4인방이 전격 체포됨으로써 막을 내렸다.

중국인에게 있어서 문화혁명은 잊고 싶은 추억이다. 홍위병들은 거리에 나가 낡은 사상, 낡은 문화, 낡은 풍속, 낡은 습관들을 모조리 쓸어버리는 이른바 퍼쓰쥬(破四旧) 운동에 앞장섰다. 그런 과정에서 류보친이 한 행위들이 비일비재하게 일어난 것이다. 사람도 많이 죽었다. 이제 문화혁명은 과거의 일이 되었다. 하지만 우리 양심은 혼돈의 시기에 저질러진 잘못까지 일깨운다. 잘못된 과거를 반성하고 사죄하는 양심은 돈으로 살 수 없다. 자신의 악행을 깊이 사죄한 류보친에게 박수를 보낸다. 문화혁명은 따로 있는 것이 아니다. 양심이 깨어나야 진짜 문화대혁명이다.

디지털 코쿠너: 밖에 나가 하늘도 보고 꽃도 보자

오랜만에 만난 친구에게 말을 건다.

"혹시, 자네 요즘 디지털 코쿠닝에 빠진 것 아니겠지? 왜 그렇게 얼굴 보기 힘들어?"

"그러게 말이네."

디지털 코쿠닝(digital cocooning), 신조어다. 그런데 이것이 지금 우리 삶의 한 모습으로 자리를 잡아가고 있다. 왠지 그것에서 벗어나야 할 것 같은 생각이 든다.

이 단어는 가정용 디지털(digital) 신제품과 누에고치화(cocooning)를 합한 말로, 미래학자 페이스 팝콘(Faith Popcorn)이 『클릭! 미래 속으로』에서 맨 처음 사용했다.

코쿠닝이란 누에 애벌레가 누에고치를 만들기 위해 자기 몸속에서 명주를 뽑아내 고치 속에 쏙 박혀 있는 것을 말한다. 위험하고 예측 불가능한 현실이 두려운 나머지 누에고치 같은 안식처로 도피하는 현상을 빗댄 것이다. 힘든 현실에서 자신의 세계를 지키기 위해 가정으로 회귀하는 현상을 일컫는다. 코쿠닝은 도피성이 짙고, 가정이 그 도피처가 된 것이다.

여기에 디지털이 붙은 것은 가정 속에 여러 디지털 기기들을 마련해 이것들을 즐기면서 문화생활도 하고, 업무도 보기 때문이다. 가정에 홈시어터를 만들어 영화를 보거나 음악을 내려받는다. 디지털 영상으로 운동도 한다. 심지어 인터넷을 통해 업무도 처리한다. 집안에 여러 운동기구를 들여놓고, 가정용 고급 커피제조기로 커피를 마시며, 집안에서 출장파티도 즐긴다. 밖에서 하던 활동들을 줄이고, 집안으로 끌어들인 것이다. 디지털 코쿠닝과 유사한 말로 인스피어런스(insperience)가 있다. 실내(indoor)와 경험(experience), 두 단어를 조합한 것이다. 게임 룸, 댄스 룸, 요가 룸 등 그 활동범위가 실내로 한정되어 있다. 디지털 코쿠닝이 가정이라면 인스피어런스는 실내다. 모두 밖보다 안을 지향한다.

왜 이런 현상이 나타났을까? 그것은 불안정한 경제, 테러에 대한 공포, 그리고 가정에서 즐길 수 있는 여러 디지털 기기의 발달과 연관이 있다. 버블붕괴와 금융위기는 밖에서의 소비보다 집안으로 안주하는(nesting) 현상을 불러왔고, 9·11테러 등 시민생활을 위협하는 각종 행위는 가족을 중시하도록 만들었으며, 각종 첨단 디지털 기기의 발달로 가족 단위 오락이 가능해졌다. 이런저런 현상들이 디지털 코쿠닝을 가능하게 만든 것이다. 새로운 생활모습임에 틀림없다.

디지털 코쿠닝을 환영하는 쪽은 디지털 기기 제작사들이다. 그들은 지금도 가정 내에서 여가를 즐길 수 있는 다양한 디지털 상품을 만들어내기에 여념이 없다. 닌텐도 게임 위(Wii)는 "가정에서, 손쉽게, 온 가족이 즐기는 게임"을 모토로 하고 있다. 세계적인 불황에도 이 게임은 오히려 사상 최대 매출을 거두었다. 우리나라 IT 제품과 온라인 게임 등도 반사이익을 누리고 있다. 스마트폰도 예외가 아니다. 전반적으로 사업이 안 된다 안 된다 하는데 이쪽엔 해가 떠 있다.

하지만 염려되는 것이 있다. 안으로만 돌면 사람이 어찌 되겠는가 하는 것이다. 누에고치 속은 편하다. 그러나 그 속에 안주한다면 발전이 없다. 우리네 부모들은 아이들이 집안에서 게임만 하고 있는 것을 봐주지 못한다. 집에서 나온 아이들은 동네 PC방을 전전한다. PC방으로의 인스피어런스다. 갈 곳이 마땅치 않고, 즐길 것이 마땅치 않은 이유도 있다. 문제는 여전히 남아 있다. 어디 그뿐이랴. 스마트기기 코쿠닝은 더 심각하다. 어른, 아이 할 것 없이 어딜 가나 스마트 기기에 집중되어 있다. 거길 벗어나면 죽는 줄 아는 사람도 있다. 디지털에 중독된 코쿠너(digital cocooner)들이다.

디지털 코쿠너들이여, 가끔 스마트 기기 내려놓자. 밖에 나가 하늘도 보고, 꽃도 보자. 사람을 만나고, 시간을 내어 여행도 하자. 밖은 아름답다. 밖은 언제나 당신을 기다리고 있다.

미포머와 인포머: 감성과 이성은 조화가 필요하다

　중국과 인도 다음으로 인구가 많은 나라는 페이스북이다. 현재 인구 8억을 넘었다. 인도의 일부 지역에서 소요사태가 나자 정부는 페이스북을 차단했다. 중국에서도 페이스북은 경계대상이다. 그만큼 일상화되어 있고, 파급력이 크다는 말이다.

　페이스북은 늘 "지금 무슨 생각을 하고 계신가요?" 물으면서 우리를 잡아끈다. 자기 생각을 적어놓기도 하고, 일상의 느낌을 올리기도 한다. 그러면 페친들이 반응을 한다. 온라인을 통해 생각을 나누는 친밀 공간 역할을 하는 것이다.

　그러다 보면 중독이 될 수 있다. 중독이 심하면 체크하며 페친의 반응을 살피고, 페친이 올린 글을 읽는 횟수가 늘어난다. 하루를 거르지 못하고, 몇 시간을 쉬지 못한다. 그래서 가끔 페이스북 단식이 필요하다는 말을 한다.

　페이스북은 '얼굴북'이다. 그런데 얼굴만 올리는 사람은 없다. 가끔 익살스러운 얼굴을 올려 사람들을 즐겁게 만들기도 하고, 생뚱한 입담으로 사람을 놀라게도 한다. 자기의 틀을 과감히 깨뜨린다는 점에서 용감하다. 그러나 전혀 다른 모습을 보며 놀라기도 한다. 그래서 페이스북은 때로 파격적 공간이 되기도 한다.

페이스북 글 올리기에 열중하는 사람도 있지만 자기는 한 번도 올리지 않고 그저 남의 글을 즐기는 사람도 있다. 같은 SNS라도 활용면에서 차이가 있다. 더 놀라운 것은 올리는 사람도 다 같지 않다는 것이다.

2009년 미국 러트거스대 커뮤니케이션 교수 나아만(Mor Namaan)과 보아스(Jeffrey Boase), 그리고 박사과정의 치후이 라이(Chih-Hui Lai) 등이 트위터를 사용하는 사람들을 대상으로 사회적 의식 흐름(social awareness streams)을 조사해 발표했다. 페이스북 못지않게 사람들이 많이 이용하고 있는 것이 트위터다.

그들은 조사대상자들을 미포머(Meformer)와 인포머(infromer)로 구분했다. 미포머는 나(me)와 정보제공자(informer)를 합한 말이다. 미니홈피, 블로그, 트위터나 페이스북 등 SNS에 매일 자신의 일상적인 활동, 사회생활, 순간적인 감정이나 느낌, 또는 생각을 게시물로 올리는 사람을 가리킨다. 미포머는 포커스를 자기에게 맞춘다. '나 지금(me now)' 이렇다고 자주 말한다. 개인의 사소한 일들을 올리기 때문에 사실 정보 활용 가치는 그리 높지 않다. 올리는 양은 많지만 단순하고 일회성 글이 많아 자칫 악용되거나 좋지 않은 방향으로 흘러갈 수도 있다. 특히 게시물이 감성적일 경우 더욱 그렇다. 하지만 이것이 오히려 사회적 관계성을 강하게 하기도 하고, 또는 약하게 하기도 할 만큼 큰 역할을 한다.

미포머의 반대말은 인포머다. 글을 올린다는 점에서 미포머와 비슷하지만 미포머와는 달리 자기 자신에 대한 얘기보다는 다른 사람에게 유익한 정보나 지식을 SNS를 통해 제공한다. 주로 요리법, 교육

정보, 영화 이야기, 유용한 뉴스기사 등을 올리기도 하고, 링크하기도 한다. 게시물 내용은 대부분 이성적이어서 삶에 도움을 준다.

러트거스대 연구진은 다음과 같은 연구결과를 발표했다.

- 트위터에서 인포머는 미포머보다 더 많은 친구와 팔로어를 두었다.
- 여성들이 남성보다 '나 지금'과 같은 게시물을 더 많이 올린다. 조사대상 여성의 45%가 '나 지금' 성격의 게시물을 올림에 비해 남성의 경우 37%다.
- 모바일 기기에 올린 게시물이 비모바일 기기에 올린 게시물에 비해 '나 지금'의 성격이 크다. 그 비율이 51% 대 37%였다.
- 인포머들이 자신의 메시지에서 자기 자신보다 다른 사람을 더 자주 언급한다.

조사에 따르면 트위터의 경우 미포머가 80%라면 인포머는 20%였다. 그만큼 미포머의 수가 많았다.

당신은 감성적 미포머인가, 이성적 인포머인가? 만약 당신의 생각과 느낌, 그리고 감정을 남과 나누고 싶어 한다면 당신은 미포머일 가능성이 높다. 그러나 덜 감성적이지만 좋은 내용을 남과 나누고 싶어 한다면 당신은 인포머일 가능성이 높다. 우리 사회는 미포머도 필요하고, 인포머도 필요하다. 어느 한쪽만 있다면 식상하게 된다. 다르지만 서로 부족한 점을 채우며 보듬는 사회가 멋있다. 감성과 이성은 조화가 필요하다.

히틀러: 선동정치는 사람을 아프게 한다

히틀러의 자서전으로 『나의 투쟁(Mein Kampf)』이 있다. 자신은 어떤 삶을 살았으며, 제1차 세계대전에서 패배한 독일의 상황에서 어떤 돌파구를 찾아야 하는가를 나름대로 서술했다. 나의 투쟁엔 이유가 있다는 말이다. 독자에 따라 이에 대한 평가가 다르다. 그가 말하는 '나의 투쟁'은 과연 옳았을까.

히틀러는 독일계 오스트리아인으로 태어났다. 13세와 18세에 아버지와 어머니를 잃어 제대로 교육을 받지 못했다. 당시 다민족국가였던 오스트리아는 정책적으로 독일계 민족을 소외시켜 그들의 언어조차 지키기 어려운 상태였다. 어릴 때부터 독일인들의 통일적 민족국가에 대한 염원을 가졌던 그는 제1차 세계대전이 발발하자 독일군에 입대하였다. 독일은 패했고 국제적 제약을 받으며, 경제는 피폐해갔다. 그는 독일노동자당, 곧 나치에 가입했고, 당의 선동가로서 활동하다 마침내 당을 장악했다. 그는 1923년 이른바 뮌헨봉기, 곧 히틀러의 봉기를 기획했지만 실패하고 란츠베르크 형무소에 투옥되었다. 이때 『나의 투쟁』이 나왔다. 1933년 1월 히틀러는 결국 수상이 되어 일당 독재 체제를 확립했다. 1944년 일부 장군들과 정치가들이 반란을 꾀

했지만 히틀러 암살계획은 실패했다. 1945년 4월 베를린이 함락되기 직전 그는 자살했다.

『나의 투쟁』은 란츠베르크 감옥에서 금고형을 살던 1924년에 구술 필기를 시작해 1925~1927년에 걸쳐 2권으로 간행되었다. 이 책에는 오스트리아의 하급 세관원의 아들로 태어났을 때의 이야기부터 빈 시절의 고난, 정치적 이념이 자리 잡힌 청소년기, 정치활동을 시작한 청년기, 활발히 투쟁을 벌이던 전성기까지 모든 것이 담겨 있다. 독일 노동자당의 붕괴의 원인, 민족과 인종에 관한 생각도 담았다. 나아가 세계관과 당, 국가, 국적 소유자와 국가의 시민, 세계관과 조직, 초기의 투쟁과 연설의 중요성, 적색선전과의 투쟁, 강자, 돌격대의 의미와 조직에 관한 생각, 연방주의의 가면, 선전과 조직, 노동조합 문제, 전후 독일의 동맹정책, 동방노선과 동방정책, 권리로서의 정당방위 등 여러 주제에 대해 소견을 담았다. 제2차 세계대전과 그의 자살 관련 부분은 없다.

가방끈이 짧은 그에게 영향을 준 사람은 누구보다 고트프리드 페더다. 그를 통해 히틀러는 채권과 화폐, 대부금융, 유대인들의 경제활동, 특히 유대인의 국제적 자본흐름을 간파했다. 대중을 선동하고 조직을 키워가기 위해 반드시 적이 필요하다 생각한 그는 유대인을 적으로 삼았다. 그는 『나의 투쟁』에서 유대인의 매점매석을 비판했다. 유대인을 경제 질서를 교란시키는 종족으로 본 그는 유대인 배척 운동의 필요성을 강조했다. 독일 경제가 낙후된 것도, 독일이 이처럼 쇠한 탓도 그들에게 돌렸다. 유대인은 선동정치의 제물이 되었다.

유대인에 대한 그의 정치공세는 설득력을 얻어갔다. 제1차 세계대전 후 극심한 경제 불안에 시달렸던 독일 국민들 아니던가. 출구가 보이지 않던 상황에서 독일인들이 가담했다. 더욱이 유대인들이 독일 내 신·구교 갈등을 조장하여 독일의 민족주의적 국가결성 역량까지 파괴한다는 주장마저 먹혔다.

히틀러는 철저한 민족주의자이면서 마르크스주의를 반대한 인물이다. 마르크스주의를 페스트로 보았고, 마르크스주의자들을 적색분자라 했다. 그는 마르크스주의에도 유대인을 결부시켰다. 유럽 각지에 흩어져 시민권 따기에 급급했던 유대인들이 부르주아를 지원해 군주를 몰아내고 입지가 커지자 이제는 노동자들에게 마르크스주의를 주입시켜 부르주아를 내쫓으려 한다는 것이다. 유대인들은 이래저래 치였다. 히틀러는 절대빈곤문제를 해결하기 위해 계급을 부정했다. 계급은 존재하지 않는다. 자유평등을 실현한다. 노동자에게 완전히 일자리를 주고 자유를 주고 잘살게 한다. 누구든 차를 몰게 한다. 그런데 그것은 독일 민족에 한정된다. 그에겐 오직 민족만이 있었을 뿐이다.

국제사회로부터 고립되었던 독일, 경제적으로 힘들었던 독일, 그 독일을 보고 히틀러는 민족을 결집시켜 다시 일어서고자 했다. 민족이란 단어는 미묘하게 민족에게 힘을 준다. 히틀러는 그것을 알았다. 그러나 민족주의는 타민족을 거부하는 배타주의라는 점에서 문제가 크다.

독일은 제2차 세계대전을 일으켰지만 그 피해는 전 세계가 입었다. 수백만의 유대인들이 결국 죽임을 당했다. 한 인간의 잘못된 역사의식과 잘못된 집념이 낳은 결과이다. 어디 그뿐이랴, 잠시나마 그에게 호응했던 독일 민족은 오래도록 자신들의 죄과를 사죄해야 했다. 민족의식을 앞세워 다른 민족을 업신여기는 우를 범해선 안 된다. 전쟁으로 얻을 것은 파멸 이외에 아무것도 없다. 히틀러는 민족을 앞세워 정치공작을 했을 뿐이다. 나의 투쟁은 다른 민족이 아니라 진정 잘못된 나를 향한 끊임없는 투쟁이 되어야 한다. 선동정치는 사람을 아프게 한다.

도덕적 사고: 일본을 넘어서기 위한 조건

3·1절이 되니 여러 생각이 난다. 그중에 한 사람이 미얀마에서 3년간이나 일본군 포로가 되었던 영국의 철학자 헤어(R. M. Hare)다. 포로생활에서 벗어난 그는 훌륭한 도덕철학자가 되었다. 포로에서의 경험과 생각이 그의 철학에도 그대로 녹아 있다.

그의 사상은 한마디로 '도덕적 사고(moral thinking)'다. 그는 나치즘과 파시즘을 광신주의(fanaticism)라 했다. 독일, 이탈리아, 일본은 당시 광기의 시대를 이끈 주범 국가들이다. 그들은 인류에게 씻을 수 없는 죄를 범했다. 윤리와 도덕을 무시했고, 생명과 인격을 무참히 살해했다.

문제는 전후에 이를 어떻게 처리했는가 하는 것이다. 독일은 철저하게 회개했다. 수상이 무릎을 꿇었다. 앞으론 다시 그런 과오를 범하지 말자고 했다. 그런데 일본은 그렇지 않다. 일부 지식인들은 과오를 인정하지만 다수의 정치가는 오늘도 자신들의 과거를 미화하는 데 급급하다. 오히려 피해자들의 속마저 터지게 하는 소리를 한다. 그것을 보는 세계의 눈은 곱지 않다.

헤어는 도덕과 비도덕을 구분했다. 비도덕은 '도덕관념이 없는(amoral)' 죄를 짓고도 전혀 의식이 없는 것을 말한다. 이것은 기본적으로 화석화된 사고(ossified way of thinking)를 가지고 있다. 남들은 틀렸다고 말하는데 자기만 "나는 틀리지 않았다"며 고집을 부리는 것이다. 이 때문에 양심이 과연 있는지 의문이 생길 정도다. 그는 국가도 개인과 마찬가지로 도덕이 있어야 한다고 주장한다.

일본이 과오를 인정하지 않는 것은 아직도 그들의 의식이 광기의 시대에 머물고 있음을 의미한다. 이런 의미에서 광기의 시대는 아직도 끝나지 않았다. 아니, 광기를 즐기고 있다. 그 모습은 그 시대의 복장으로 욱일승천기를 흔들어대는 모습에서, 거리의 구호나 자극적인 외침, 그리고 끊이지 않는 정치인들의 막말에서 볼 수 있다. 참으로 비극이 아닐 수 없다.

오늘따라 독일과 일본은 왜 이처럼 비교되는 것일까. 우리는 절대로 일본처럼 되어서는 안 된다. 언젠가 도쿄에 참회의 비가 높게 세워지는 날 세계는 용서가 무엇인가를 기꺼이 보여줄 것이다.

흔히 일본인을 개인적으로 만나면 온순하고 예절 바른 사람들이라 한다. 그런데 집단 속의 일본인들은 다르다고 한다. 집단심리 때문이다. 이것은 일본인에 국한되지 않는다. 이규태에 따르면 인도네시아엔 집단 심리로 어먹(amuck) 기질을 든다.

이것은 인도네시아어 어먹(amock)에서 나온 것으로 어느 한 사람이나 한 집단이 조용하고 엄연한 태도를 취하고 있다가 갑자기 광란으로 돌변하는 것을 의미한다. 어먹과 반대되는 기질은 루쿤(rukun) 기질이다. 가족을 초월하여 고을이나 단체, 조직, 직장 같은 공동체 테두리 안에서 모나지 않고 사리사욕을 부리지 않으며 조화와 타협을 모색하며 사는 것을 말한다. 루쿤 기질이 작용할 때 인도네시아 사람들은 온순한 사람들로 평가를 받는다. 이 나라를 지배했던 네덜란드 사람들이 인도네시아 사람을 지구 상에서 가장 온순한 사람들이라한 것을 보면 알 수 있다. 하지만 어떤 기질이 발생하면 상황은 다르다. 역사상 가장 돌발적이고 폭력적인 사태로 돌변한 사태들이 인도네시아에서 발생하는 것을 보면 어떤 기질이 얼마나 무서운가를 알수 있다.

광기를 부릴 때 도덕은 대부분 힘을 발휘하지 못한다. 폭발하는 감성을 이성이 감당하지 못하기 때문이다. 하지만 사건이 끝난 후 그참혹함에 놀란다. 중요한 것은 감성이 누그러지고 이성이 말을 할 수있을 때 도덕과 윤리가 힘을 발휘해야 한다는 것이다. 그렇지 못하다면 그 이성은 의심받아 마땅하다. 국가이성도 마찬가지다.

일본을 보면서 욕만 해서는 안 된다. 그것을 거울삼아 우리의 모습속에서 조금이라도 그런 것이 없는지 살펴보아야 한다. 특히 남을 향해서 손가락질은 그렇게 잘하면서, 정작 그 손가락 끝이 자기로 향하는 데는 인색하지 않았는지 따져봐야 한다. 그래야 바르고, 균형 감각이 있는사람이 될 수 있다. 그래야 우리 민족도 일본을 넘어설 수 있다.

후츠파 정신: 정신은 나라를 강하게 만든다

규모로는 작은 나라다. 그러나 기술로는 큰 나라다. 인구로는 작은 민족이다. 그러나 노벨 수상자를 가장 많이 배출한 민족이다. 그 나라는 이스라엘이고, 유대민족이다.

이 나라에 후츠파(Chutzpah) 정신이 있다. '후츠파'란 뻔뻔스러울 만큼 놀라운 용기, 도전, 주제넘은 오만 등 아주 저돌적인 의미를 가지고 있다. 유대인의 몸속에 바로 이 정신이 DNA처럼 담겨 있다. 이것이 과감한 도전과 창조성의 원동력이 되었다. 그래서 유대인의 저력을 알려면 후츠파 정신을 알아야 한다고 말할 정도다.

후츠파엔 구체적으로 무엇이 있을까? 대략 7가지가 소개된다. 그 첫째가 정형화된 형식과 격식을 타파하는 것이다(informality). 이스라엘의 각료 회의나 수뇌부 회의에서 참석자들이 손수 차를 타서 마신다. 비서가 가져다주는 차를 마시는 우리와는 차이가 있다.

둘째는, 의문이 생기거나 이해가 안 되면 위아래 가리지 않고 누구에게나 질문을 한다는 것이다. 권위나 지위의 높낮음에 상관없이 모두 평등한 가운데서 서로 묻고 대답한다(Questioning Authority). 학교의 수업 시간은 물론 회당에서 성경을 읽을 때, 심지어 도서관에서도 열정적으로 묻고 토론한다. 쉼 없는 질문과 대답은 가정의 식탁에서부터 시작된다. 유대인이 우수한 이유는 유전자가 아니라 저녁 밥상머리에서 부모님들이 자녀들의 궁금증을 풀어주는 대화 때문이라 할 정도다. 대화와 토론이 일상화된 것이다. 집에서 부모와 대화하는 일이 적고, 교실에서마저 질문을 꺼리며, 그저 얌전히 듣기만 하는 우리네와는 다르다.

셋째, 그들은 어느 곳을 가더라도 그곳 사람들과 잘 섞이고 어울린다(mash-up). 디아스포라로서 세계 곳곳에 흩어져 살다 보니 그 생활이 몸에 배었다. 이스라엘 기업들은 기업하기 매우 어렵다는 중국에서도 잘 적응하고 있다.

넷째, 위험을 기꺼이 감수한다(risk taking). 유대인은 도전정신에서 타의 추종을 불허할 만큼 앞서 있다. 실패를 교훈 삼아 위험한 일에 뛰어든다. 1976년 우간다 엔테베 공항 작전은 그들이 자국민을 위해서라면 얼마만큼 위험을 감수할 수 있는가를 단적으로 보여준다.

다섯째, 목표 지향적이다(mission-oriented). 그들은 부와 명예, 그리고 생존을 위해 목표를 수립하고 이를 철저히 실행한다. 불가능성보다 가능성을 생각한다. 그 결과 유대인들은 세계 각 곳에서 성공의 모범을 보여주었다.

여섯째, 끈질긴 정신이다(tenacity). 일에 집요하게 매달리고 끈질기게 인내하며 결실을 맺는다. 이스라엘은 이 정신으로 황폐한 사막에 수도 파이프를 매립해 전국 어디서든 식물이 자라도록 함으로써 최고의 물 관리 국가가 되었다. 키부츠도 마찬가지다.

끝으로 실패로부터 배운다(learning from failure). 실패로부터 교훈을 얻고, 그 교훈을 바탕으로 다시 시작한다. 그들은 결코 실패를 두려워하지 않고 그것을 오히려 학습의 기회로 삼았다.

이스라엘은 지금 첨단과학 기술을 바탕으로 세계경제의 중심에 우뚝 서 있다. 그 바탕에는 창의성을 강조하는 교육, 과학기술에 대한 끊임없는 도전, 생산적인 군대 시스템 그리고 혁신적인 벤처창업 문화가 있다. 도전 정신은 이것에 한정되지 않는다.

정신은 문화를 만들고, 문화는 나라를 강하게 한다. 후츠파는 때로 당돌하고 공손하지 못하게 보일 수 있다. 그러나 그것이 무례함의 차원이 아니라 도전과 창조를 위해 밑거름이 된다면 참을 수 있으리라. 자원이 부족하고 안보가 불안한 이스라엘이 택한 선택이라면 그 점에서 같은 형편에 처한 우리도 깊게 생각해볼 가치가 있다.

후츠파 정신은 세계를 향해 도전해야 하는 이 땅의 젊은이에게도 필요한 정신이다. 땅이 좁다고, 가진 것이 없다고 절망하거나 포기하지 말라. 도전하고 창조하라. 결코 그 칼끝을 무디게 하지 말라. 당신은 조국의 미래를 아름답게 써야 할 장수다.

대중문화: 엘리트 문화만이 문화가 아니다

밀스(C. Wright Mills)는 현대사회를 대중사회라 했다. 대중이나 대중문화라는 단어가 그리 환영받지 못하던 시절이라 이 같은 등식에 대해 의문을 제기하는 사람도 많았다. 하지만 지금 그렇게 말하면 당연한 것으로 생각한다. 크게 문제제기를 하지 않는다. 세월이 많이 달라졌다.

대중사회라 할 때 크게 상부개념과 하부개념으로 나누어 생각한다. 상부개념은 대중사회의 일반적 성격, 특히 대량화와 보편화에 둔다. 그리고 하부개념은 다른 사회적·문화적 배경의 영향을 받은 구조적 특수성에 따라 유동성과 다양성이 존재한다. 그래서 대중문화라 할 땐 상부개념에만 머물지 않고 하부개념의 이해도 필요하다. 콘하우저(William Kornhauser)에 따르면 대중사회는 집합체, 곧 대중에 의해 문화적 기준이 획일적으로 균등화될 수 있지만 그 기준은 자주 바뀔 수 있다. 기준이 바뀐다는 것은 유동성이 있다는 말이다.

대중문화에는 문화적 다원주의(cultural pluralism)가 존재한다. 정치든 사회든 문화든 다원적 불평등 구조가 존재한다. 그 속에 권력, 기능적 전문성이 작용하면서 불평등 구조는 더 단단해진다. 문화와 반문화의 긴장과 갈등도 있다. 게다가 대중문화에 대한 엘리트층의 반감도 상당하다.

엘리트 문화는 귀족적이고 문화적 독선주의에 가깝다. 그래서 대중문화를 쉽게 얕본다. 이것을 대중문화 반대론자에게서 찾아볼 수 있다. 르봉(Gustav Le Bon)은 대중을 문명의 파괴세력으로 보았다. 소수의 지적 선동가에 의해 꼭두각시 역할을 하는 식별 없는 무식쟁이, 본능에 움직이는 야만인으로 보았다. 집단심리, 획일화된 행동, 자기다움이 사라진 익명의 대중인일 뿐이다. 오르테가(Jose Ortega y Gasset)는 대중을 생각, 욕망, 생활양식이 일치한 평범한 인간으로 보았다. 대중이 득세하는 것은 자기들의 주장과 욕심을 강압적으로 표현하는 극단적 민주주의(hyper-democracy)의 승리일 뿐이다. 뢰벤탈(Leo Lowenthal)이나 프롬(E. Fromm)도 대중문화 비판에 섰다. 그들은 대중문화를 저속하다 보았다. 저속한 교양물, 취미, 오락물, 찰나의 쾌락과 쾌감을 추구하는 문화다. 나아가 대중문화는 비인간화를 가속시킨다고 보았다. 대중문화는 높은 인간성 회복의 꿈을 버렸고, 인간으로부터의 소외를 부추긴다. 대중문화 반대론자의 귀족적인 생각들이 지금도 아주 사라진 것은 아니다.

대중문화에 대해 찬성표를 던진 학자도 있다. 대표적인 인물로 에드워드 쉴즈(Edward Shils)가 있다. 그는 대중문화가 세 가지 점에서 장점이 있다고 말한다. 첫째는 결속(solidarity)을 강화한다. 대중문화는 사회중심부에의 접근과 밀착을 가져와 단일집합체 사회를 만드는 데 도움을 준다. 둘째, 권위를 공유한다. 권위가 어느 한 곳에만 몰리지 않고 분산되도록 하며, 이를 통해 개인의 존엄성과 권리가 강화된다. 끝으로, 전통에 대한 다양한 인식과 해석을 가능하게 한다. 그는 대중문화를 획일적으로만 할 수 없다고 주장한다. 오히려 교수, 학생, 작가, 예술가, 전문인 등이 참여해 품격 높은 문화를 만들 수 있다.

지금까지 대중사회나 대중문화는 홀대를 받아왔다. 사회의 질을 떨어뜨린다고 보았기 때문이다. 그러나 지금 현대는 대중문화가 문화현상을 주도하고 있다고 해도 과언이 아니다. 물론 질이 떨어진 부분이 없진 않다. 하지만 각계각층의 적극적인 참여로 인해 더 나아지고 있는 것은 확실하다. 문화는 모두가 참여하고, 창조해나갈 때 더 의미가 있다. 엘리트 문화만이 문화가 아니다. 인간의 진실성을 탐구하기 위해서는 오히려 대중문화에 대한 진지한 태도와 접근이 필요하다. 모두 힘을 합쳐 우리 문화의 격, 문화의 질을 높일 때다.

더위: 기후변화는 문명도 시들게 한다

　8월 찜통더위, 불볕더위가 한창이다. 이번 여름, 더 더울 이유가 하나 더 늘었다. 일부 원전의 가동이 중단되면서 정부는 연일 전력사용 절제를 강조하기 때문이다. 사람들의 대화도 자연 더위다. 두보도 "의관을 갖추고 있자니 더위에 미칠 것 같아 고함을 지르고 싶다" 했다. 그때도 더위 나기는 어려웠던 모양이다.

　더위 문제는 금방 사그라질 것 같지 않다. 지구온난화로 지구 전체가 점점 무더워지고 있기 때문이다. 지구의 지상평균 기온은 섭씨 약 15도가 유지되도록 태양으로부터 받은 복사에너지에 의해 조절되고 있다. 그러나 지난 20년 동안 0.5도 기온상승이 있었고 21세기 중반에는 1도로 기온 상승이 예상된다. 온도 상승이 더 빨라지고 높아질 것이라 한다. 이산화탄소, 메탄가스, 일산화질소가스, 염화불화탄소 등이 증가하기 때문이다. 쉽게 말하면 인간의 이기적인 욕심으로 지구가 몸살을 앓고 있는 것이다. 지구온난화가 진행되면 기후가 변하게 된다.

　기온이 오르면 더운 것으로 끝나지 않는다. 지구생태계를 변화시킬 뿐 아니라 인간 개개인에게도 변화가 온다. 온도가 높아지면 쉽게 짜증이 난다. 사람들의 감정이 날카로워지고 행동마저 거칠어진다. 그런 상태에서 상대의 신경을 건드렸다간 무슨 봉변을 당할지 모른다. 조심할 것뿐이다.

마침 버클리대 솔로몬 시앙 교수가 주도한 연구결과가 나왔다. 읽어보니 섬뜩하다. 온난화가 전쟁 및 폭동까지 부른다는 것이다. 연구진은 국가붕괴, 전쟁, 강력범죄 발생률, 실험실 시뮬레이션 결과 등 약 60건의 기존연구를 분석했다. 그 결과 온난화로 지구 평균기온이 섭씨 2도 상승하면 국가, 민족, 종교에 따른 집단 간 전 세계 유혈충돌이 50% 이상 증가한다는 사실을 발견했다. 폭우, 가뭄, 기온 변화 등 기후 변화가 전쟁, 폭동 등 무력 충돌 발생빈도를 높인다.

기후 변화 중 가장 영향력이 큰 것은 온도 변화다. 기온상승은 살인, 강간 등 개인차원의 범죄뿐 아니라 국가나 부족 간 충돌과 시민 폭동, 그리고 국가 붕괴에까지 영향을 미친다. 아프리카의 경우 기온이 1년에 0.4도 오르면 강간, 살인 등 강력범죄는 4%, 종족, 국가 등 집단 간 충돌은 14% 증가한다. 아프리카만 그런 것이 아니다. 미국도 한 달 동안 기온이 섭씨 3도 높아지면 같은 결과가 나온다. 경찰관을 대상으로 한 시뮬레이션 실험 결과 더위를 느끼면 경찰관도 총을 발사하고 싶은 욕구가 높아진다. 더위에 모두 제정신이 아니다.

연구진은 최근 인도나 호주의 국내 강력범죄 증가, 미국과 탄자니아에서 보이는 극악한 범죄, 유럽에서의 인종분규 등도 기후 변화가 영향을 끼친 것이라 했다. 그뿐 아니다. 1200년 전 고대 마야문명과 중국 당나라 등이 멸망했을 때도 수온상승으로 극단적인 가뭄이 지속됐던 것으로 조사되었다고 했다. 예나 지금이나 기후변화, 온도상승은 사람을 공격적으로 만들고, 문명도 시들게 한다.

마르코 폴로가 한여름 이라크 북부 도시 바스라를 지나가고 있었다. 마침 전쟁으로 도시가 포위되었다. 하지만 시민들은 물 항아리에 뛰어들기에 바빴다. 전쟁보다는 더위를 피하는 것이 더 급했기 때문이다. 침공군은 도시를 그저 접수했을까? 아니다. 뜨거운 모래바람에 견디지 못하고 자멸하고 말았다. 『동방견문록』에 나온 얘기다.

영화 <설국열차>가 나왔다. 이 영화는 기상이변으로 다시 닥친 빙하기에 인류 마지막 생존 지역인 열차 안의 갈등을 다루고 있다. 더위도 문제지만 추위도 문제라는 것을 가르쳐준다.

덥다가 조금만 시원해도 사람들은 안도하며 언제 그랬느냐는 듯 서로 잘 지낸다. 안정된 온도를 유지하는 것이 우리의 중요한 과제가 되었다. 지구 평균 기온이 섭씨 15도면 얼마나 쾌적할까. 신이 허락한 이 적정온도를 인간이 깨뜨리며 살아왔다. 자연을 상하게 하면 지구가 고통을 당하고 결국 인간도 비참하게 된다. 제발 환경을 생각하며 자연과 함께 균형 있는 삶을 살 일이다.

●●●

나비효과: 지금 당신의 작은 행동은 결코 작지 않다

나비효과(butterfly effect)란 나비의 작은 날갯짓이 지구 반대편에 태풍을 일으킬 수도 있다는 이론이다. 지금은 미세하지만 그 작은 변화가 훗날 어떤 단계에선 큰 차이를 가져온다는 것이다.

좋은 면에서 그 작은 움직임은 어느 날 우리가 생각지 못한 결과를 가져올 수 있고, 나쁜 면에서 그 작은 움직임도 어느 날 우리가 예견하지 못한 결과를 가져올 수 있다. 그러므로 지금 나 하나의 작은 움직임이 아주 중요하다는 것을 알 수 있다.

윤희영이 중국 웨이보에 소개된 한 초등학생 글을 소개했다. 그리고 그 글이 나비효과를 연상케 한다고 했다. 내용은 이렇다.

> "시간이 화살처럼 지나간다. 더 열심히 공부해야겠다. 그러지 않으면 점수가 올라가지 않을 것이다. 점수가 떨어지면 부모님께 꾸중을 듣게 된다. 꾸중을 들으면 자신감을 잃게 된다. 그러면 성적이 더 떨어져 대학에 못 갈 것이다. 대학을 못 가면 좋은 직업을 얻을 수 없고, 돈을 벌 수 없게 된다.
> 돈을 못 벌면 세금을 못 낸다. 그러면 나라에서 선생님들 월급 주기가 어려워진다. 그렇게 되면 선생님들은 교육에 전념하지 못하게 되고 나라 발전에 영향을 준다. 나라가 발전하지 못하면 야만 인종

으로 퇴화된다. 그리되면 미국은 야만적인 중국이 대규모 살인무기를 보유할 것이라며 전쟁을 일으켜 제3차 세계대전이 촉발될 것이다. 세계대전이 벌어져 힘에 부치게 되면 양국은 핵무기를 사용할 것이다. 핵무기 사용은 지구 환경을 파괴해 대기층에 큰 구멍이 생기고 지구온난화가 급격히 진행될 것이다. 그리되면 빙하가 녹을 것이고, 빙하가 녹으면 지구의 수위가 높아진다. 그러면 전 인류가 물에 빠져 죽게 될 것이다.

내가 공부하는 것은 전 인류의 생존 및 안전과 관련돼 있다. 따라서 시험을 잘 보기 위해 남아 있는 며칠을 시험공부에 쏟아 부어야 한다. 내가 점수를 잘 받아야 비극이 일어나는 것을 막을 수 있다."

짧은 글이지만 지금 내가 공부를 열심히 하지 않으면 어떤 비극을 낳게 되는가를 연속적으로 보여준다. 그 비극을 중단시키기 위해 그는 공부를 열심히 하기로 결심한다.

나비효과는 원래 카오스이론의 주요 이론 가운데 하나다. 초깃값의 작은 차이가 시간의 경과에 따라 크게 확대된다는 것이다. 로렌츠는 아마존 정글에 있는 나비가 날갯짓을 하면 그 주변에는 약한 바람이 발생할 뿐이지만 그 약한 바람이 연쇄작용을 일으켜 바다를 건넌 후 나중에는 텍사스 주에 폭풍을 유발할 수 있다고 했다. 이것이 나비효과로 알려졌다. 나비효과는 오늘날 제3의 물리학 혁명으로 불리는 카오스이론의 서막을 연 법칙이자 기초 및 각종 응용 분야에서 빼놓을 수 없는 이론으로 자리를 잡고 있다.

나비효과는 과학이론으로 그치지 않고 있다. 심리학, 사회학, 경영학 등 여러 학문에 영향을 주고 있다. 지금은 작은 아이디어라 할지라도 그것이 언젠가 인간과 사회에 선한 영향력을 미칠 것이다.

나비효과는 결코 나와 무관하지 않다. 위에 언급된 초등학생의 생각이 어쩌면 웃음을 자아낼 정도로 지나친 것일 수 있다. 하지만 그 어떤 생각이나 행동도 남에게 영향을 주지 않는 것은 없다. 오늘 나의 자그마한 생각이 엄청난 파장을 낳을지 어찌 알겠는가. 그것이 진정 인류에게 좋은 것이 될 수 있도록 생각을 다듬고 실행에 옮겨야 할 것이다.

심리학자는 말한다. "작은 화가 큰 화를 부른다." 화풀이의 나비효과다. 그렇다면 그것을 거꾸로 돌려놓아야 하지 않겠는가. "작은 선행이 사회를 바꾼다." 그렇다면 지금 당신의 작은 행동은 결코 작지 않다.

방관자효과: 삶의 구경꾼으로 만족할 것인가

사람들은 자신이 어려움에 처하면 남이 도와줄 것이라 기대한다. 하지만 남이 어려움에 처하면 금방 구경꾼이 되어버린다. 아이러니가 아닐 수 없다. 당신이 아니면 누가 도와주겠는가?

심리학적 용어로 방관자효과(bystander effect)가 있다. 주위에 사람들이 많을수록 어려움에 처한 사람을 돕지 않게 되는 현상을 뜻한다. 주위에서 어떤 일이 일어났을 때 곁에서 지켜보기만 할 뿐 아무런 도움도 주지 않는 것이다. 그래서 구경꾼효과라 하기도 한다.

이 현상의 대표적 사례로 1964년 3월 13일에 일어난 키티 제노비스(Kitty Genovese) 사건이 있다. 그는 뉴욕 시의 자기 집 근처에서 오전 3시 30분 강도에게 살해당했다. 20대 후반인 그녀는 사실 격렬하게 반항을 했다. 비명을 지르며 30분 이상 강도와 사투를 벌였다. 주변의 40가구도 문을 열고 그 소리를 들었다. 하지만 그 어느 누구도 그녀를 구하려고 하거나 경찰에 신고하지 않았다. "나 아니라도 누군가 도와주겠지, 누군가 신고하겠지." 하지만 그녀는 처참하게 강도에게 살해당했다. 그래서 방관자효과를 다른 말로 제노비스 신드롬(Genovese syndrome)이라 한다.

이 사건은 많은 사람들에게 충격을 주었다. 경찰 조사 결과 그녀가 칼로 온몸이 난자당하고, 죽는 순간까지 소리를 질렀음에도 불구하고 38명의 목격자들 모두 그를 철저히 외면했다. 문명의 도시 뉴욕에서 이런 일이 일어나다니 도저히 믿을 수 없었다.

제노비스 사건이 일어난 뒤 심리학자 달리(John Darley)와 라테인 (Bibb Latané)이 대학생들을 대상으로 두 차례 실험을 했다.

1968년의 대화 실험에선 실험 도중, 조교 한 사람으로 하여금 갑자기 "머리가 아픕니다. 쓰러질 것 같아요"라며 쓰러지게 했다. 이때 2명씩 1:1로 대화를 하고 있었던 학생은 85%가 즉시 나와서 사고가 났다고 했다. 하지만 여러 사람이 대화하고 있던 곳에선 보고 비율이 현저히 떨어졌다. 이 실험에서 본 사람이 많으면 누군가 하겠지 서로에게 책임을 미룬다는 사실, 곧 책임이 분산된다는 것을 알게 되었다.

그리고 1969년 실험에선 대기실 문틈으로 연기를 내보냈다. 혼자서 대기실에서 기다리던 학생들 가운데 75%는 2분 이내에 보고를 했다. 하지만 대기실에 사람이 많을수록 보고 비율이 떨어졌다. 왜 보고를 하지 않았느냐 물으니 남들이 가만히 있어 자기도 별일 아니라고 생각했다는 것이다. 두 교수는 위험상황에서도 대중적 무관심이 존재한다는 것을 알게 되었다. 방관자효과에는 바로 책임분산, 대중적 무관심이 숨어 있다.

방관자는 존경을 받지 못한다. 그러나 위험에도 불구하고 남을 도운 자는 칭송을 받는다. 그 대표적 예가 일본에서 목숨을 잃은 이수현이다. 그는 선로에 떨어진 취객을 구해야겠다는 일념으로 선로에 뛰어들었다. 그 옆에 있던 카메라맨도 함께했다. 하지만 그들은 무서운 속도로 달려오는 열차를 피하지 못했다. 안타깝게도 모두 목숨을

잃었다. 이 사건은 일본인과 한국인들의 심금을 울렸다. 동일본여객
철도 주식회사는 사고 현장에 일본어와 한국어로 추모 글씨 판을 만
들고 글을 새겼다. 다음은 그 글이다.

> "한국인 유학생 이수현 씨, 카메라맨 세키네 시로 씨는 2001년 1월
> 26일 오후 7시 15분경, 신오오쿠보역에서 선로에 떨어진 사람을 발
> 견하고 자신들의 위험을 무릅쓴 채 용감히 선로에 뛰어들어 인명
> 을 구하려다 고귀한 목숨을 바쳤습니다. 두 분의 숭고한 정신과 용
> 감한 행동을 영원히 기리고자 여기에 이 글을 남깁니다."

사람들은 이수현을 의인이라 부른다. 자신의 위험에도 불구하고
이웃의 생명을 구하려 한 그의 마음을 사회가 높이 평가했기 때문이
다. 방관자에게 그런 이름을 붙이지 않는다. 사회는 방관자효과가 아
니라 이수현효과를 필요로 한다.

우리는 삶을 구경하기 위해 이 땅에 태어나지 않았다. 물론 위험상
황에선 모두 주저한다. 오죽하면 방관하겠는가. 그러나 우리 삶에서
이웃을 위한 도움은 그런 수준이 아닐 때가 많다. 떨어진 휴지를 줍
는다든지, 가난한 자를 생각한다든지 우리의 손을 필요로 하는 곳이
의외로 많다. 그것을 무시하지 않고 기꺼이 팔을 펼 때 우리는 그만
큼 선하게 된다. 사회는 그런 당신을 필요로 한다. 작은 일에 선할 때
더 큰일도 할 수 있으리라.

노트르담: 노트르담의 꼽추는 왜 종을 울렸나

파리의 명물로 노트르담 대성당(Cathédrale Notre-Dame de Paris)이 있다. 그곳에 가기 오래전 영화 <노트르담의 꼽추>를 본 적이 있어 어린 마음에 그곳에 가면 그 꼽추를 볼 수 있을까 생각하기도 했다.

이 성당의 공식 명칭 속에 노트르담(Notre Dame)이 있다. '우리의 귀부인'이란 뜻이다. 이 귀부인은 성모 마리아를 가리킨다. 마리아를 직접 지칭하기보다 우회적으로 표현한 것이다.

프랑스 파리의 시테 섬의 동쪽 반쪽에 위치해 있는 이 성당은 고딕 양식으로 유명하다. 공사는 국왕 루이 7세 시대인 1163년에 시작되었고, 1345년경에 완성되었다. 파리에서 시작하는 고속도로에서 거리를 나타내는 참고점인 프랑스의 도로원표(Point zéro)가 노트르담 대성당 앞 광장에 있다. 이 성당이 프랑스의 중심지점인 것을 알 수 있다.

이 성당에서 여러 행사가 있었지만 유명한 것은 1804년 12월 2일, 교황 비오 7세의 사회 아래 행해진 나폴레옹 1세와 그의 아내 조제핀의 대관식, 그리고 1920년 5월 16일에 있던 잔 다르크 시성 행사다.

그러나 이 성당도 피해를 피해가진 못했다. 1548년 위그노들이 폭동을 일으켰다. 그들은 대성당의 성상들을 우상숭배라 비판했다. 대성당의 외관이 파괴되었다. 1790년경 프랑스 혁명 당시 이 성당은 급진적 반기독교 사상가들의 표적이 되었다. 성상은 파괴되고, 성당에 있던 많은 보물들은 강탈당했다. 구약에 나오는 유다 왕들의 조각상들은 봉건질서를 상징하는 프랑스의 왕들로 오인받아 머리가 잘려나가는 수모를 당했다. 성당의 내부는 말 먹이나 음식을 보관하기 위한 창고로 바뀌었다. '우리의 귀부인'이라는 명칭에 걸맞지 않은 대우였다.

19세기 초까지만 해도 대성당은 황폐상태였다. 도시계획 전문가들은 노트르담을 철거해야 한다고 주장했다. 위기에 처한 이 성당에 기회가 찾아왔다. 대성당을 사랑하는 프랑스 소설가 빅토르 위고가 『파리의 노트르담』이라는 소설을 썼다. 이 소설이 바로 우리가 익히 아는 '노트르담의 꼽추'다. 그는 대성당의 위대한 전통을 일깨우기 위해 이 소설을 썼다. 꼽추가 울린 종은 바로 노트르담의 중요성을 일깨우기 위한 울림이었다. 이 소설은 대성당에 대한 관심을 불러일으켰고, 대성당 보호기금 운동으로 번졌다. 대성당은 1845년 아름답게 복원되었다. 귀부인으로 재탄생된 것이다.

대성당 맨 위에는 13개의 조각상이 있다. 12개는 열두 사도를 나타낸 것으로 바깥을 향하고 있다. 그러면 나머지 하나는 누구일까? 바로 건축가 자신의 조각상이다. 건축가는 안쪽을 향해 팔을 뻗고 있다.

그럼 노트르담의 종은 어떻게 되었을까? 그곳에는 5개의 종이 있다. 가장 큰 종 엠마뉘엘(Emmanuel)은 남쪽 탑에 있다. 엠마뉘엘은 히브리어로 임마누엘이다. 하나님이 우리와 함께하신다는 뜻이다. 북쪽 탑에는 바퀴 위에 4개의 종이 붙어 있다. 이 종들은 수동으로 작동했지만 지금은 전기 모터를 이용한다. 그럼 노트르담의 꼽추는 해고되었단 말인가. 아쉽다.

노트르담 하면 생각나는 인물이 있다. 바로 프랑스의 천문학자이자 의사, 예언가인 노스트라다무스(Nostradamus)다. 16세기 인물인 그의 본명은 미셸 드 노스트르담(Michel de Nostredame)이다. 중세시대다 보니 라틴어를 사용해 이름이 노스트라다무스가 된 것이다. 노스트라다무스는 원래 유대인인 할아버지가 기독교로 개종하면서 바꾼 성이다. 노스트르(nostre)는 이탈리어로 프랑스어의 노트르(notre)와 같다. 그러므로 노스트라다무스는 똑같이 '우리의 귀부인'이란 뜻이다.

1555년에 그는 『예언집(Les Propheties)』을 내놓았다. 그중에 흥미 있는 것은 그가 죽은 지 360년이 지나면 사람들이 말 대신 자동차를 타고 다니게 될 것이라는 예언이다. 그는 자동차의 이름을 '카로(Carro)'라 했다. 지금의 자동차(car)다. 그뿐 아니다. 지구가 멸망한다는 예언도 했다. 혜성이 떨어질 때 노스트라다무스가 말한 마부스(Mabus)가 나타난다. 마부스는 적그리스도다. 사람들은 나폴레옹이나 히틀러보다 끔찍한 적그리스도가 나타나 지구의 멸망을 재촉할 것이라 한다. 그때 노트르담 대성당의 종이 다시 울릴까? 궁금하다.

관용: 관용이 세상을 바꾼다

"백번 잘했다가 한 번 잘못하면 끝이다", "이유 여하를 막론하고 불관용의 원칙하에 엄정한 조치를 취할 것이다." 이런 말을 들으면 매우 조심스러워진다. 마땅히 지켜야 할 원칙이 지켜지지 않을 때 불관용의 원칙을 내세울 땐 그럴 법도 하다. 하지만 인간관계에서 늘 불관용을 외치면 살아남을 사람은 별로 없다.

성경은 관용(寬容)을 강조한다. "너희 관용을 모든 사람에게 알게 하라. 주께서 가까우시니라(빌립보서 4:5)." 종말이 가까울수록 더 그리하라는 것이다. "아무도 비방하지 말며 다투지 말며 관용하며 범사에 온유함을 모든 사람에게 나타낼 것을 기억하게 하라(디도서 3:2)."

관용은 남의 잘못 따위를 너그럽게 받아들이거나 용서하는 것을 말한다. 너그럽고 관대한 마음이 없으면 관용은 불가능하다. 특히 도저히 용서할 수 없을 때 관용은 사치일 수 있다. 그럼에도 불구하고 종교에서는 용서할 수 없는 사람까지도 용서하라 한다. 인간으로서 도저히 나갈 수 없는 경지까지 나아가라는 것이다.

네덜란드 여성으로서 관용의 진가를 보여준 인물이 있다. 코리 텐 붐(Corrie Ten Boom)이다. 그의 가족은 유대인을 숨겨주었다는 이유로

체포되었다. 온 가족이 독일에 있는 라벤스부르크 수용소에 수용되었다. 언니 베티는 수용소에서 죽었다. 코리는 기적적으로 살아났지만 여성으로서는 말로 다할 수 없는 고통을 겪었다. 나치나 독일 병정이라면 치가 떨렸다.

2차 대전이 끝나 그는 수용소에서 풀려났다. 하나님이 그에게 자꾸만 "잔혹하게 너희 가족을 핍박했던 독일인을 향하여 하나님의 말씀을 전하라" 하시는 것 같아 독일 곳곳을 찾아다니며 간증집회를 했다. 그는 용서와 관용의 메시지를 전했다. 많은 독일인들이 그의 말을 듣고 회개의 눈물을 흘렸다. 많은 사람들이 죄책감에서 자유를 얻었다. 코리도 기뻤다.

문제는 독일의 한 지방에서 일어났다. 간증을 마치고 사람들이 그와 악수를 하려고 기다리고 있었다. 그런데 그 가운데 꿈에도 잊지 못하던 한 사람을 보았다. 수용소에서 수감자들을 혹독하게 다루고, 자기 언니를 죽게 하는 데 결정적 역할을 한 간수였다. 그의 얼굴을 본 순간 온몸의 피가 거꾸로 솟는 것 같았다. 그가 그때 할 수 있는 말은 하나밖에 없었다.

"하나님, 저 사람은 안 돼요. 전 저 사람을 결코 용서할 수 없습니다."

그는 여러 번이나 그 말을 되뇌었다. 하지만 하나님은 계속 '그럼에도 불구하고 그를 사랑하라. 용서하라. 그를 안으라'는 마음을 주셨다. 고통 가운데서 죽어가던 언니가 그를 향해 "하나님의 사랑이 미치지 못할 만큼 깊은 수렁은 없어"라고 한 말도 떠올랐다. 그는 자신의 감정을 죽이고 하나님의 명령에 순종하기로 결심했다. 그리고 그에게 손을 내밀어 그를 끌어안았다. 그리고 그를 향해 말했다.

"하나님은 당신을 사랑합니다. 나는 당신을 용서합니다."

참으로 신성한 용서다. 코리는 도저히 용서할 수 없는 사람을 용서함으로써 진정 관용의 극치를 보여주었다. 원수까지 사랑할 수 있는 사람에게 용서 못 할 것은 없다. 아우구스투스는 말한다. "용서하라. 그래야 나쁜 사람이 하나 더 늘지 않는다." 어디 그뿐이랴. 관용이 세상을 바꾼다. 화해와 평화를 부른다. 끝으로, 관용에 관해 할 말이 한 가지 더 있다. "남에 대해서는 관용하고, 자신에 대해서는 철저하라." 그래야 더 올곧게 살 수 있지 않겠는가.

제3부

선한 생각이

당신의 미래를 결정한다

직업: 선한 생각이 당신의 미래를 결정한다

라오스의 산골 소녀가 "커서 뭐가 될래요?"라는 엄청난 질문에 금방 답을 한다. "전 커서 간호사가 될 거예요. 그래서 아픈 엄마를 돌봐 드릴 거예요." 주저하지 않는다. 결연하기까지 하다. 이미 결단이 되어 있다는 말이다.

이것은 라오스의 소녀만 하는 말이 아니다. 이 땅의 많은 사람들이 병으로 고통받는 식구의 모습을 보고 자극을 받는다. 그래서 의사가 되고, 간호사가 되고 싶어 한다. 어디 그뿐이랴. 변호사가 되어 억울한 자의 한을 풀어주고자 하는 사람도 있다. 이런 것을 보면 사람은 선하다는 생각이 든다. 성선설은 이래서 나왔으리라.

헨리 포드, 그는 밤중에 아픈 어머니를 없고 먼 곳에 있는 병원까지 가야 했다. 그때 생각했다. "이런 때 자동차가 있으면 얼마나 좋을까. 미국인들에게 자동차라는 신발을 신도록 해야겠다." 그 뒤 그는 자동차 대량생산시대를 열었다.

청와대 대통령 경호원들의 사부로 통하는 최강의 무인 장수옥은 중학생 때 서울역에 왔다 야바위꾼에 맞았다. 억울하기 그지없었다. 순간 더 이상 억울하게 당하는 사람이 없어야겠다 생각했다. 그 후

이를 악물고 운동을 시작했다. 그리고 그는 경호 분야의 대가가 되었다. 어릴 때의 아픈 기억이 사람을 달라지게 한다.

강신표 교수는 문화인류학자다. 그의 아버지는 그에게 한의학을 권했다. 한의사가 되어 아픈 사람을 고치는 인물이 되라는 뜻에서다. 그런데 그는 얼마 안 되는 환자를 고치는 인물이 되기보다 인류를 고치는 사람이 되겠다며 문화인류학을 택했다고 했다. 그 말을 들었을 때 난 인류학도 의학이라는 생각을 하게 되었다.

누구나 직업을 가지고 있다. 그 직업을 갖고자 얼마나 피나는 노력을 했던가. 돌이켜보면 나름대로 그 직업을 갖게 된 이유가 있다. 나에게 있어서 그 이유는 과연 무엇인가? 처음에 가졌던 그 뜻을 잘 이루고 있는가? 오늘따라 궁금하다. 그야 물론 사람마다 다를 수 있다. 그래서 삶이 더 풍성해지지 않겠는가. 무엇보다 뜻이 선한 만큼 방법도 선하고 결과도 선하기를 바란다.

'돈을 버는 방법과 쓰는 방법.' 어떤 클래스에서 학생들에게 주어진 과제다. 이 문제를 생각하면 우리는 흔히 돈은 정직하게 땀 흘려 벌어야 하고, 쓸 때는 절제하되 힘든 이웃을 위해 나눌 수 있어야 한다고 말할 것이다. 맞는 말이다.

그런데 이 클래스에서 강조된 것은 버는 것보다 쓰는 것이 아주 중요하다는 것이었다. 그 돈이 자기 돈인가, 남의 돈인가, 그리고 자신을 위해 사용할 것인가, 아니면 남을 위해 사용할 것인가를 놓고 크게 4가지 경우를 놓고 생각해보았다.

첫 번째 경우, 자기 돈을 자신을 위해 사용하는 것이다. 이것은 우리가 가장 많이 취하는 방법이다. 그렇게 힘들여 돈을 벌었는데, 자신과 자기 식구를 위한 것이라면 몰라도 남을 위한 것이라면 꽁꽁 문을 닫는다. 하지만 누구를 탓하겠는가. 세상에 믿을 것은 자기와 돈밖에 없는데.

두 번째의 경우, 자기 돈이지만 남을 위해 사용하는 것이다. 젊었을 때부터 아주 힘들게 돈을 벌었지만 거금을 장학금으로 또는 가난한 이웃을 위해 내놓는 사람들을 볼 수 있다. 이들이라고 어찌 아깝지 않겠는가. 하지만 자기를 위해 쓰는 것보다 더 의미 있게 쓰일 수 있다면 생명처럼 아까운 그것도 전혀 아깝지 않다. 그래서 찐한 감동이 있다.

세 번째의 경우, 남의 돈을 자기 돈처럼 사용하는 것이다. 내가 남의 돈을 쓰는 경우는 기부를 받는 것이리라. 종교기관, NGO, 각종 문화단체 등이 받는 돈은 대부분 자기가 버는 것이 아니라 기부를 받은 것으로, 남의 돈이다. 그런데 때로 기부자의 뜻을 따라 공익을 위해 사용하는 것이 아니라 조직의 대표가 자기를 위해 마음대로 사용한다면 문제가 아닐 수 없다. 남의 돈일수록 더 투명하게 관리되어야 할 터. 쌈짓돈처럼 남용한다면 지탄받아 마땅하다.

끝으로, 남의 돈을 남을 위해 사용하는 것이다. 이것은 앞의 경우와는 달리 남의 돈이라 할지라도 공익을 위해 철저히 관리되고 사용되는 것을 말한다. 비록 자신이 번 것은 아니라 할지라도 기부자의 뜻에 맞게 잘 활용한다는 점에서 바람직하다. 이런 일을 잘하는 조직이나 사람도 필요하다.

이 네 가지 경우에서 가장 수준이 높은 것은 두 번째 경우이리라. 그런데 이 경우는 돈만으로 끝나지 않는다는 것이다. 공부도 그렇고 재능도 그렇다. 우리는 흔히 "공부해서 남 주냐?" 한다. 그런데 어느 시대나 남 주기 위해 공부하는 사람이 있다. 이웃을 위해 시간기부도

하고, 재능기부도 한다. 이것이 사회를 훈훈하게 한다. 돈 잘 버는 것보다 잘 쓰는 것이 중요하듯 당신의 시간도, 재능도, 사랑도 이웃을 위해 기꺼이 내줄 때 더 빛이 날 것이다.

선한 생각이 당신의 미래를 결정한다. 직업은 하늘이 당신에게 주신 기회요, 선물이다. 아름다운 마음을 주신 분이 바로 조물주이기 때문이다. 직업을 통해 당신의 삶을 멋있게 만들라. 돈을 버는 것보다 쓰는 것이 중요하다.

달과 6펜스: 현실에 안주할 것인가, 꿈을 택할 것인가

프랑스의 후기 인상파 화가 폴 고갱은 원래 증권회사의 직원이었다. 35세 때 증권시장의 붕괴로 직장을 잃고 전업화가로 나섰다. 처와 아이들을 처가에 맡겼을 만큼 경제사정이 어려운 그는 타히티 섬으로 들어가 자신만의 색채를 완성했다.

윌리엄 서머싯 몸(W. Somerset Maugham)은 고갱의 삶을 배경으로 소설 『달과 6펜스(The Moon and Sixpence)』를 썼다. 몸은 1904년에 한동안 파리에 머물면서 화가들과 어울렸다. 보헤미안 생활을 즐긴 것이다. 이때 타히티에서 비참하게 죽은 고갱 이야기를 듣고 그에 대해 뭔가 쓰고 싶은 충동에 사로잡혔다. 특히 내면세계를 탐구했던 그를 그리고 싶었다. 소설은 이렇게 해서 나왔다. 몸은 고갱의 삶을 예술혼에 사로잡힌 중년의 사내 찰스 스트릭랜드(C. Strickland)라는 인물로 대체했다. 물론 고갱과 허구의 인물 스트릭랜드의 삶이 꼭 같지는 않다.

런던의 능력 있는 증권회사 직원 스트릭랜드는 어느 날 아내에게 메모지를 남기고 떠난다. "더 이상 당신하고 같이 살 수 없소. 나를 찾지 마시오." 중년은 믿을 수 없는 것인가. 아이들도 있는데 가정을 버리고 나가다니. 혹시 바람이 나서 그런 것 아닐까 하며 남편을 수 소문하며 찾아낸 곳은 파리의 어느 허름한 뒷골목 여관. 남편은 먹을 것도 잊은 채 그림에 열중하고 있었다. 그가 직장을 그만두고, 편안하고 안정된 삶을 포기한 채 파리로 떠나 낡은 여관방을 전전하며 살아가는 이유는 한 가지였다. "그림을 그리고 싶다. 그리지 않고서는 견딜 수 없다."

몸이 소설 제목을 '달과 6펜스'라 한 데는 다 이유가 있다. 달은 꿈을 상징한다. 영혼과 관능의 세계, 또는 본원적 감성의 삶을 지향한다. 그리고 6펜스는 당시 사용되던 동전으로 현실을 상징한다. 돈과 물질의 세계, 그리고 천박한 세속적 가치이자 우리를 문명과 인습에 묶어둔다. 주인공이 그림을 그리기 위해 가족을 버린 행위는 6펜스로 표현되는 현실 세계를 떠나 이상 세계로 나아가는 것이다. 소설의 주인공은 삶의 기반이라 할 모든 것을 팽개치고 예술 세계로 떠난다.

몸은 스트릭랜드를 통해 고갱의 내면을 파고든다. 그리고 여러 말을 남긴다.

"대개의 사람들이 틀에 박힌 생활의 궤도에 편안하게 정착하는 마흔일곱 살의 나이에 새로운 세계를 향해 출발했다."

"나는 그림을 그려야 한다지 않소. 그리지 않고서는 못 배기겠단 말이오. 물에 빠진 사람에게 헤엄을 잘 치고 못 치고가 문제겠소? 우선 헤어 나오는 게 중요하지. 그렇지 않으면 빠져 죽어요."

"남이야 어떻게 생각하든 신경 쓰지 않겠네. 내가 그렇게 행동했다기보다 내 속에 있는 뭔가 강한 충동이 그렇게 한 거지."

"스트릭랜드를 사로잡은 열정은 미를 창조하려는 열정이었소. 그 때문에 한시도 마음이 편안하지 않은 거요. 그 열정이 그 사람을 이렇게 휘몰고 다녔으니까."

내레이터는 그가 문명과는 멀리 떨어진 원시의 섬에서 낙원의 비전을 보았을 것이라 했다. 소설은 세속 세계에 대한 냉소, 인습과 욕망에 무반성적으로 매몰되어 있는 대중의 삶에 대한 풍자도 담겨 있다.

몸은 인간의 두 마음을 잘 드러내고 있다. 하나는 평온하고 안락하게 살고 싶은 마음이고, 다른 하나는 좀 더 모험적이고 도전적인 것을 좇는 마음이다. 우리는 현실을 추구하면서도 때로 꿈을 향해 나아가고자 한다. 두 마음이 교차하는 것이다. 몸은 묻는다. "진정 행복은 어디에 있는가? 안정된 삶에 있는가, 아니면 꿈을 향한 삶인가? 6펜스로 만족할 것인가, 달을 향해 나갈 것인가?" 주인공 스트릭랜드는 달빛 세계의 마력에 끌려 6펜스의 세계를 탈출했다. 당신의 선택은 무엇인가? 아내는 말할 것이다. "달 좇는다고 함부로 집 나가지 마세요. 두 가지 모두 잃을 수 있으니까." 생애를 건 선택은 늘 어렵다. 그러나 달을 택하면 제2의 스트릭랜드가 될 것이다.

경영: 혼이 담긴 경영을 하라

경영에는 혼이 살아 있어야 한다. 그 혼이 무엇일까? 경영에는 정신과 원칙이 있다. 이것을 얼마나 바르게 실현하느냐에 따라 기업에 대한 평가가 달라진다. 아무리 물리적으로 성공한 기업이라 할지라도 정신적으로 부패했다면 그것은 성공한 기업이 아니다.

경영은 기법만으로 성공을 거둘 수 없다. 경영자의 철학과 기업의 정신이 사회를 바로 세우는 데 도움을 줄 때 더욱 힘을 발휘할 수 있다.

태조 5년 삼봉 정도전은 『시경』과 『서경』에서 좋은 뜻을 따 도성 8대문의 이름을 지었다. 특히 4대문은 인의예지(仁義禮智)를 오행(五行)에 배정시켜 그 이름을 결정하였다. 인(仁)은 동방이므로 동대문에 배속되고, 의(義)는 서방이므로 서대문에 배속되고, 예(禮)는 남방이므로 남대문에 배속되고, 지(智)는 북방이므로 북대문에 배속된다. 이렇게 해서 동대문의 이름이 흥인지문(興仁之門)이 되고, 서대문은 돈의문(敦義門), 남대문은 숭례문(崇禮門), 북대문은 홍지문(弘智門)이 되었다. 북대문의 경우 숙청문(肅淸門)이었던 것이 숙정문(肅靖門)으로, 그리고 홍지문으로 바뀌었다. 그리고 오행 중 중앙에 해당하는 신(信)은 종로 중앙의 보신각(普信閣)의 이름으로 들어갔다. 조선을 인의예지신의 유교 정신 아래 세우고 싶어 한 것이다.

이러한 정신은 한 국가를 경영하는 데만 필요한 것이 아니다. 기업을 경영함에 있어서도 이 같은 정신이 필요하다. 물론 강조되는 정신은 기업마다 다를 수 있다. 정신이 빠진 기법만으로는 기업을 바로 세울 수 없다.

이랜드의 경영이념은 나눔, 바름, 자람, 그리고 섬김이다. 기업은 반드시 이익을 내야 하며 그 이익을 바르게 사용해야 한다. 그 바른 사용이 나눔이라는 것이다. 이랜드는 벌기보다 잘 쓰기 위해 10년간 매년 수익 10%를 사회에 환원했다. 기업은 이익을 내는 과정에서 정직해야 한다. 그것이 바름의 자세다. 지름길 유혹을 받는다. 하지만 돌아가더라도 바른 길을 간다. 기업은 인생의 학교이다. 기업을 통해 사회지도자를 배출한다. 기업이 지도자 양성소라는 생각으로 사원들을 정신으로 무장한다. 기업은 고객을 섬겨야 한다. 국민소득에 맞는 가격을 통해 그 수준을 높여 드린다. 사업을 하다 보면 이 이념에 충실하기는 매우 어렵다. 하지만 그것을 기업의 정신으로 삼으면 언제나 제자리로 돌아올 수 있다. 이랜드는 이런 경영이념에 따라 경영을 해 중국에서도 주목을 받고 있다.

한국의 여러 기업은 신경영, 가치경영, 비전경영, 질경영, 정도경영, 품질경영, 오케스트라경영, 투명경영, 정직한 경영, 사회공헌경영 등 다양한 경영모토를 내걸었다. 이것이 얼마나 실제화되고 있는지 알 수는 없다. 하지만 이것은 기업인들이 현재 어떤 사고와 정신을 가지고 경영을 하고자 하는가를 보여준다.

기업가가 어떤 가치와 경영마인드를 가지고 경영을 하고 있는가에 따라 조직의 관리방식뿐 아니라 결과가 달라진다. 기업가들의 생각과 철학이 경영에 깊게 작용하기 때문이다. 따라서 경영자들이 어떤 의식과 관리 철학을 가지고 있는가를 살펴보는 것은 기업이 앞으로 어떻게 발전하게 될 것인가를 판가름할 수 있다는 점에서 의미가 있다.

이것은 국가나 기업에만 해당되는 것이 아니다. 우리 각자에게도 적용된다. 우리 모두가 자신을 경영하는 경영자이기 때문이다. 경영에는 혼이 담겨 있다. 그 혼은 오늘 우리가 어떤 가치를 존중하는가에 달려 있다. 기업들은 좋은(good) 기업을 넘어 위대한(great) 기업을 꿈꾼다. 하지만 모두 위대한 기업이 될 수는 없다. 혼을 삶에 옮기는 기업만이 박수를 받는다. 오늘 당신의 그릇에 어떤 정신과 철학을 담고 있는가. 혼은 바른 정신과 마음가짐, 그리고 끈질긴 실천에 있다. 그것이 기업을 살리고 나라를 살린다.

싸이: 미치면 이기는 것이다

　이제 한국에서 싸이(Psy)를 모르는 사람은 없다. <강남 스타일>에서 보여준 그의 말춤은 세계인의 춤이 되었고, 그를 흉내 낸 패러디들이 수없이 쏟아졌다. '강남 스타일'은 그를 단번에 세계적인 가수 반열에 올려놓았다. 후속작 <젠틀맨>도 '강남 스타일'을 쫓아가고 있다.

　그의 높아진 위상만큼이나 그의 곡에 대한 논쟁도 뜨겁다. '강남 스타일'이나 '젠틀맨' 모두 점잖지 않기 때문이다. 비윤리적이라는 비판도 있다. 윤리성과 품위를 따지기 좋아하는 사람들에게 그의 노래 가사나 행동이 다소 실망스러울 수 있다. 하지만 그것만으로 그의 노래를 재단하려 한다면 그는 아무것도 못 할 수 있다. 그래서 평가도 조심스럽다.

　중요한 것은 그를 노래와 춤으로만 평가해서는 안 된다는 것이다. 그의 삶이나 그의 생각을 통해 그를 좀 더 깊이 있게 바라볼 필요가 있다. 그는 하버드 대학과 옥스퍼드 대학에 가서 학생들에게 자신의 삶의 과정과 평소 하고 싶었던 말들을 쏟아냈다. 그리고 박수를 받았다. 이 박수는 그가 수없이 받았던 박수와는 성격이 다르다.

싸이가 한 말 가운데 "지치면 지는 겁니다. 미치면 이기는 겁니다 (You lose when you get tired. You win when you go crazy)"라는 말이 있다. 이것은 그를 단적으로 표현해주는 말이라 해도 과언이 아니다. 왜 그라고 지치지 않겠는가. 무명 시절도 있었다. 그러나 그는 지쳐 넘어지기보다 일에 미치고자 했다. 창의와 혁신은 바로 이런 정신에서 나온다. 그의 노래도 이런 의식의 산물이리라. 이런 점에서 그를 결코 낮게 평가할 수 없다.

미친다는 것은 자기가 좋아하는 것에 몰두한다는 뜻이다. 그 일을 좋아하고, 몰두하면 일의 결과는 달라진다. "정신을 한곳으로 집중하며 이루어지지 않을 일은 없다(精神一到何事不成)"라 하지 않았는가. 시대를 막론하고, 미친 자는 다르다.

추사 김정희는 글쓰기에 집중했다. 벼루 열 개를 밑창 냈고 붓 일천 자루를 몽당붓으로 만들었다. 그리고 마침내 누구도 흉내 낼 수 없는 추사체를 만들어냈다. 그의 글씨체에 중국인들도 놀랐다 하지 않는가. 이런 일은 추사에만 국한되지 않는다. 우리가 높이 평가하는 사람들의 뒷면에는 자기 일에 대한 이 같은 열정이 숨어 있다. 미치지 않고서는 결코 이뤄낼 수 없는 경지다.

싸이도 음악에 미친 사람이었다. 미국에 유학을 가서도 부모의 생각과는 달리 전공을 바꾸었다. 음악이 너무 좋았기 때문이다. 흔히 어떻게 하면 공부를 잘할 수 있나요? 묻는 사람이 있다. 사실 그것은 간단하다. 공부에 미치면 된다. 공부하지 않고서는 견딜 수 없게 될 때 성적은 달라질 수밖에 없다. 어느 나라든, 어떤 민족이든 분명 특정 분야에 있어서 오늘도 어느 누구 못지않게 몰입하는 사람이 있을 것이다. 그 사람이 그 분야에서 미래를 이끌 사람이다.

개인만 미쳐야 하는 것이 아니다. 조직도 미쳐야 한다. 톰 피터스 (T. Peters)는 혼돈과 격변의 이 시대를 가리켜 미친 시대(crazy times)라 규정하고 이런 시대에는 미친 조직(crazy organization)이 요구된다고 하였다. 그는 말한다. "시대가 미쳤다면 미친 조직으로 그에 대응하는 것이 당연하지 않은가?"

싸이 곡의 강한 비트와 흥겨움, 그리고 웃음을 자아내는 몸짓은 무엇을 말해주는 것일까? 한마디로 미쳤다. 그런데 세계인들이 그것에 미쳤다. 그런데 그는 말한다. "미치면 이기는 겁니다." 그렇게 간단명료할 수 없다. 청년들이여, 자기가 좋아하는 일에 미치기를 바란다. 그러면 언젠가 세계가 반응하게 될 날이 올 것이다.

블루리본과 레드리본: 해야 할 것과 하지 말아야 할 것이 있다

한 번쯤 리본을 달아본 적이 있을 것이다. 개인적으론 몇 번 검정 리본을 달아본 기억이 난다. 그것은 죽음과 연관된 것이었다. 그런데 검정리본은 죽음과만 연관된 것은 아니다. 무정부주의운동이나 노동 자운동에 쓰이는 리본도 검정이다. 이에 반해 흰색 리본도 있다. 이것 은 남자의 여자에 대한 폭력을 반대하는 리본이다.

어디 그뿐이랴. 장애아들에 대한 관심을 호소하는 리본으로 회색 리본이 있고, 정크메일, 곧 무차별적인 광고메일을 금지하자는 의미 에서 노란리본이 있다. 심지어 맥주 마실 권리를 강조하는 의미에서 다는 갈색리본도 있다. 그러나 리본 하면 유명한 것이 블루리본(blue ribbon)과 레드리본(red ribbon)이다.

블루리본은 어떤 때 달까? 역사를 보면 다양한 목적으로 사용되었 음을 알 수 있다. 첫째는 민간인과 군인에게 수여하는 영국 최고의 기사훈장인 가터(Garter)훈장과 함께 수여되는 푸른색의 가터다. 여기 엔 옛이야기가 담겨 있다. 에드워드 3세가 솔즈베리 여공작 켄트의 조운과 춤을 출 때 그녀의 파란색 가터 하나가 바닥에 떨어지자 사람 들이 웃었다. 에드워드 3세는 떨어진 가터를 정중하게 주워 자기 다리에 매고는 프랑스어로 "악을 생각하는 자에게 수치를(Honni soit qui mal y pense)"이라는 격언을 말하며 신하들을 꾸짖었다. 그래서 가터라는 말은 기사들이 숙녀에게 표하는 예의의 상징이 되었고, 기사훈장인 가터훈장에 가터가 함께 수여되었다. 지금도 가터의 청색 벨벳 형 겊에는 당시 에드워드 3세가 말한 격언이 프랑스어로 새겨져 있다. 그것도 금실로. 이것은 삶에서 기사도 정신을 발휘하라는 가르침을 준다.

둘째는 선박 항주에서 최고기록을 냈을 때 블루리본을 사용하는 경우다. 19세기 초 양모를 실어 나르던 영국 선박 울클리퍼(Wool Clipper)의 속력 경쟁에서 시작되었다. 1년 동안 가장 빨랐던 선박에 블루리본을 수여해 마스트에 매달아 펄럭이도록 한 것이다. 이 리본엔 선원들의 피와 땀이 서려 있다.

셋째는 술을 절제하고 나아가 금주를 목표로 하는 국제금주연합회의 회원장으로 블루리본을 사용하는 경우다. 술을 끊거나 금주하는 것이 이 단체들의 목표였다. 하지만 지금은 도덕적·정치적 활동을 연계시킨 금주운동을 하고 있다.

끝으로, 정부 당국의 사전 검열에 맞서 온라인에서 표현의 자유를 내건 캠페인에 네티즌들이 동조해 블루리본을 사용하는 경우다. 이 운동에 동조하는 네티즌들이 자신의 홈페이지에 파란색 리본 그림을 띄운다. 인터넷은 개인이나 단체 혹은 정부의 그 어떠한 규제로부터도 자유로워야 한다는 주장이 담겨 있다. 이 운동은 1995년 미 상원의원 엑슨이 공공통신망에 저속한 자료를 올릴 경우 형사처분을 할 수 있도록 정보통신 규제조항을 수정·통과시킴으로써 촉발되었다. 지금은 정부의 정보 검열 및 통제 정책에 반대할 때 이 리본을 사용한다.

블루리본이 여러 용도에 사용되듯 레드리본도 여러 용도로 사용되고 있다. 첫째는 음주 운전을 금지하고자 어머니들이 나선 운동, 곧 Mothers Against Drunk Driving(MADD)에서 비롯된 경우다. 둘째는 술, 담배, 마약 등의 유해성을 일깨우기 위해서 레드리본을 사용한 경우다. 끝으로, 에이즈에 대한 사회적 교육을 강조하기 위해 사용하는 경우다. 2007년 백악관은 세계 에이즈 날을 맞아 대형 레드리본을 걸었다.

블루리본과 레드리본은 결코 한 목적을 위해 사용되지는 않았다. 하지만 리본을 달 때는 분명한 목적이 있다. 삶에서 기사도정신을 발휘하고, 술과 담배, 그리고 마약을 멀리하며, 에이즈의 위험성을 알린다. 통제보다 자유를 구가하기 위해 리본을 달기도 한다. 리본은 우리 삶에서 해야 할 것과 하지 말아야 할 것이 있음을 분명히 가르쳐주고 있다. 리본을 달 때 그 정신을 잃지 않고 실천해나갈 때 더 의미가 있을 것이다.

제 살 깎기 경쟁: 상도는 어디 갔는가

1970년대 초 미국에 사는 한국인들에게 인기 있는 사업 가운데 하나가 가발이었다. LA는 물론이고 뉴욕, 워싱턴 할 것 없이 가발 붐이 일었다. 뉴욕에선 한국의 젊은이들이 길거리에서 가발을 팔았다. 당시 가발을 생산하는 대기업에서 무역 업무를 맡은 친구가 말했다. "자네, 한 컨테이너 정도 가발을 가져가서 사업을 해봐." 웃고 말았지만 그때 가발은 핫 아이템이었다.

그런데 그렇게 잘 나가던 가발사업이 갑자기 사양길에 접어들기 시작했다. 알고 보니 한국인들의 제 살 깎기 경쟁 때문이었다. 이쪽에서 장사가 잘된다 하면 틀림없이 길 맞은편에 가발 가게가 줄줄이 섰다. 손님들에게 다른 가게보다 낮은 가격을 제시하는 일이 다반사다 보니 가발사업이 성할 리 없다. 미국 대도시에 그 많던 한국인 가발 가게를 지금은 눈 씻고도 찾아볼 수 없다. 함께 망한 것이다.

오늘 아침 신문에 대형 해외 수주 공사에서 한국기업끼리 출혈 입찰로 제 살 깎기 경쟁을 하고 있다는 기사가 실렸다. 호주 광산 개발 로이힐 프로젝트 인프라 공사 입찰에 P건설이 협상 마무리를 하는 즈음에 S물산이 P건설보다 6억 달러 낮은 가격을 제시해 공사를 따냈다는 것이다. 말이 수주지 계약 성사 직전인 대형 공사에 6억 달러나 깎아주며 가로챈 것이다. 6억 달러면 약 6,600억 원으로 대형 화력발전소 하나 지을 돈이다. S물산도 그 수주에서 얻을 것보다 잃을 것이 많다. 저가 수주 경쟁은 국부유출로 그 피해는 결국 한국에 돌아온다. 굴지의 대기업이 이렇게 하는 것을 볼 때 사업하기가 얼마나 어려우면 그럴까 하는 생각도 든다. 하지만 비즈니스계가 얼마나 비정한가를 엿보게 한다.

임지현의 글을 보면 마르크스의 딸들이 아버지와 자주 퀴즈를 즐겼다고 한다. 퀴즈 내용에 아버지가 좋아하는 것들이 적혀 있는데 가장 좋아한 색깔은 붉은색이고, 가장 좋아한 인물은 신화에 나오는 프로메테우스이며, 가장 좋아한 모토는 '데 옴니부스 두비탄뎀(de Omnibus Dubitandem)'이라 했다. 옴니버스 두비탄뎀은 라틴어로 '모든 것을 의심하라는 뜻을 가지고 있다. 이 세상의 모든 것을 의심하라는 이 말을 마르크스가 가장 좋아했다고 하니 왜 그랬을까 하는 생각이 든다. "고양이는 다른 고양이를 고양이로 보지만 인간은 다른 인간을 인간으로 보지 않는다"는 말이 있다. 인간은 동지 아니면 적으로 간주하는 이분법의 존재라는 것이다. 우리 안에는 남을 배타적으로 보는 여러 이데올로기가 있다. 이것이 비즈니스에도 존재하는가.

제 살 깎기 경쟁은 무엇보다 상도에 어긋난다. 수주 이전에 상도가 있다. 상품 판매에도 도덕이 있다. 상도는 최인호의 소설『상도』에만 나오는 말이 아니다. 매매(賣買)라는 단어에 선비 사(士) 자가 들어 있음을 기억해야 한다.

나아가 이런 경쟁은 서로가 지는 게임(Lose-Lose)이라는 점에서 하등 도움이 안 된다. 지금도 우리 기업들은 해외수주에서 출혈 입찰을 마다하지 않는다. 덤핑으로 경쟁사를 거꾸러뜨린다. 공사만 따내면 되는 일도 아니다. 제품만 팔면 되는 것도 아니다. 서로 죽게 만든다.

오늘 아침 우리 기업의 제 살 깎기 경쟁을 보면서 자꾸만 1970년대 가발 가게가 생각난다. 모두가 망하는 길보다 서로가 사는 길은 과연 없을까. 상도를 바로 세우는 길은 없을까. 이젠 우리 기업도 이웃 기업을 생각하는 넓은 도량을 가질 수 없을까. 자꾸만 질문을 던져본다. 과연 답이 있을까. 그저 실정을 모르는 소리로 치부되기엔 현실이 너무나 안타깝다.

홍콩의 세계적 소스 기업 이금기 회사가 최고의 덕목으로 삼는 말이 있다. 사리급인(思利及人)이다. 이것은 이익이 남에게도 미치도록 생각하라는 것이다. 기업이라고 모두 같은 기업이 아니다. 존경받는 기업은 확실히 다른 점이 있다.

● ● ●

갑을관계: 갑이든 을이든 소임을 다하지 못하면

요사이 갑을(甲乙)관계라는 말이 자주 언급되고 있다. 대기업 중역이 비행 중 여승무원에 대한 부적절한 행위가 도마 위에 오르더니 대리점에 대한 본사의 횡포가 문제가 되었다. 갑의 각종 횡포가 노출되면서 국회에서마저 사회에 만연한 갑을관계를 법으로 해결하겠다고 한다. 그것이 어떤 식으로 법제화될지 궁금하다. 법만으로 이 문제를 해결할 수는 없겠지만 갑(강자)의 횡포를 막고 을(약자)의 억울함을 풀어주고자 하는 사회적 합의가 이뤄지는 계기가 될 것으로 보인다. 성공만 한다면 약자를 배려한다는 점에서 우리 사회도 그만큼 성숙해지리라.

한편 사회관계라 해서 모두 갑을관계는 아닌데 그것에만 집중하는 것에 대한 우려도 있다. 갑을은 순서나 우열을 가릴 때 첫째와 둘째를 말한다. 하지만 세상에 첫째와 둘째만 있는 것이 아니다. 셋째도 있고 넷째도 있다. 그런데 사람들은 왜 갑을에만 관심을 갖는 것일까? 셋째 이하는 계산에 넣지도 않는단 말인가?

갑을관계에서 갑을은 계약관계 당사자를 뜻한다. 하지만 갑을은 원래 십간(十干)에서 첫째와 둘째를 가리킨다. 십간에는 갑, 을, 병, 정,

무, 기, 경, 신, 임, 계가 있다. 갑을만 있는 것이 아니다. 그런데 갑을 관계에서 갑을만 있고, 다른 것은 무시된다. 병이나 정이 '왜 차별하느냐' 할 것 같다. 사회의 다양한 관계에도 관심을 가질 필요가 있다. 물론 을에는 을 다음의 모든 것을 포괄한다고 말할 수 있겠지만 그들 중에는 갑과 적대관계가 아닌 것도 있을 수 있기 때문에 을에 그 모두를 포함시킬 수는 없다.

수많은 경쟁관계에서 첫째나 둘째는 사실 막상막하인데 왜 갑은 강자고, 을은 약자로만 인식할까. 그동안 주인과 노예, 부르주아와 프롤레타리아 등 이분법에만 익숙한 탓은 아닌지 모르겠다. 갑을 이야기만 나오면 우리 사회가 아직도 이분법을 벗어나지 못하고 있는가 싶어 답답하다. 갑(甲)은 껍질을 나타낸 상형문자다. '조상의 도움을 받는다'는 뜻을 가지고 있다. 을(乙)은 새롭다는 뜻도 있고 강하게 뻗어나간다는 뜻도 있다. 문자적으로 볼 때 을은 결코 갑에 지지 않는다. 경우에 따라선 갑보다 을이 강자일 때도 있다.

간지(干支)는 천간(天干)과 지지(地支)로 이뤄져 있다. 천간은 십간을 말하고, 지지는 자(쥐), 축(소), 인(호랑이), 묘(토끼), 진(용), 사(뱀), 오(말), 미(양), 신(원숭이), 유(닭), 술(개), 해(돼지) 등 십이지다. 갑을은 하늘에 속해 있고, 십이지는 땅에 속해 있다. 하늘에 속한 갑을에 문제가 있다면 땅에 속한 것은 할 말이 없겠다.

우리말에 '병신육갑한다'는 말이 있다. 심한 욕이다. 그런데 병신육갑이 뭔지 알고 말하는 사람은 그리 많지 않다. 병신은 우리가 흔히 아는 바보 병신이 아니라 간지의 표기로 병신(丙申)년을 가리킨다. 자신의 일이나 이루고자 하는 뜻을 사방에 비추는 불(불꽃 병)처럼 완벽하게 펼쳐(이룰 신) 우뚝하게 으뜸을 이루라는 뜻을 담고 있다. 얼마나 좋은 말인가. 바보 취급할 말이 결코 아니다.

　육갑(六甲)은 육십갑자(六十甲子, the sexagenary cycle)의 줄임말이다. 갑자년이 되돌아오려면 60년이 걸린다. 병신년이 되돌아오려면 60년이 걸린다. 그래서 우리 나이 60이 되면 회갑을 한다. 회갑은 이번 세상에서 너의 그 뜻을 으뜸 되게 이루려다 못 이루게 돌아가게 되어, 다음 세상에 다시 돌아오게 되면 너의 품은 그 뜻을 꼭 이루라는 뜻이 담겨 있다. 회갑이나 환갑에 윤회사상이 담겨 있다니 놀랍다. 육갑한다는 것은 생년월일을 가지고 길흉화복을 헤아리는 것을 말한다. 육갑을 보다, 육갑을 짚는다 하기도 한다.

　그런데 하필이면 병신육갑을 욕지거리로 삼을까? 병신년을 꼭 집은 것은 아닌데 그리 되었을 뿐이다. 거기엔 조롱이 담겨 있다. 육갑에 통달해 자기의 생은 물론이고 다른 사람의 앞날을 봐주려면 엄청난 지혜와 노력이 필요한데 제 인생도 제대로 가누지 못하는 사람이 어찌 남의 인생을 논한단 말인가. 지혜자가 순간 병신으로 전락한다. 그러므로 자기 주제나 분수에 넘치는 말이나 행동을 할 일이 아니다.

　갑을은 하늘에 속한 천간이다. 병정도 천간이다. 천간에 속하면 다 높임을 받는 말인데 애써 갑을만 따져 무엇할 것인가. 갑이든 을이든 병이든 제 소임을 다하지 못하면 부끄러움을 당한다. 매사에 조심하고 삼갈 일이다.

상생: 서스펜디드 커피에서 이콜라보레이션까지

약자를 생각하는 흐름이 강한 것을 보니 사람들이 경제의 어려움을 피부로 느끼는 것 같다. 최근에 서스펜디드 커피(suspended coffee)에 대한 기사가 올라 사람들의 관심을 끌었다. 사실 이 말은 100여 년 전 유럽에서 나온 말이다.

당시 유럽은 전체적으로 어려웠다. 생활이 궁핍하다 보니 끼니 걱정도 많았던 터라 시내 카페에서 여유롭게 커피 한 잔 할 수 없었다. 이때 경제적으로 여유가 있었던 사람들은 형편이 어려운 사람을 생각해 추가로 한 컵을 미리 지불하였다. 자신도 모르는 궁핍한 사람을 위해 커피 한 잔 놓고 가는 것이다. 이것이 바로 서스펜디드 커피다. 지불하는 자가 좋은 마음으로 미리 내는 것이니 착한 커피이고, 아직 집행이 되진 않았지만 원하는 사람이 있으면 집행이 가능하다는 점에서 유보 커피이며, 받는 자는 갚지 않아도 되기 때문에 조건이 없는 커피다. 이 커피에는 사랑이 있고, 향기도 있다.

이런 관습은 커피를 넘어 음식으로 이어졌다. 경제사정이 좋을 때 이런 선행 나누기는 지난 일들이 되곤 하지만 경제가 나빠지면 되살아나 사람들의 가슴을 훈훈하게 만든다.

기사를 보니 SPC그룹의 임원들은 월급의 1%를, 직원들은 월 1,000∼
2,000원씩 기부하고 회사가 모금액에 비례해 보조하는 매칭방식으로
기부금을 모아 이것을 극빈자나 장애자들을 위해 사용한다고 한다. 장
애아동들에게 휠체어 등 보조기구를 사주었다. 이것은 개인차원을 넘
어 기업의 자발적인 활동차원이라는 점에서 다르다. 기업에도 이런
바람이 부니 좋다.

며칠 전 2013년 서울디지털포럼에 다녀왔다. 이번 주제는 '초협력
(ECollaboration)'이었다. 상생과 협력의 생태계(Eco-system)를 만들어가
려는 것이다. 이것에 '내일을 위한 솔루션'이라는 부제가 붙어 있었다.
무한 경쟁과 대립이 판치는 세상에서 국가와 인종, 성별, 빈부를 뛰어
넘어 양보와 참여로 공존의 공유가치를 발굴하고, 이러한 가치가 작
동할 수 있는 긍정적 생태계를 만들어가고자 한 것이다.

이 포럼에서 잊을 수 없는 것은 에블링 그룹(TEG)의 창립자 믹 에
블링(M. Ebling)이 소개한 아이라이터(EyeWriter)라는 오픈 소스 기기
였다. 할리우드 프로듀서, 뉴욕의 교수, 실험예술가, 해킹 전과가 있
는 해커들이 협력해 전신이 마비된 그래피티 아티스트 토니 콴(Tony
Quan, 예명 Tempt One)을 위해 이 기기를 만들어 눈동자의 움직임만
으로 소통하고 다시 그림을 그릴 수 있게 한 것이다. 몸을 전혀 움직
일 수 없는 그는 형제들과 소통하는 것이 꿈이었다. 그런데 이 기기
를 통해 소통뿐 아니라 창작활동도 할 수 있게 된 것이다. 에블링은
불가능을 가능하게 한 인물이다. 그리고 그는 신체마비를 겪고 있는
장애인들에게 사용할 수 있는 길을 열어놓았다. 그것이 바로 오픈 소
스다. 타임지는 이 기기를 2010년 50대 발명품에 선정했다. 템트 원의
실화를 담은 다큐멘터리 <게링 업(Getting Up: The Tempt One Story)>

은 2012년 슬램댄스 영화제에서 관객상을 수상했다.

에블링은 아이라이터에서 한 걸음 더 나아가 브레인라이터(BrainWriter) 기기를 만들 꿈을 가지고 있다. 눈동자의 움직임(blink)에서 생각(think)으로 발전하는 것이다. 이것을 혼자서 만들 순 없다. 협력과 협업이 필요하다. 초협력이다.

왜 초협력을 하려 하는가? 그것은 다른 사람의 행복이 곧 나의 행복으로 이어진다는 인식에서 출발한다. 승자와 패자로 나뉘는 것이 아니라 상생이다. 적대적 경쟁이 아니라 모두에게 유익한 생태계를 만들어내자는 것이다. 시작은 미미하지만 변화는 이미 시작되고 있음에 틀림없다.

약자를 생각하는 마음이 서스펜디드 커피에서 이콜라보레이션까지 발전하고 있다. 자기보다 남을 생각한다는 점에서 얼마나 아름다운 마음이 담겨 있는가. 일의 크기와 영역은 다르지만 이웃을 생각하는 마음이 모이면 더 큰일을 할 수 있을 것이다.

국가도 복지정책을 편다. 그러나 국가라 할지라도 한계가 있다. 오죽하면 가난은 나라님도 해결하지 못한다 할까. 중요한 것은 우리 모두가 서로를 생각하는 마음을 더 키우고 확산하는 것이다. 우리 주위엔 넘어진 자들이 많다. 그들의 아픔에 공감하며 세우는 일들이 많아질 때 우리 가운데 진정 평화가 임할 것이다. 같은 포럼에서 상생의 플랫폼을 강조한 카카오톡 대표 이제범은 말했다. "나무는 꽃을 버려야 열매를 맺고, 강물은 강을 버려야 바다에 이른다." 이제 우리 모두가 나설 차례다.

피츠제럴드: 개츠비는 왜 위대할까

요새 '위대한 개츠비(The Great Gatsby)' 바람이 불고 있다. 소설이 나온 지 90여 년이 지났는데 왜 관심이 높아진 것일까? 칸영화제 개막작이어서 그런가. 아니면 이 물질만능 시대에 어떤 메시지를 주기 때문인가.

이 소설은 스콧 피츠제럴드(F. S. Fitzgerald)가 썼다. 뉴욕타임스는 이 소설을 영미 100대 소설로 꼽았으니 무시할 수 없는 작품임에는 틀림없다.

이야기는 개츠비의 친구 닉 카라웨이가 화자가 되어 과거를 회상하는 스타일로 전개된다. 중서부에서 자란 닉은 1922년 뉴욕의 외곽에 살면서 개츠비의 이웃이 된다. 호화로운 별장에 사는 백만장자 개츠비는 토요일마다 파티를 열어 많은 손님을 초대했다. 닉도 파티에서 우정을 쌓게 되었고, 놀랍게도 사촌 데이지와 그가 옛날 연인 사이였던 것을 알게 되었다.

개츠비는 미국 중서부 농부의 아들로 태어나 출세를 위해 제1차 세계대전에 참전했다. 테일러 기지에 주둔하던 중상류층 여인 데이지를 만나 사랑에 빠졌다. 어느 날 그는 해외로 파견되었다. 종전 후 귀향을 서둘렀지만 무슨 착오인지 옥스퍼드로 파견되고 만다. 개츠비가 돌아오지 않자 초조해진 데이지는 생활의 안정을 바라며 시카고 부호인 톰과 결혼했다. 개츠비는 결국 버림받은 것이다.

세월이 흐른 뒤 장면은 동부로 옮겨진다. 톰은 정비공의 아내와 은밀한 관계를 유지할 만큼 바람둥이가 되었다. 그런 가운데서 다시 만난 개츠비와 데이지. 그들은 사랑의 감정을 되살리게 된다. 과연 그들의 사랑은 이뤄질 수 있을까.

하지만 톰은 그들의 관계를 못마땅하게 여겼다. 데이지가 개츠비의 차를 빌려 운전하던 중 정비공의 아내를 치는 사고를 냈다. 톰은 개츠비를 지목했다. 화가 난 정비공은 개츠비를 죽이고 만다. 개츠비의 장례식 날 파티에 초대되었던 사람들에게 연락을 취했지만 어느 누구도 참석하지 않았다. 데이지마저 톰과 여행을 떠났다. 다시금 배신을 당한 것이다.

가난했던 개츠비, 그는 처음 가난 때문에 버림받았다. 자수성가한 다음 옛사랑, 데이지를 되찾으려 동부로 왔다. 그러나 그를 기다리는 건 사랑이 아니라 비극적인 죽음이었다. 그는 결국 데이지의 진정한 사랑을 받아보지 못하고, 그것도 데이지의 죄를 뒤집어쓴 채 허망하게 죽음을 맞았다. 그것이 어찌 그 사람뿐인가. 데이지, 톰, 닉, 모두 동부에서의 새 생활을 꿈꾸며 가슴 설레지 않았던가. 그러나 모두 뒤틀린 결과를 얻었을 뿐이다. 그럼에도 불구하고 닉은 개츠비를 이렇게 썼다. '위대한 개츠비.'

소설을 읽든 영화를 보든 이 질문은 떠나지 않는다. 닉은 왜 그를 위대하다 했을까? 개츠비는 정말 위대할까?

사람들은 치솟는 주가와 밀주매매로 떼돈을 번 졸부들과는 달리 사랑이라는 오직 하나의 목적을 이루기 위해 전력투구해 온 그의 숭고함을 높이 평가한다. 그가 찾고자 한 사랑은 다른 말로 꿈이요, 희망이다. 그는 데이지를 되찾고자 한 꿈을 한 번도 접은 적이 없다. 개츠비는 사랑하는 여자를 생각하며 자수성가했다. 부자가 되어 파티도 열었다. 이 모두가 그녀를 위한 자신의 삶의 계획을 이뤄나가는 과정이었다. 장영희 교수는 개츠비의 위대함을 "희망을 가질 줄 아는 비상한 재능, 낭만적 준비성, 그리고 경이로움을 느낄 줄 아는 능력"에 있다 했다.

혼돈의 시대에 꿈은 과연 어떤 것일까? "오후는 어디론가 흘러가고 있는데, 허망한 꿈만이 홀로 남아 싸우고 있었다." 소설 속 이 표현이 맞는다면 꿈을 이룬다는 것이 얼마나 힘든가를 알 수 있다. 하지만 그는 희망이 보이지 않는 세상에서도 꿈을 가지도록 했다. 결코 희망을 잃지 말라는 것이다. 이런 점에서 비록 그는 죽임을 당했지만 이 시대를 향해 외친 선지자가 아닐까.

개츠비의 비극적인 생애를 담고 있는 이 작품은 제1차 세계대전 이후 미국인들의 꿈이 어떻게 일그러지고 붕괴되어 가는가를 보여주었다. 그가 죽자 독자들은 허무함을 느낀다. 그토록 되찾으려 한 사랑인데. 과거엔 사랑이었지만 현재는 이룰 수 없는 사랑으로 남았기에 사랑은 더 기구한 이름이 되었다. 다 이룰 수 있다면 그것은 인생이 아니다. 꿈이 있었지만 그 꿈을 이룰 수 없어 더 애틋한 것이 꿈이요, 인생이 아니겠는가. 그래도 개츠비는 그 꿈에 충실했다. 닉은 말한다. "모두 다 쓰레기들이야. 저 사람들 모두를 합쳐도 자네 하나만 못해." 아무리 생각해도 개츠비는 위대하다는 말이다. 이 말에 동의할 것인가는 독자의 마음에 달려 있다.

맥그리거: 기업에서 가장 중요한 것은 인간이다

'명저 속의 휴머니즘' 하면 소설이나 철학, 또는 사회학 등 인문학에서 찾곤 한다. 그러나 경영학자인 나는 주저하지 않고 맥그리거(D. McGregor)가 쓴 『기업의 인간적 측면(The Human Side of Enterprise)』을 꼽는다. 그 책에 그 유명한 X이론과 Y이론이 소개되어 있기 때문이다. 경영학에서 인간관을 다룬 것은 획기적인 일이다.

역사적으로 보아 조직 속의 인간은 서로 대립하는 두 개의 커다란 사상의 흐름 속에서 갈등을 겪어왔다. 하나는 사회와 인간을 능률이라는 기계적 작업의 틀로 묶으려는 사고방식이며, 다른 하나는 이 흐름과는 달리 인간의 자율성을 강조하는 사고방식이다. 경영에서 전자엔 1900년대를 전후로 등장한 과학적 관리법이, 후자엔 제1, 2차 세계대전을 거치며 성숙한 인간관계 접근법이 자리하고 있다. 이 두 흐름은 서로 충돌하고 보완하면서 지금까지 우리에게 영향을 주고 있다. 특히 메이오의 호손연구, 매슬로우의 욕구단계이론, 그리고 호만스의 행위연구를 거쳐 1960년대를 전후로 등장한 허즈버그의 모형, 맥그리거의 X이론과 Y이론, 아지리스의 가치체계와 성숙이론, 그리고 리커트의 체계 이론 등은 이 흐름을 이론적으로 구체화하고 보다 후자 쪽으로 조직의 발전을 모색하였다.

맥그리거가 이 책을 쓰게 된 동기는 MIT 경영대학 자문위원회의에서 슬론(Sloan)이 우연히 던진 질문 때문이었다. "성공한 경영자는 선천적인가, 아니면 후천적인가?" 이 질문에 쉽게 답할 수 없는 자신을 발견한 후 그는 계속 이 문제에 관심을 갖게 되었다. 때로는 짧은 질문이 사람을 달라지게 한다. 그는 기업의 경영개발프로그램을 비교연구한 뒤 결국 그로서는 불후의 이론이 될 X이론과 Y이론을 전개했다. 이 이론은 『기업의 인간적 측면』에서 구체화되었다.

X이론은 인간이 선천적으로 게으르고 일하기 싫어하는 악한 본성을 지니고 있다는 것이며, Y이론은 이와 반대되는 주장이다. Y이론에 따르면 인간의 본성은 게으르거나 신뢰할 수 없는 것이 아니며 동기만 적절하게 부여해준다면 자율적으로, 창조적으로 일할 수 있는 존재다. 따라서 인간의 이러한 잠재 가능성을 이해하고 그것이 발휘될 수 있도록 해주는 것이 경영자가 해야 할 일이다. 적절하게 동기가 부여된 종업원들은 조직의 목표를 달성하는 방향으로 자신의 노력을 투입함으로써 그들 자신의 목표도 아울러 달성할 수 있게 된다.

맥그리거는 X이론의 사고를 비판하고 Y이론의 사고방식을 통해 경영자의 의식전환을 꾀했다. 그러므로 그의 Y이론은 X이론에 친숙한 기업계의 사고구조를 본질적으로 바꿔보려는 혁명적인 의식개혁 운동이었다. Y이론은 복리후생 등 안전욕구에 치중한 종래의 인간관계 접근법의 소박한 개선으로부터 새로운 휴머니즘으로 나가는 중대한 시도였다.

맥그리거의 이론에서 주목해야 할 것은 그의 발전적 역사관이다. 그는 드러커의 말을 인용하면서 근대 대규모 산업기업 자체는 역사적으로 아주 중요한 사회적 창안물이라는 점에 뜻을 같이했다. 역사성을 띤 이 기업들이 경영 측면에서나 조직 측면에서 극적인 변화를 겪어왔고 그 변화는 앞으로도 지속된다. 이 변환 과정에서 X이론은 과거 지향적이고, Y이론은 미래 지향적인 속성을 가진다. 그는 X이론을 고집하는 기업일수록 스캔론의 말처럼 미래를 등지고 과거로 향하게 된다. 그는 Y이론이 목표설정, 스캔론 플랜, 참여, 그리고 경영개발 등과 함께 미래를 향해 문을 열게 하는 길잡이 역할을 할 것으로 생각했다. 이와 같은 생각은 경영개발 프로그램 자체뿐 아니라 조직의 여러 행위가 역사성을 띠고 있고, 역사적 근거를 바탕으로 발전한다는 생각을 심어주었다.

맥그리거는 그의 책 서문에서 이렇게 썼다. "기업에 있어서 가장 중요한 것은 무엇인가? 그것은 인간적인 요소이다. 최고경영자에게 가장 핵심적인 질문은 무엇인가? 그것은 인간을 경형하는 가장 효과적인 방법에 대해 당신은 어떻게 생각하는가 하는 것이다." 그의 말은 계속된다. 경영자가 인간에 대해 어떤 생각을 가지느냐에 따라 그 기업의 모든 성격이 좌우된다. 그다음 대의 경영성격도 이것에 따라 달라진다. 결국 경영자가 직면한 모든 문제의 해결은 바로 이 질문에 대한 대답 여하에 달려 있다. 지금 생각해도 맥그리거는 옳았다. Y이론은 인간경영의 가장 효과적인 열쇠가 되었기 때문이다. 끝으로 할 말이 하나 더 있다. 슬론의 짧은 질문이 경영학을 완전히 바꿔놓았으니 질문을 던진 자도 기억되어야 하리라. X이론과 Y이론은 그의 짧은 질문에서 시작되었으니까.

아리스토텔레스: 시는 창조다

　미국의 한 인문학자는 "글쓰기가 바로 인문학이다"라 주장했다. 하버드 대학에서도 강조하는 것이 글쓰기다.

　인류 최초의 시인으로 아담을 꼽는다. 창세기를 보면 그가 부른 것이 다 이름이 되었다고 했으니, 그 이름 하나하나가 시라는 것이다. 그래도 인간 창조 이전부터 말씀으로 계셨고, 말씀으로 천지를 창조하신 분이 있었으니 그분이 바로 하나님이시다.

　인류가 태어나기 전 최초의 문학적 표현이 있었다. 그것은 "빛이 있으라(Let there be light)!"는 하나님의 말씀이다. 그것은 장엄한 명령이요, 위대한 시다. 신은 혼돈을 싫어한다. 신의 능력이 빛으로 드러난다. 빛을 비롯해서 바다, 아담, 그리고 세계의 역사가 창조된다. 시인의 눈으로 볼 때 성경은 거대한 시집이다. 그 속엔 세상을 태어나게 하는 움직임과 우리 각자의 마음을 사로잡는 감동이 있다. 창조는 끝나지 않고 지금도 계속되고 있다. 순간순간 새롭게 태어난 것들을 보며 감동하지 않을 수 없다. 창조의 끝엔 "보시기에 좋았더라"는 말이 있다. 피조물은 언제나 감동 그 자체다. 신의 작품이기 때문이다.

　놀라운 것은 '인간도 창조능력을 가지고 있다는 사실이다. 그것은 신이 우리 각자에게 주신 달란트다. 인간에게 허락한 엄청난 특혜다. 시를 쓸 수 있다는 것은 특혜 중의 특혜가 아닐 수 없다. 시를 통해 신의 창조라는 큰 그림 그리기에 참여하기 때문이다.

어떻게 참여한다는 것인가? 시(poem)를 그리스어로 '포이에인 (poiein)'이라 한다. 이것은 무엇을 '만들다'는 뜻을 가지고 있다. 시인은 만드는 사람, 곧 창작자다. 시인은 상상, 정서, 직관적인 힘을 부여받고 그가 생각한 개념, 정열, 직관 등을 적절하게 표현한다. 시는 상상과 시적인 어법을 특징으로 한다. 그만큼 품위와 아름다움을 드러내기 위해서다.

아리스토텔레스가 쓴 책으로 『데 포에티카(De Poetica)』가 있다. 시학이다. 그에 따르면 시인은 구상(plot), 인물(characters), 용어(diction), 사상(thought), 상황(spectacle), 선율(melody) 등 여러 요소를 이용해 시를 만든다. 그것이 서사시가 되고 서정시, 극, 정원시, 교훈시, 풍자시, 서술, 모험, 고담, 민요 등 다양하게 표현된다. 그 속에 기지, 풍자, 영탄, 자조, 분노, 상징, 다변, 비판, 독백, 동경, 갈망, 영원, 궁극 등 수많은 내용이 담긴다. 그에 따르면 시는 음률, 언어와 조화이며 어떤 사건에서 생긴 정서들의 정화(catharsis)다. 왜 카타르시스가 될까? 시인은 자기의 생각을 시로 표현함으로써 비로소 정서적으로 안정감을 갖기 때문이다. 표현을 통해 상처가 치유되니 시인은 진정 시를 쓰지 않을 수 없다.

시는 어느 사건과 상황, 인물이나 자연계가 빚어낸 것들을 무한한 상상력과 섬세한 정서와 깊은 통찰과 직관력으로 음률, 아름다움, 그리고 조화를 담아 깊고도 생명력 있게 표현하는 것이다. 이런 작업은 결코 쉽지 않다. 그러나 시를 쓰는 것은 창조에 동참하는 일이라는 점에서 매우 의미 있는 행동이다. 시를 쓰는 것이 창조라면 쓰지 않는 것은 창조를 거부하는 것이리라. 창조를 비켜가지 말라.

시의 주제는 광범하고 형태도 다양하다. 하지만 사물과 대상을 다루는 정신적 자세도 예리하고 열정도 높아야 한다. 지적인 판단력과 서정적 감성도 풍부해야 함은 말할 나위 없다.

시는 문학의 장르 중에서 가장 높은 수준의 기교를 요구한다. 간결하면서도 무겁고 풍성하면서도 감동을 주어야 하기 때문이다. 간결을 위해 시인은 시어를 다듬는다. 박두진 시인은 이 점을 늘 강조했다. 글에도 절제가 필요하다는 말이다. 그러나 그것이 쉽지 않다. 쏟아놓고 싶은 마음 때문이다. 읽는 이가 받은 메시지를 마음으로 읽고 공감할 수 있도록 해야 한다. 소통할 수 없는 시는 아무도 알아들을 수 없는 외마디 외침이거나 독백에 불과하기 때문이다. 모두의 정서에 닿으려면 더 깊은 감동을 줄 수 있어야 한다. 창조가 주는 놀라움과 감동이다. 정서와 정서가 감동으로 만날 때 불꽃이 인다. 이것이 시라면 어찌 창조가 아니겠는가.

시는 장소에 구애되지 않고 시간에 장애를 받지 않는다. 하지만 사건과 충격적인 상황에 깊이 뿌리를 박는다. 연애시절엔 감상적 시가 더 나오고, 깊은 정치적 변동이나 전쟁으로 상처가 많이 난 경우 작품들이 마구 쏟아진다. 생활에서의 뼈아픈 경험도 소재다. 그 모두가 시로 태어난다.

다음은 중국인들이 좋아하는 백거이(白居易) 시 중 「부득고원초송별(賦得高原草送別)」, 곧 '고원초에서의 송별'이다.

離離原上草(이리원상초)　우거진 언덕 위의 풀은

壹歲壹枯榮(일세일고영)　해마다 시들었다 다시 돋누나.
野火燒不盡(야화소부진)　들불도 다 태우지는 못하니
春風吹又生(춘풍취우생)　봄바람 불면 다시 돋누나.
遠芳侵古道(원방침고도)　아득한 향기 옛 길에 일렁이고
晴翠接荒城(청취접황성)　옛 성터엔 푸른빛 감도는데
又送王孫去(우송왕손거)　그대를 다시 또 보내고 나면
萋萋滿別情(처처만별정)　이별의 정만 풀처럼 무성하리라.

이 시는 백거이가 15살 때 지은 것이다. 왕손들의 영고성쇠를 들풀에 견주어 지었다. 고원의 풀을 보며 들불도 다 태우지는 못해 봄바람 불면 다시 돋는가 노래한다. 인생은 들풀인가. 바람처럼 왔다 바람처럼 간다. 하지만 러시아 문호 푸시킨(A. S. Pushkin)은 우리를 다독인다.

삶이 그대를 속일지라도
슬퍼하거나 노하지 말라
설움의 날을 참고 견디면
기쁨의 날이 오고야 말리니

마음은 미래에 사는 것
현재는 언제나 슬픈 법
모든 것은 순간적인 것
그리고 지나간 것은 훗날 소중하게 되리니

사실 사람은 모두 시인으로 태어났다. 그러나 몇몇 사람만 시인이라 불리는 것은 차분히 앉아 종이와 펜을 대하는 사람이 많지 않기 때문이다. 사람은 모두 나름대로 인생을 살고 있다. 그렇다면 인생도 가끔 글로 써야 하지 않겠는가. 사람들은 언제나 진솔한 글을 기다리고 있다. 시를 쓰기 어렵다면 산문을 써도 좋고, 빗대어 쓰고 싶다면 소설을 택해도 좋다. 글이 아니면 어떤가. 당신 나름대로 독창적인 작

품을 남기는 것이 중요하다. 인간 개개인이 이 세상에 독특한 작품이
듯이 당신만의 독특한 작품을 남기는 것이다. "빛이 있으라!"는 명령
은 우리 각자에게도 해당한다. 당신의 작품 세계에 빛이 들게 하라.
그리고 창조하라.

● ● ●

샹그릴라: 그것은 우리 마음속에 있다

샹그릴라(shangri la)는 영국 소설가 제임스 힐턴(James Hilton)이 1933년에 쓴 소설 『잃어버린 지평선(Lost Horizon)』에 나오는 이상향의 이름이다. 소설은 1930년대 초 인도의 바스쿨, 곧 지금의 파키스탄에서 폭동이 일어나자 영국 영사 휴 콘웨이(Hugh Conway)는 자국민 80명을 비행기에 태워 페샤와르로 피신시키고, 자신은 다른 3명과 함께 소형 비행기로 탈출한다. 하지만 비행기는 사실 티베트인 조종사에 의해 납치되어 히말라야산맥 티베트 협곡에 불시착한다. 조종사는 불시착할 때의 충격으로 죽는다. 다만 '샹그릴라'라는 말만 겨우 남기고. 샹그릴라는 티베트어로 샹바라(香巴拉), 곧 '푸른 달빛의 골짜기'다.

그들은 중국인 장 노인의 인도를 받아 샹그릴라 마을의 라마 사원으로 인도된다. 그곳에는 80대로 보이는 대정승이 있었다. 알고 보니 그는 1719년에 실종된 페로 신부였다. 동방선교에 나섰다가 길을 잃었는데 주민들에 의해 가까스로 구조되었다 한다. 그곳에서 신선한 공기, 느림의 생활, 신비로운 요가 등으로 죽지 않고 250세의 삶을 살고 있었다. 그는 기독교, 불교, 도교가 혼합된 상태로 중용을 미덕으로 삼고 있었으며, 라마 사원에는 서적, 음악, 피아노 등 인류의 모든 문명이 축적되어 있었고, 라마승들은 모든 분야를 자유롭게 연구하고 있었다.

높은 예지로 인류의 종말을 알게 된 대정승은 후계자를 찾고 있었다. 전쟁으로 인류문명은 멸망하지만 오지인 샹그릴라는 피해를 보지 않을 것이다. 그는 콘웨이에게 후계자가 되어 줄 것을 부탁하며 숨을 거둔다. 그때서야 그는 자신들이 납치되었음을 알게 된다.

콘웨이는 다른 두 사람과 함께 탈출을 감행했다. 한 노파가 열병에 걸린 콘웨이를 중장의 한 선교회 병원에 입원시켰다. 시간이 지난 후 콘웨이가 방콕 북서부 쪽으로 갔다는 말도 들렸다. 하지만 정확히 그가 어디로 간 것인지 알지 못한다. 혹시 다시 샹그릴라로 간 것은 아닐까. 인간의 나이를 잊고 사는 그들 속에서 내적인 평화와 사랑과 샹그릴라의 목적 그 자체를 발견한 사람은 바로 그였기 때문이다. 이 것이 소설의 대략이다.

힐턴은 샹그릴라를 가본 적이 없다. 어느 날 '내셔널 지오그래픽'에 나온 사진을 보며 영감을 얻어 소설을 썼다. 소설에서 샹그릴라는 쿤룬산맥 어느 고원 지대에 있는 라마 사원으로 설정되어 있다. 외부에는 감춰진 평화로운 계곡, 영원한 행복을 누릴 수 있는 히말라야의 유토피아다. 샹그릴라는 위기에 처한 서구가 문명의 정수를 보존하고자 하는 탈출구를 마련하는 과정에서 만들어낸 동양의 신비로운 낙원이다.

사람들은 늘 샹그릴라가 어디일까 궁금했다. 내셔널 지오그래픽에 소개된 사진의 장소를 찾아 나섰다. 하지만 사진을 찍은 사람도 그 장소를 정확히 기억해내지 못했다. 중국 정부가 나서 찾아준 곳은 사천의 야당 풍경구. 하지만 관광산업이 발달하자 다른 지역도 가만히 있지 않았다. 운남성 장족 자치구, 사천성 야딩, 그리고 티베트 등이 서로 자기 지역이 샹그릴라라 주장했다. 결국 운남성 장족 자치구가 공식적인 샹그릴라로 정해졌다. 하지만 사천성 사람들은 지금도 야딩이라 굳게 믿고 있다. 운남성 정부는 2001년 중뎬(中甸) 시 이름을 아예 샹그릴라(香格里拉)로 바꿨다.

힐턴에게 영감을 준 인물은 미국 식물학자이자 탐험가인 조셉 록(Joseph F. Rock)이다. 록은 1922년부터 27년간 중국에 살면서 연안, 사천, 동티베트 등을 여행하고 그곳의 식물과 삶을 내셔널 지오그래픽에 소개했다. 그곳에는 아직도 그의 삶의 흔적이 남아 있다.

샹그릴라로 추정되는 위봉 마을에 이런 글귀가 쓰여 있다. "하늘에는 천당이 있고, 땅엔 위봉이 있다." 그만큼 좋다는 말인데, 정작 그곳 사람들은 도로가 없어 불편하다고 말한다. 샹그릴라 사람들은 오히려 문명을 좋아하는 모습이다.

영어 사전에 샹그릴라를 이렇게 표현하고 있다. "완전한 행복과 기쁨, 그리고 평화가 깃든 곳이라면 어디든(any place of complete bliss and delight and peace)." 샹그릴라가 세상 어디에 따로 있는 것이 아니라는 말이다. 그렇다면 우리가 살고 있는 곳도 샹그릴라가 될 수 있으리라. 그러나 그곳을 발견하기 어려우니 아직은 알 수 없는 땅, 비밀의 땅일 수밖에 없다. 아니 이 땅에서는 그런 곳을 찾을 수 없을지 모른다. 그래서 사람들은 말한다. "내 마음속의 해와 달." 샹그릴라는 우리 마음속에 있다는 말이다. 내 마음이 진정 행복과 기쁨, 그리고 평화를 누리고 있다면 그곳이 바로 샹그릴라다.

〈조셉 록〉

도원결의: 그 안에 빛과 그림자가 있다

후한 말 영제시대 환관의 발호로 정치가 어지러워졌다. 국정도 문란했다. 생활고에 시달리던 백성들은 살길을 찾아 나섰다. 신흥종교 태평도의 교주 장각은 혼란한 틈을 이용해 세력을 키우고 난을 일으켰다. 창천(蒼天)의 시대는 가고 황천(黃天)의 시대가 왔다고 했다. 누런 수건을 두른 황건적들이 이곳저곳에 나타났다. 그 수가 수십만에 달했다 하니 나라의 모습이 과연 어떠했을까 싶다. 국가경영을 잘못하면 백성이 고생을 한다.

당황한 정부는 하진을 대장군으로 삼아 진압하려 했지만 힘이 미치지 못했다. 결국 각 지방정부로 하여금 의용병을 모아 그들을 진압하라는 영을 내렸다.

유비(劉備)는 지금의 허베이 성이었던 유주 탁현에서 의용군을 모집하는 방문(榜文)을 보았다. 그것은 유주를 다스리는 태수 유언이 붙인 공시문이었다. 방문을 보자 갑자기 그의 가슴이 뛰기 시작했다. 그는 전한의 중산정왕 유승의 후대요, 전한의 네 번째 황제인 경제 유계의 후손이었다. 왕손으로 평소 큰일을 하고 싶어 했던 그 아니던가. 게다가 그 자신 황건적의 횡포를 경험했기 때문에 모집에 응하기로 마음을 굳혔다. 그의 나이 28세였다.

하지만 나라를 생각하니 깊은 한숨밖에 나오지 않았다. 과연 해낼 수 있겠는가. 그때 한 건장한 인물이 그에게 다가와 "왜 한숨만 쉬느냐"며 꾸짖었다. 장비(張飛)였다. 이야기를 나누다 보니 뜻이 같았다. 그들은 더 이야기를 나누기 위해 주막으로 자리를 옮겼다. 그곳에서 범상치 않은 인물을 만난다. 고향에서 사람을 업신여긴 토호를 죽이고 이곳저곳에 피신하며 살고 있던 관우(關羽)였다.

세 사람은 나라 걱정을 하다가 뜻을 함께하기로 했다. 의기투합한 것이다. 다음 날 장비는 유비와 관우를 그의 집 후원으로 불렀다. 장비는 장원과 밭을 꽤나 가지고 있었던 인물이었다. 그날따라 복숭아 꽃이 흐드러지게 피고 있었다. 그들은 의형제를 맺고 천하를 위해 일하기로 맹세를 했다. 그리고 태어난 날은 서로 다르지만 한 날 한 시에 같이 죽기로 맹세한다. 그리고 함께 피를 나누었다. 이것이 바로 도원결의(桃園結義)다. 하필이면 같이 죽는단 말인가. 결의치고 무서운 결의가 아닐 수 없다.

도원결의는 서기 180년경의 일이요, 유주 탁현에서 일어난 일이다. 삼국지 판본에 따르면 장비의 집이 아닌 유비의 집에서 결의했다고 한다. 정말 도원결의가 있었을까? 정사엔 그런 기록이 없다. 다만 그들의 정이 형제와 같았다는 뜻의 정약형제(情若兄第)라는 기록이 있다.

도원결의 이후 그들은 어찌 되었을까? 세 사람은 3백 명의 젊은이들을 이끌고 황건적 토벌에 가담한다. 그들은 장세평과 소쌍 등 여러 상인으로부터 철 1,000근을 받아 각종 무기를 만들었다. 여러 대장장이도 가담해 당시로는 첨단 무기를 만들었을 것이다. 세 사람은 유주성 전투를 비롯해 여러 곳에서 황건적 토벌에 나서 승리를 거두었다.

황건적의 대응도 만만치 않았다. 하지만 장각이 죽자 기세가 꺾이기 시작했다. 황건적 토벌에 공을 세운 사람은 도원결의를 한 유비 3형제뿐 아니라 조조, 손권도 있었다. 후에 제갈공명을 군사로 맞아들인 유비는 촉(蜀)나라를 세웠고, 조조는 위(魏), 손권은 오(吳)나라를 세웠다. 이른바 삼국시대를 연 것이다.

그러나 촉이 망하게 된 것은 도원결의 때문이었으니, 이런 아이러니가 없다. 먼저 관우가 오나라와의 싸움에서 죽게 된다. 관우의 죽음은 모든 것을 바꿔놓았다. 유비는 오나라에 대한 복수를 천명했다. 제갈공명은 오나라와는 친선을 유지하고 황위를 찬탈한 위를 공격해야 한다고 만류했다. 하지만 유비는 듣지 않았다. 원수를 갚는 것이 급했기 때문이다. 출병 전에 장비마저 죽게 되었다. 유비는 전군을 동원해 오나라를 쳤지만 오나라의 젊은 장수 육손에 의해 완패당했다. 촉나라의 장수는 물론 수십만의 병사마저 잃었다. 유비도 쓸쓸히 죽음을 맞았다. 복수도, 천하통일의 꿈도 물거품이 되고 말았다. 아, 인생의 덧없음이여. 그러나 이것이 삼국지 스토리를 낳았으니 결코 잊힐 순 없으리라.

도원결의, 그 안에 빛과 그림자가 있다. 황건적을 물리치는 데는 공헌했지만 촉나라를 잃는 아픔의 역사가 배어 있기 때문이다. 비록 한 날 한 시는 아닐지라도 그들이 같이 죽기로 한 결의는 지켜졌다. 그러나 평정심을 잃고 감정적으로 행동한 유비, 지도자가 감정이 앞서고 사적인 친분에 치우치면 얼마나 위험한가도 아울러 교훈해주고 있다.

사람들은 종종 친구와 함께 도원결의를 한다. 인생에서 뜻을 같이한 친구가 있다는 것은 얼마나 멋진 일인가. 그러나 행동에는 삼갈 일이 있다는 것도 명심하라.

지지정신: 자족하고 멈출 때를 알라

　우리말에 '지지'는 여러 의미를 가지고 있다. 가장 많이 사용되는 것으로는 특정한 개인이나 단체 등의 사상, 정책 따위에 뜻을 같이하고 도와주는 지지(支持)다. 일하기 힘든 데 후원세력이 나타났으니 절로 힘이 솟는다. 어떤 지역의 자연 및 인문 현상을 백과사전식으로 나누어 기술한 지지(地誌)도 있다. 지역의 특성을 가르쳐주니 좋다. 불교의 용어로 지지(止持)가 있다. 몸과 말로 하는 나쁜 짓을 억제해 죄업을 짓지 않도록 하는 것이다. 그동안 했던 일을 살펴보니 나쁜 것이어서 더 이상 죄를 짓지 않기로 한 것이다. 지(持)의 철회다. 정신에 변화가 있어 좋다. 매우 뛰어난 지혜, 또는 그러한 지혜를 갖춘 사람을 일컬을 때 지지(至知)라 한다. 이런 사람이면 얼마나 좋을까. 이 밖에 어르신들이 어린아이에게 가끔 하는 말이 있다. "그건 지지니까 만지지 마!" 이때 지지는 더러운 것을 이르는 말이다. 이에 대한 한자는 없다. 우리말이기 때문이다. 같은 지지인데 다양하게 쓰인다.

　이번에 소개할 지지는 위에 언급된 지지가 아니다. 노자(老子)의 『도덕경(道德經)』 44장에 나오는 지지(知止)다. '지족불욕 지지불태 가이장구(知足不辱 知止不殆 可以長久).' 해석하면 "스스로 만족함을 알면 욕되지 않고, 분에 맞게 머물 줄 알면 위태롭지 않아, 언제까지나 편안할 수 있느니라"다. 이때 지지는 멈출 줄 아는 것을 말한다. 이 글에서 지지하지 못하는 이유를 밝힌다. 그것은 지족(知足), 곧 스스로 만족함을 알지 못하기 때문이다. 이 글은 한마디로 분수를 지켜 너무 탐내지 않음과 분에 넘치지 않도록 그칠 줄을 아는 일이 중요하다는 것을 가르쳐준다. 한마디로 지족의 정신과 지지의 정신을 배우라는 말이다.

　인간은 욕망하는 존재다. 욕망이 없다면 어떤 일도 이뤄내지 못했을 것이다. 그러나 어떤 일이나 사물에 대하여 지나치게 욕심을 갖는 것은 확실히 문제가 있다. 과욕은 몸을 버리게 하고, 주변과 벽을 쌓게 만든다. 따라서 자족할 줄 아는 마음이 중요하다. 그래야 더 이상 욕심을 부리지 않고 머물 줄 알게 된다.

　『대학(大學)』에 이런 말이 있다. "지지이후유정 정이후능정 정이후능안 안이후능려 여이후능득(知止而後有定 定而後能靜 靜而後能安 安而後能慮 慮而後能得)." "멈춤을 안 뒤에야 자리를 잡나니, 자리 잡은 뒤에야 능히 고요할 수 있으며, 고요한 뒤에야 능히 안정이 되며, 안정된 뒤에야 능히 생각할 수 있고, 깊이 사색한 뒤에야 능히 얻을 수 있느니라"는 말이다. 여기에도 지지가 있다. 멈추면 자리를 잡을 수 있고, 그다음에 고요와 안정, 그리고 사색이 가능하다. 생각은 지지에 바탕을 둔다는 것이다. 그러니 지지가 더욱 귀하지 않을 수 없다.

　경쟁사회에서 멈추면 어떻게 이겨나갈 수 있겠는가 되물을 것이다. 그것은 느림의 사회에서나 가능한 일이라 말할 것이다. 하지만 족함을 알지 못하고 망한 개인과 기업이 얼마나 많은가. 노자의 말대로 족함을 알면 욕되지 않고, 그침을 알면 위태롭지 않다. 오래갈 수 있다. 우리에게 필요한 것은 자족하고 멈출 때를 아는 것, 곧 지족의 정신과 지지의 정신이다.

바울은 말한다. "자족하는 마음이 있으면 경건은 큰 이익이 되느니라(디모데전서 6:6)." "내가 궁핍하므로 말하는 것이 아니니라. 어떠한 형편에든지 나는 자족하기를 배웠노니(빌립보서 4:11)." 자신부터 자족의 정신으로 살아왔으며, 이 정신이 신앙생활에 큰 도움이 된다는 말이다.

자족과 지지, 이것이 어찌 신앙인들만의 차지가 될 수 있을까? 오늘도 이것 때문에 무너지는 사람이 한둘이 아니다. 국가도 마찬가지다. 을지문덕(乙支文德) 증수우익위대장군우중문(贈隋右翊衛大將軍于仲文)에 이런 문구가 있다. "신묘한 계책은 하늘의 온갖 일을 깊이 알았고, 기묘한 헤아림은 땅의 이치를 다 통했구려. 싸움에 이긴 공적 진작에 높거니, 만족함을 알아 원컨대 그만 그치시라." 지족원운지(知足願云止). 이제 우리 자신을 돌아볼 차례다.

골드러시: 금의 찬란한 유혹에서 벗어나라

'샌프란시스코' 하면 생각나는 것이 있다. 금문교, 아름다운 항구, 차이나타운 등. 그러나 역사를 보면 '포티나이너스(49ers)', '골드러시(Gold Rush)', '1906년의 대지진' 등의 역사가 큰 자취로 남아 있다.

포티나이너스는 지금 샌프란시스코 미식축구팀의 이름이기도 하지만 실은 1849년 이 지역에 금이 나온다는 소식을 듣고 몰려온 사람들이란 뜻이다. 1848년 존 서터(John Sutter)가 사들인 이 지역에서 금이 발견되었다. 그는 비밀에 부치라 했지만 금 이야기는 더 이상 비밀이 될 수 없었다. 사람들이 각지에서 몰려들기 시작했다. 이곳은 원래 집이 몇 채밖에 없는 한적한 곳이었다. 하지만 금 발견 소식에 4만 명의 금광탐사꾼들이 바다를 거쳐 들어왔고, 3만 명은 그레이트베이슨을 거쳐 9,000명은 멕시코로부터 몰려들었다. 이래저래 10만 명을 넘어섰다. 이것은 미국의 도시 역사상 가장 급속한 인구유입이었다.

골드러시는 동부에 살던 사람들은 물론이고, 중남미 사람들, 유럽인, 뉴질랜드인, 중국인 등 각국 이민자들을 끌어들였다. 예나 지금이나 돈을 벌 수 있는 곳에 사람들이 몰리기 마련이다. 이곳에서 한 달만 일하면 다른 곳에서 1년 일한 것과 맞먹었으니 그 유혹을 물리칠 수 없다. 약 10년간 엄청난 양의 금이 채굴되었다. 채굴이 활발해지자 도로와 횡단철도가 만들어졌다. 골드러시는 미국을 다민족국가로 만들었고, 횡단철도는 동서교류를 촉진시켰다.

다른 산업도 발달했다. 그중에 하나가 청바지 사업이었다. 리바이스는 당시 광부들을 위해 만든 청바지였다. 광산 노동자들을 겨냥한 이 청바지가 지금은 세계인의 바지가 되었다. 하지만 이것은 원래 리바이 스트라우스가 재고량으로 남은 천막 천을 처리할 방법을 찾다가 나온 아이디어의 산물이다.

그렇다면 서터나 광부들은 돈을 많이 벌었을까? 그렇지 않다. 서터는 과달루페 이달고 조약 이전에 얻은 소유권을 놓고 오랜 재판 과정을 거치다 아무것도 얻지 못했다. 광부들도 치솟는 물가를 견디지 못했다. 달걀 1개의 값이 1달러, 중심가의 집값은 20세기 말을 기준으로 한 감정가와 맞먹을 정도였으니 부자가 되기는 어려웠다. 물론 그 틈새에 돈을 번 사람들도 있었을 것이다. 하지만 샌프란시스코는 파산·사기·살인 등 혼란에 빠졌다. 골드러시의 종국은 매우 어두웠다.

그 후 어떻게 되었을까? 1859년 네바다 준주 컴스톡 광맥에서 은광이 개발되면서 샌프란시스코는 은행가·투기꾼·변호사 등이 모이는 도시로 변했다. 그러다 1906년의 대지진이 일어나 중심상업지구가 파괴되었다. 지금도 이곳의 명물 전차가 굽어진 길을 오르내리는 것은 그 당시 지진 때문이었다. 하지만 제2차 세계대전 때 수십만 명의 병사들이 이곳을 통해 태평양 전쟁터로 떠나면서 전쟁 관련 산업이 번창하게 되었다.

샌프란시스코의 원래 이름은 예르바 부에나(Yerba Buena)였다. 이것이 1847년 1월 지금의 이름으로 바뀌었다. 왜 하필 샌프란시스코일까? 그것은 프란체스코 수도회와 연관된다.

1769년 가스파 데 포르톨라가 이끈 스페인 탐험대가 샌프란시스코 만을 발견했고, 1775년 8월 5일 스페인 선박 '산카를로스호'가 접안했다. 그 이듬해 몬테레이 출신의 정착민들이 기반을 잡았고, 1776년 9월 17일에는 군 기지가 세워졌다. 그리고 10월 9일에는 샌프란시스코 데아시스 선교단이 들어왔다. 이 선교단의 이름에서 샌프란시스코가 나왔다. 당시엔 땅에 기만 꽂아도 자기 땅이 될 만큼 소유는 문제가 되지 않았다.

하지만 골드러시가 시작되면서 상황이 달라지기 시작했다. 원주민은 오클라호마에 있는 원주민보호구역으로 이동해야 했고, 가난한 광부들은 가족과 어려운 삶을 살아야 했다. 미국 민요 <오 내 사랑 클레멘타인>은 서부 민요다. 어부와 딸이 아니라 금을 찾아 나선 아버지와 그 딸의 이야기가 담겨 있다. 어린 딸을 강가에 데리고 나와 금을 찾고 있던 사이 아이를 따로 놀게 했다. 하지만 딸은 그만 급류에 휩쓸려 실종되었다. 이 민요는 아이를 잃은 슬픔과 아이를 지키지 못한 광부 아버지의 죄책감이 서려 있다. 가족도 지켜내지 못한 안타까움이다.

카잔차키스는 그의 소설 『성 프란치스코』에서 지독한 발 냄새가 나는 노숙자 행색의 프란치스코가 교황을 만나는 장면을 성스럽게 그렸다. 교황으로서는 고민이 이만저만이 아니었을 것이다. 사실 수십 년 전에 거의 똑같은 일을 겪었기 때문이다. 성 프란치스코는 성인이었지만 결코 부를 탐하지 않았다.

샌프란시스코에 들어온 수도회 형제들이 이곳에 들어와 수도생활을 시작했을 때 유혹을 이겨내기 위해 장미 밭 위에 몸을 던지고 뒹

굴었다. 그래선지 지금도 이곳 장미에는 가시가 없다 한다. 금에 유혹되어 이곳을 찾은 사람들과는 비교가 된다. 많은 사람들이 금을 찾아 이곳에 왔지만 지금 그것은 없다. 오직 샌프란시스코 이름만 남았다. 이것은 우리가 이 땅에서 궁극적으로 찾아야 할 것이 무엇인가를 가르쳐준다. 금의 찬란한 유혹에서 벗어나라.

세인트로렌스 강: 그 속에는 세인트로렌스의 강인한 정신이 흐르고 있다

캐나다와 미국의 국경을 지나 대서양으로 흐르는 강이 있다. 세인트로렌스(St. Lawrence) 강이다. 오대호와 연결되어 최대의 수계(水系)를 이루는 강으로, 총 연장 길이 3천58㎞다. 그곳에 나이아가라 폭포도 있고, 부호들의 휴양지로 유명한 천섬(Thousand Islands)도 있다. 토론토도, 몬트리올도 그 강을 끼고 있다. 인디언 원주민들은 이 강을 '맥도구악', 즉 '위대한 강'이라 불렀다. 하지만 캐나다에 첫발을 디뎠던 프랑스인들은 '생 로랭 강'이라 했다. 이를 영어로 발음하면 '세인트로렌스 강'이다.

위대한 강이 왜 세인트로렌스 강이 되었을까? 그것은 세인트로렌스에 대한 기독교인들의 흠모가 담겨 있다. 특히 가톨릭, 동방정교, 성공회, 루터교회는 그를 기린다. 다음은 성공회 기도문 가운데 하나다.

> "전능하신 하느님, 거룩한 순교자 로렌스에게 은총과 힘을 주사, 고난을 이기게 하시고 또 죽기까지 충성하게 하셨나이다. 비옵나니, 성인을 기념하는 우리로 하여금 충성을 다하여 주님을 증거하며 그와 함께 생명의 면류관을 얻게 하소서."

이 기도문 속에 순교자 로렌스가 나온다. 세인트로렌스 강은 순교자 로렌스(Lawrence of Rome)의 이름을 딴 것이다.

세인트로렌스는 교황 식스투스 2세(Sixtus Ⅱ)를 도운 로마 가톨릭교회 7명의 부제(deacons) 가운데 한 사람으로, 로마 황제 발레리아누스(Valerianus)가 기독교인을 박해할 때 다른 6명의 부제에 이어 순교한 인물이다. 258년의 일이다.

257년 4월 발레리아누스 치하에서 시작된 박해는 3년 6개월 동안 계속되었다. 이 박해 기간에 기독교인들은 온갖 고통을 당했다. 황제는 자신의 막강한 권력을 이용해 기독교인들의 재산을 빼앗고, 그들을 믿음으로부터 멀어지도록 했다. 황제는 로렌스에게 교회의 재산을 내놓으라 했다. 그는 3일간의 여유를 달라 했고, 황제는 그 요청을 받아들여 3일 후 교회의 재산을 몰수하도록 했다.

약속한 날이 이르자 로렌스는 가난한 기독교인들을 한곳에 모이게 했다. 폭군은 약속을 이행하라 다그쳤다. 그러자 그는 기독교인들을 가리키며 다음과 같이 말하였다.

> "주님은 '내가 굶주렸을 때 너희가 먹을 것을 주었으며, 내가 목마를 때에 마실 것을 주었도다. 내가 나그네였을 때 대접하였도다.' 또 '여기 내 형제 가운데 가장 작은 자 하나에게 한 것이 곧 나에게 한 것이니라'고 하셨습니다. 우리의 주인이신 그리스도께서 가지고 계신 것 중에서 그분이 사랑하시는 이 가난한 사람들보다 더 귀한 것이 있겠습니까?"

교회의 재산을 폭군이 아니라 가난한 자들에게 돌려주어야 한다는 말이다. 화가 난 황제는 소리를 질렀다.

"나무를 아끼지 말고 태워라. 이 악한 놈이 황제를 기만하였다. 머리를 때려 부수라. 이 반역자가 황제에게 말장난을 하였다. 인두로 그를 지지고 불타는 쇠판을 그의 몸에 동여매라. 가장 튼튼한 쇠줄과 불타는 갈퀴와 쇠침대(gridiron)를 가져와 불을 붙이라. 그의 손과 발을 묶고 쇠침대가 달아올랐을 때 그를 눕혀 튀기고 끓이고 뒤집고 엎으라."

로렌스는 그렇게 순교했다. 그래서 세인트로렌스는 끝까지 가난한 자 편에 선 자, 쇠침대에서 구임을 받을 정도로 참혹하게 죽은 성인으로 기억되고 있다. 황제 앞에서도 절대 꺾지 않은 용기, 처절한 죽음조차 피하지 않은 그의 정신은 과연 어디에서 나왔을까.

세인트로렌스 강은 오늘도 굽이쳐 흐른다. 초기 유럽 이주민들은 그 험한 강을 거슬러 올라가 정착했다. 이 강에는 개척정신이 흐르고 있다. 세인트로렌스의 강인함을 닮고자 한 것일까. 초기 개척자들에게 이 정신이 없었다면 지금의 캐나다도 없었을 것이다. 신앙도 마찬가지다.

벨라: 종교는 사회에 의미를 주고 변화를 이끌어야 한다

미국의 종교사회학자이자 '시민종교(civil religion)'의 대제사장이라 불리는 버클리대 명예교수 로버트 벨라(Robert N. Bellah)가 소천했다. 연세대 박영신 교수가 그의 논문이나 발표 때 자주 그의 이름을 거론해 나에겐 꽤 익숙한 학자다.

종교란 무엇일까? 종교의 한자로 '마루 종(宗)' 자를 쓴다. 기본적으로 일의 근원 또는 근본이라는 뜻이다. 으뜸이라는 뜻도 있다. 그래서 종교를 가리켜 최고의 가르침이라 한다. 조선 초기 기독교를 서학이라 불렀다. 기독교를 학문으로 생각한 것이다. 히브리인은 종교를 '닷테'라 부른다. 이것은 명령, 법, 규례를 의미한다. 유대교가 얼마나 율법주의적인가를 보여준다.

영어로 종교는 'religion'이다. 이것은 라틴어 '레리가레(religare)'에서 나온 것으로 '다시 묶는다'는 뜻을 가지고 있다. 신과 떨어져 사는 삶이 너무 어두워 나를 하나님께 묶는 것이다. 예수의 비유에 탕자에게 손을 내밀어주시는 아버지를 본다. 이 아버지의 마음이 하나님이다. 하나님과 내가 연결되면서 나의 삶이 변화된다. 이것이 의미 있는 삶을 살게 한다. 이것이 종교다.

벨라에게 있어서 종교는 무엇보다 삶에 의미를 가져다준다. 우리는 사회 속에서 결핍감을 경험한다. 그는 이것을 의미의 진공상태(vacuum of meaning), 의미의 결핍(deprivation of meaning)이라 했다. 왜 이런 진공과 결핍을 느끼는 것일까? 우리 속에 종교성을 상실했기 때문이다. 그보다 앞서 의미를 강조한 사람이 있다. 막스 베버다. 그는 의미 있는 우주 또는 의미의 문제를 제기했다. 그는 의미의 궁극적인 틀(an ultimate frame of meaning)과 조화시켜 자체 제도적 구조를 짜야 한다고 했다.

어떻게 구조를 짜야 할까? 벨라는 종교가 가지고 있는 상징성에 관심을 두었다. 상징은 나름대로 독특한 정체성(identity)을 가지고 있다. 그 성격은 매우 지속적이다. 더 중요한 것은 변동 가능성에 대한 길잡이 역할을 한다. 쉽게 말하면 종교가 사회를 변화시키는 중요한 역할을 할 수 있다는 것이다. 종교가 개인뿐 아니라 사회를 변화시킨다는 점에서 중요하다. 벨라가 시민종교 개념을 발전시킨 것도 이 때문이다.

건전한 종교, 건전한 사회라면 종교의 역할은 막강하다. 그 건전성이 종교 자체뿐 아니라 사회도 건강하게 만든다. 그러나 어느 하나에 문제가 발생하면 그 영향력은 크게 떨어질 수밖에 없다. 벨라는 종교적 상징체계가 발전적 사회변동에 영향력을 행사하지 못하게 되는 경우가 발생하는데 그것은 두 가지 경우 때문이라고 했다.

첫째는, 종교적 상징과 현실세계가 용해되어 있는 구조적 상태다. 벨라에게 있어서 용해(fusion)는 종교적 영역과 세속적 영역이 더 이상 구별하기 어려울 만큼 녹아 있는 것을 말한다. 종교가 그만큼 세속화되어 있다는 말이다. 종교가 세속과 다름이 없기 때문에 세속에 대해 어떤 말을 할 수 없다. 종교의 영향력은 이미 상실되었다. 이를 가리켜 벨라는 용해적 사회라 했다.

둘째는, 종교와 현실세계의 분리성을 강조하는 구조적 상태다. 이때 분리(disjunction)는 종교와 현실세계가 단절된 것을 말한다. 종교가 종교적 초월성을 지나치게 강조한 나머지 통상 사회활동에 참여를 거부하는 것일 수 있고, 현실세계가 종교를 거부할 수도 있다. 서로 너는 너고, 나는 나라는 식이다. 이런 단절 사회를 벨라는 분리적 사회라 했다.

용해적 사회나 분리적 사회 모두 문제가 있다. 세상에 으뜸 되는 가르침을 주고, 세상을 이끌어야 할 종교가 세속화되는 것도 옳지 못한 일이며, 너무 고고하게 굴며 세상과 대화조차 거부하는 것도 옳지 못하다. 종교는 사회와 함께 가야 한다. 종교는 사회에 의미를 주고 변화를 이끌어야 한다. 종교가 살아야 사회도 살 수 있다.

보리수: 사람들은 왜 자꾸 살을 붙이려 할까

불교에서 붓다는 깨달은 자를 의미하고, 보리수는 깨달음 또는 해탈을 의미한다. 그러나 보리수 하면 부처가 그 아래에서 불도를 깨달았다는 나무를 먼저 연상한다. 불교전통에 따르면 부처가 부다가야, 곧 지금의 인도 비하르 주 가야 근처에서 깨달음(bodhi)을 얻었을 때, 그 아래 앉아 있었다고 하는 나무가 보리수(bodhi-druma, 菩提樹)라는 것이다. 이 인도보리수는 'Ficus religiosa'라는 학명도 얻었다. 불교 미술에서는 보리수를 부처의 상징으로 삼곤 했다. 그만큼 보리수의 의미가 커진 것이다.

그런데 보리수 연구가들 가운데 우리가 생각하는 보리수에 대해 다른 견해를 가진 이들도 있다. 보리수는 사실 힌두교에서 중시하는 나무인데 힌두교의 보리수가 불교에 덧칠해진 것이니 불교에서 그것을 벗겨내야 한다는 것이다. 나아가 나무보다 깨달음 자체를 중시해야 한다고 한다.

그리고 보니 금방 뉴스 한 줄이 눈에 들어온다. "인도 아마다바드에서 열리고 있는 힌두 축제 바트 사비트리 중 힌두 기혼녀들이 벵골 보리수인 반얀 나무 둘레에 앉아 전통 의식을 치르고 있다. 석가는 어디 가고 힌두 여성들만 있다." 반얀 나무의 끈질긴 생명력은 이 나무가 영원한 삶을 상징한다는 믿음을 주었고, 아이 갖기를 원하는 인도 여인들은 신성한 나무 앞에 공물을 바치며 치성을 드린다는 것이다. 이제 보리수에 대한 생각을 바꿔야 할 것 같다.

가끔 윤희영의 글을 즐겨 읽는다. 영어 공부도 되지만 때론 그 내용이 자극을 준다. 오늘은 아담의 사과와 갈비뼈에 대한 이야기를 소개했다.

남자 목 가운데 목젖을 아담의 사과(Adam's apple)라 한다. 사람들은 이브가 아담에게 준 사과를 먹다가 한 조각이 목에 걸려 혹을 만들었다고들 한다. 성경을 보면 아담과 이브가 먹은 것은 선악과지 사과가 아니다. 그런데도 사람들은 사과라 한다. 그렇게 된 이유가 있다. 2세기 때 아킬라 폰티쿠스가 구약을 히브리어에서 그리스어로 번역하면서 선악과를 사과나무로 번역한 때문이란다. 그리스신화에서 사과는 욕망과 파멸의 상징이기 때문에 이해를 쉽게 하기 위해 그랬을 것이라는 주장이다.

아담의 갈비뼈를 빼내 이브를 만들었다는 것도 오역이라 한다. 한글 개역개정 성경을 보면 '그 갈빗대로 여자를 만드시고'라 되어 있다. 그런데 히브리 원문엔 갈빗대가 아니라 '옆(side)'으로 되어 있다. 이것은 곡선이라는 어원에서 나왔다 한다. 하나님이 아담의 '옆' 또는 '곡선'에서 뭔가를 가져다 이브를 만들었다고 했지 갈비뼈를 지칭한 것은 아니라는 것이다. 현대 종교학자들은 신이 아담의 몸에서 가져다 쓴 이 '곡선'을 DNA로 해석하기도 한다고 한다. 이 글을 읽은 김일승 목사는 '첼라'라는 원문은 옆이라 해석할 수 있고, 갈비뼈로 해석할 수도 있다고 했다.

예배 때 한 설교자가 요나서를 강해했다. 그는 요나를 삼킨 고기에 대한 우리의 오해를 지적해주었다. 요나서엔 큰 물고기라고만 했는데, 우리가 그것을 그저 고래로 착각하고 있다는 것이다. 조사에 따르면 고래의 목이 좁아 사람을 삼킬 수 없다고 한다.

이런 글과 말을 접하면서 난 여러 생각을 하게 되었다. 특히 우리가 흔히 말하고 있는 어떤 것들은 사실과 다를 수 있다는 것이 흥미롭다. 원 저자의 생각과 다른 것들이 왜 붙여졌을까? 이해를 쉽게 하기 위해서라면 고마운 일이다. 하지만 잘못된 의역으로 사람들을 혼란케 하고 인지를 왜곡시키는 문화를 만들어냈다면 정말 잘못된 것이 아닐까. 말을 바르게 해야 하듯 글도 바르게 써야 하겠다. 왜 사람들은 지금도 이런저런 일에 마구 살을 붙이고 덧칠하려 할까? 그것이 궁금하다. 원문을 바르게 보고, 바르게 가르치고, 바르게 말하며 살 일이다. 나아가 신의 생각을 인간의 생각으로 한정시키지 말자.

상상의 동물: 인간은 그것을 만들고 그것에 자신을 묶는다

보이는 동물도 많다. 그런데 사람들은 보이지 않는 동물을 만들고 그것에 각종 상상력을 동원한다. 그 이유야 여러 가지겠지만 그로부터 어떤 힘을 얻는다든지 보호를 받고 싶은 심리 때문이리라. 인간이 스스로도 보호하기 어려운데 상상의 동물이 무슨 힘이 있을까. 그런데도 사람들은 오늘도 그 동물에 기대를 건다. 그것에 자신을 묶는다. 어리석다 할까, 신기하다 할까.

상상의 동물로 세 가지를 살펴보고자 한다. 용(龍), 해태(獬豸), 그리고 천록(天鹿)이다. 이 모두 서울의 궁궐에서 흔히 볼 수 있는 것들이다.

용은 기린(麒麟), 봉황(鳳凰), 영귀(靈龜)와 더불어 네 가지 신령하고 상서로운 동물, 곧 사령(四靈) 또는 사서(四瑞)에 속하는 상상의 동물이다. 동아시아의 신화 및 전설에 자주 등장한다. 기린은 신의를 상징하고, 봉황은 평안을 상징하고, 영귀는 길흉을 예지하고, 용은 변환을 상징한다. 짧게 린(麟)·봉(鳳)·귀(龜)·용(龍)이라 한다.

중국 문헌 『광아익조(廣雅翼條)』에 용은 인충(鱗蟲)의 우두머리로, 아홉 가지 짐승 모습을 하고 있다 했다. 머리는 낙타, 뿔은 사슴, 눈은 토끼, 귀는 소, 목덜미는 뱀, 배는 큰 조개, 비늘은 잉어, 발톱은 매,

주먹은 호랑이와 비슷하다. 이것은 용이 각 동물이 가지는 최고의 무기를 모두 갖추고 있다는 말이다. 어디 그뿐이랴. 99양수(陽數)인 81개의 비늘에다 구리쟁반을 울리는 소리, 입 주위의 긴 수염, 턱 밑의 명주(明珠), 목 아래에는 거꾸로 박힌 비늘이 있고, 머리 위에는 박산(博山)이 있다. 여의주를 입에 물고, 자유롭게 하늘을 날아다닌다.

용은 수신(水神)으로 물과 깊은 관계를 가지고 있다. 용은 물에서 나고 그 색깔은 오색을 마음대로 변화시키는 조화능력이 있다. 작아지고자 하면 번데기처럼 작아질 수도 있고 커지고자 하면 천하를 덮을 만큼 커질 수도 있다. 높이 오르고자 하면 구름 위로 치솟을 수 있고, 아래로 들어가고자 하면 깊은 샘 속으로 잠길 수도 있을 만큼 변화능력이 크다. 용이 모습을 드러내면 세상이 크게 변할 징조라 생각해 길조를 점쳤다.

용은 비늘을 가진 동물들의 왕으로 물속을 통치하고, 날씨도 자유롭게 다룰 수 있는 초능력을 가졌다고 믿었다. 마음만 먹으면 번개와 폭우를 일으키고 파도를 치게 하고, 화가 나면 가뭄이 일어나게 한다. 창덕궁을 비롯해 궁궐 곳곳에 있는 청동물에 용이 새겨져 있다. 경회루 연못 바닥에서도 청동으로 만든 용이 발견되었다. 모두 궁궐에서 화재가 일어나지 않기를 비는 마음을 담았다. 기우제는 사실 용을 달래기 위한 것이라 한다. 농업이 중시되는 시대에 비구름을 관장한다니 얼마나 귀한 존재겠는가.

상상의 동물인 용을 비견할 것은 없다. 하지만 뱀이 500년을 살면 비늘이 생기고 이무기가 된다. 거기에 다시 500년을 살면 뿔이 돋으며 용이 된다고 믿었다. 이무기도 상상의 동물이다. 이무기가 차가운 물속에서 500년을 지내다 용으로 변하면 굉음을 내면서 폭풍우를 불러 하늘로 올라간다. 용이 춘분에는 하늘로 올라가고 추분에는 연못에 잠긴다 하고, 용신이 사는 곳을 용궁이라 했다. 사람들은 용의 위력을 믿었고, 숭배했다. 그리고 각종 조각품이나 그림에 용을 그렸다. 왕의 자리를 용상이라 한 것도 그 위용을 드러내고자 한 것이다.

이 용을 필적할 만한 것은 없을까. 용호상박(龍虎相搏)이라는 말이 있다. 용과 호랑이가 싸운다는 것인데, 용에 필적하는 적수는 동물의 왕이라 할 호랑이뿐이라는 말이다. 그만큼 제왕답다는 것이리라. 그런데 그 용도 지네를 당하지 못한다. 지네의 독은 용에게 치명적이어서 쏘이면 뼈까지 녹아 죽는다고 한다. 위대한 것도 그 작은 것을 이기지 못한다니 묘하다. 나아가 용은 철, 골풀(등심초), 전단나무 잎사귀, 오색실을 싫어한단다.

광화문에 가면 해태가 있다. 이것은 요사스러운 귀신을 물리치는 벽사(辟邪) 수호신 중 하나다. 동물의 형상을 하고 있지만 가상의 상징물이라 딱히 무엇이라 말하기 어렵다. 화재나 재앙을 물리치는 신수(神獸)로 여긴다. 건물 입구에 좌우로 1개씩 세우는 것이 보통이다. 주로 궁궐 앞에 서 있는데 화재로부터 보호받기를 바라는 마음이 담겨 있다.

경복궁에 가면 왕방울 눈을 번득이며 지키는 동물이 있다. 상상 속 사슴인 천록이다. 영제교 돌다리 옆 좌우 석축에는 네 마리가 자리를 지키고 있다. 눈썹은 둥글게 말려 있고, 머리칼은 바람에 휘날린다. 날카로운 발톱은 금방이라도 움켜쥘 듯하다. 노려보는 모습이 예사롭지 않다. 뿔 달린 이 짐승이 온갖 잡귀를 막아준다 믿었다.

용, 해태, 천록 모두 서울 한복판 궁궐에서 볼 수 있는 것들이다. 인간이 상상으로 만들어낸 동물이다. 그런데 그것들에 소망을 건다. 재난이 두렵고, 무엇인가에 보호받고 싶은 심리 때문이리라. 인간은 그만큼 약하다. 사람은 계속 다른 상상의 동물을 내세워 이야기를 만들어갈 것이다. 그 끝이 어딜지 궁금하다.

아야소피아: 소피아는 오늘도 아프다

　이스탄불에는 가장 오래된 교회 건축물 가운데 하나인 아야소피아(Ayasofya)가 있다. 아야는 터키어로 '거룩한'이라는 뜻을 가지고 있다. 소피아는 지혜를 뜻하니, '거룩한 지혜(Holy Wisdom)'라는 말이다. 그리스어론 하기아 소피아('Aγ ία   Σo φ ία , Hagia Sophia), 라틴어론 상타 소피아(Sancta Sophia)다. 같은 뜻이다. 세월은 달라도 이름엔 변함이 없다. 원래 이름은 '거룩한 지혜이신 하나님의 사원(Shrine of the Holy Wisdom of God)'이었다. 지혜의 근원이신 하나님이 거룩하다는 데 토를 달 사람은 없었다.

　이 교회의 특징은 원형 천장에 돔을 얹어 비잔티움 양식의 아름다움을 간직하고 있다는 것이다. 헬레니즘 문화의 영향을 받은 미술이 동방의 영향을 받아 비잔틴 양식이라는 독특한 영역을 만들어냈다. 비잔틴 양식은 르네상스 미술에도 영향을 주었다. 지금은 기독교와 이슬람이 공존하는 박물관으로 사용되고 있어 종교적으로도 혼합되어 있는 모습이다.

　이 교회는 세 번의 건축이 있었다. 360년 콘스탄티누스 2세에 의해 시작한 것이 첫 번째다. 532년에 화재로 소실되자 415년 테오도시우스 2세가 성전을 다시 세웠고, 마침내 유스티니아누스 대제의 명령에 따라 5년에 걸친 개축 작업 끝에 537년 지금의 웅장한 모습을 갖추게 되었다. 대형 돔 지붕은 로도스 섬의 가벼운 돌을 사용했고, 기둥도 최고의 석재를 사용했다. 헌당식에 참석한 대제는 너무 감격해 외쳤다. "오, 솔로몬이여. 내가 그대에게 이겼노라." 규모의 경쟁이 시작된 셈이다. 이 교회는 로마에 베드로성당이 세워지기까지 세계 최대 규모의 자리를 지켰다. 이 교회는 537년부터 1453년 비잔틴 제국이 망할 때까지 동방정교의 총본산이 되었다.

1453년은 소피아 교회뿐 아니라 동로마제국, 곧 비잔틴제국의 최후의 날이었다. 동로마제국의 수도였던 콘스탄티노플이 술탄 메흐메트 2세에 의해 함락되었기 때문이다. 교회에 이르는 도로에는 병사들이 쏜 화살과 돌로 가득하고 피로 물들었다. 싸움은 격렬했다.

술탄은 이곳을 점령한 뒤 도시의 이름을 이스탄불로 바꿨다. 이스탄불은 '그 도시로(to the city)'라는 뜻을 가지고 있다. 콘스탄티노스 대제의 색깔을 없앴지만 이 도시가 역사적으로 얼마나 큰 역할을 했는가를 보여준다. 교회는 1931년까지 이슬람 사원으로 사용되었고, 술탄의 기도실도 따로 두었다.

교회가 회교사원으로 바뀌면서 기독교의 흔적을 지우는 작업이 이뤄졌다. 교회 안에 있는 화려한 기독교 모자이크 작품은 회로 덧칠해졌다. 8~9세기 성상파괴운동으로 인해 일부 모자이크가 파손된 일이 있기는 했지만 이교도 사원이 되면서 더 아픔을 겪어야 했다. 곳곳에 새겨놓은 십자가 조각상들은 훼손되었다. 천사들의 얼굴은 지워졌고, 기둥에는 이슬람 사원임을 나타내는 거대한 아랍어 글들이 걸렸다.

그러나 1935년 2월 1일, 이곳이 박물관으로 바뀌면서 조금씩 옛 모습을 찾기 시작했다. 일부지만 회로 칠한 부분이 벗겨지고, 각종 벽화들이 모습을 드러냈다. 성모 마리아와 아기 예수를 중심으로 요하네스 2세 황제와 이레네 황후의 모자이크도 보였다. 돔 지붕 4곳에 있는 천사의 모습도 드러났다. 하지만 곳곳에 알라, 모하메드 등의 이름이 걸린 둥근 원판은 지금 이곳의 주인이 이슬람임을 보여준다.

4세기 초 정적을 물리친 콘스탄티누스는 로마제국의 최고 권력자가 되었다. 그는 통합된 제국을 효율적으로 다스리기 위해 수도를 로마에서 비잔티움으로 옮겼고, 그곳을 콘스탄티노플이라 했다. 콘스탄티누스의 도시(City of Constantine)란 뜻이다. 제국의 중심이 로마에서 콘스탄티노플로 옮겨졌다. 그는 "신이 멈추는 것이 좋겠다고 생각할 때까지 앞으로 나갈 것이다" 말하며 제국을 넓혀나갔다. 자신의 뜻대로 도시를 설계하고, 기독교를 제국의 종교로 삼았다. 이렇게 해서 태어난 것이 바로 하기아 소피아다.

그러나 그렇게 강했던 비잔틴제국이 허약해지면서 광활한 영토를 점차 오스만제국에 내주었다. 1453년 동로마제국은 수도인 콘스탄티노플만 남아 있을 정도로 위축되었다. 멸망은 예고된 것이나 다름이 없었다. 5월 28일, 소피아 교회에서 마지막 미사가 열렸다. 두려움으로 가득한 시민들이 교회로 모여들었다. 황제는 마지막임을 직감하고 최후의 결전을 호소했다. 다음 날 오스만군의 총공격이 시작되었다.

콘스탄티노플에 입성한 술탄은 아름다운 소피아를 둘러보았다. 그러곤 명령했다. "허물지 말고 모스크로 개조하라." 이름도 하기아 소피아에서 아야소피아로 바뀌었다. '아야'는 성스럽다는 말인데 왜 아프다는 뜻으로 들릴까. 역사를 생각하면 아야소피아는 오늘도 아프다. 나라가 망하면 사람도 수난을 당한다. 교회도 예외가 아니다.

그렇다고 너무 슬퍼하지 말라. 오늘도 소피아는 우뚝 서 있다. 세월이 흐르고 역사가 바뀌어도 비잔틴의 얼굴이 되어 서 있다. 지혜의 근원이신 하나님은 언제나 거룩하다는 것을 보여주는 것일까. 이슬람도 그 이름을 바꾸지 않았다. 왜 그리되었는지, 앞으로 어떻게 될 것인지는 하나님만 아신다. 그래서 아야소피아는 우리에게 한편 신비롭다.

제4부

참된 우정은
공리를 초월한다

가면: 인간은 모두 가면을 쓰고 산다는데

"인간은 가면을 쓴 존재다." 이 말을 들으면 별로 느낌이 좋지 않을 것이다. 진솔해 보이지 않기 때문이다. 하지만 인간, 인격, 인성 모두를 망라한 단어 '페르소나(persona)'는 가면이라는 단어에서 나왔다. 그러니 틀린 말도 아니다.

로마시대나 희랍시대 때 공연장에서 배우는 가면을 썼다. 어떤 가면을 썼느냐에 따라 역할이 달라진다. 말도 다르고 행동도 다르다. 청중은 배우가 쓴 가면을 보고 그 역할을 짐작한다. 한마디로 가면은 배우의 개성을 만천하에 드러낸다.

셰익스피어는 "인간은 무대에 선 배우와 같다" 했다. 우리가 사는 사회는 삶의 무대이며 그곳에서 주어진 역할을 하고 있다. 사실 우리 자신은 배우라 생각해본 적은 없다. 하지만 자신의 행동 하나하나를 살펴보면 배우가 따로 없다. 자신의 성격을 이웃과의 관계에서 있는 그대로 노출시키기 때문이다. 아주 뛰어난 배우다.

그런데 가면의 역사를 보면 배우와는 전혀 다른 면도 있다. 고대 페루나 중앙아메리카에서는 망자에게 가면을 씌웠다. 죽음의 가면은 사자의 인격을 유지하는 기능을 한다. 남은 식구들이 그 가면을 보며 무슨 생각을 했을까 궁금하다. 리비아나 말리에선 가면으로 비밀결사 조직원임을 드러냈다. 가면이 아이덴티티다.

지금도 코트디부아르의 망 지역에 가면 가면을 쓴 사람이 춤을 추며 나타난다. 가면을 쓴 사람은 인간과 신의 세계를 이어주는 역할을 하기도 하고, 마을의 수호신이 되기도 한다. 가면을 쓴 사람이 누구인지 알려 해서는 안 된다. 알면 자신에게 좋지 않은 일이 생긴다고 믿는다. 가면이 과연 영적 매개가 될 수 있을까?

가면 하면 빼놓을 수 없는 것이 베니스의 가면축제(Venice Masks Carnival)다. 그런데 이 축제의 유래에 대한 해석이 구구하다. 유력한 것으로 네 가지가 있다.

첫째는 신부 납치설이다. 외적이 베니스에 침입해 신부들을 납치해가자 화가 난 베니스의 남자들이 여자처럼 가면을 쓰고 다시 쳐들어가서 신부들을 찾아왔다는 것이다. 이것을 기념하기 위해 가면축제가 시작되었다는 것이다.

그런데 이 주장에 대해 다른 설명도 있다. 베니스에서 가면이 사용되기 시작한 것은 1204년 베니스의 총독이 제7차 십자군 원정을 통해 점령한 콘스탄티노플에서 베일을 쓴 무슬림 여인들을 데려오면서 유래했다는 것이다. 가면은 카니발 기간이나 결혼식 등에서 사용되었다. 이것은 앞서의 신부 납치 주장과는 거리가 있다.

둘째는 종교적인 배경이다. 베니스 축제는 사순절 기간 직전에 열린다. 그런데 사순절 기간에는 예수님이 광야에서 단식한 것을 기리면서 고기를 먹지 않는다. 따라서 단식과 금욕이 시작되기 전에 고기도 먹으며 즐겁게 놀자는 의미에서 가면축제 행사를 가졌다는 것이다. 이것은 단식 전후에 벌어지는 삶의 현상을 그대로 보여주고 있다.

셋째는 법령에 따른 것이라는 주장이다. 1776년에 베네치아공화국은 여성들이 연극을 보러갈 때는 반드시 가면을 쓰고 망토를 입도록 법령을 공포했다. 이 공화국이 멸망한 다음 축제 때 가면 사용이 허용되었다는 것이다. 그런데 훗날 남자들도 가면을 쓰기 시작했다는 사실이 흥미롭다. 왜 그랬을까.

끝으로, 신분제에 대한 반동설이다. 신분제가 확고했던 그 시절 가면을 쓰는 기간이나마 평등의식을 만끽했을 것이라는 주장이다. 신분제에 따른 분노와 억울함을 잠재우기 위한 수단이었다는 것인데 가면이 이것들을 씻어내는 카타르시스 역할을 했을 수 있다. 해학과 풍자로 가득한 한국 탈춤도 예외가 아니다. 그날만큼은 내가 아닌 다른이가 되어 순간을 즐긴다. 이것이 가면이 갖는 묘미가 아니런가. 그러나 이 주장은 순위에서 밀리고 있다.

그렇다면 과연 가면이란 무엇인가? 배우의 탈인가, 나를 보여주는 인격인가. 영매인가, 수호신인가. 사람들은 가면에 너무나 많은 의미를 부여해 정작 본 의미가 무엇인지 알 수 없게 만들었다. 그러나 우리는 종종 묻는다. "당신은 어떤 사람(person)인가?" 그 속에 가면이 있다. 사람이라면 누구나 가면을 가지고 있다는 말이다. 나의 가면은 과연 어떤 모습을 가지고 있을까? "가면이 하나가 아니라고?" 나도 나를 모르니 그럴 수밖에. 나도 정작 네 가면의 의미를 모르겠다. 그러니 사람이 아니겠는가. 하지만 바라는 것이 있다. 삶에서 당신의 인격만큼은 늘 빛나시기를.

이해의 사회학: 그 사람 속으로 들어가라

개인과 사회를 이해하기 위한 여러 접근 방법이 있다. 이 가운데 이해(Verstehen)를 통한 방법이 있다. 대상이 가지고 있는 의미를 파악하고자 하는 것으로, 대상이 가지고 있는 의식의 내면, 곧 주관적 의미를 파악하는 것이다. 대상은 인물이 될 수도 있고, 사건이나 사물이 될 수도 있다. 이 방법은 겉으로 드러낸 객관적 행동에만 관심을 갖는 행동주의(behaviorism)에 대립된다. 인식 방법에서 여러 다른 사회과학 방법론과도 구별된다.

이 방법론이 주로 사용하는 개념은 감정이입(empathy)이다. 이것은 현재 심리학이나 커뮤니케이션에도 중시하는 개념이다. 이 방법은 오래전부터 사회과학에서 사용해왔다. 이 방법을 사용할 경우 우선 관찰자가 연구대상의 위치로 자신을 바꾼다. 상대의 입장에 서서 그의 내면을 이해하고 그 이해된 결과를 통해 자신이 세운 가설을 입증해 나간다.

참여관찰(participant observation)은 이 방법을 도입한 대표적인 것이다. 린드먼(Edward C. Lindeman)에 따르면 참여관찰은 연구 대상의 주관적 의미를 이해하기 위해 그의 생활과 경험을 함께 나눔으로써 그

의 감정과 동기를 파악한다. 원시사회의 원주민이나 근대산업사회의
종업원 관찰에 주로 이 방법을 사용했다.

이해 방법론은 소크라테스의 대화, 부버의 철학, 베버의 이해의 사
회학, 딜타이의 의미 있는 관계 이해에서 찾아볼 수 있다. 소크라테스
는 대화를 통해 상대가 가지고 있는 의미를 찾고자 한 인물이다. 부
버도 타자에 대한 이해를 중심으로 철학을 폈다.

베버는 이해의 사회학(Verstehende Soziologie)을 폈다. 순교현상을 이
해하기 위해 사회과학자가 순교자의 위치에 서봄으로써 그의 심리적
상태를 재생한다. 그리고 순교자를 이해하고 그 타당성을 찾아낸다.
이를 위해 주관적 의미(subjective meaning), 곧 행위 속에 담겨 있는 내
용과 의미를 해석하는 일이 중요하다. 이 방법은 사회적 관계, 조직과
문화적으로 복잡한 현상을 이해하는 데 도움이 된다.

이 방법은 타인의 행동을 이해하는 데도 크게 도움을 준다. 이때
타인은 사회적 행위자요, 의미소유자로 간주된다. 그 사람의 주관성
을 이해하기 위해서는 먼저 그 사람 속으로 들어가야 한다.

베버는 이해를 직접적 이해와 설명적 이해로 구분한다. 직접적 이
해는 드러난 현상에 관한 이해다. 벌목을 했을 때 몇 번 그랬고, 어떤
방식을 취했으며, 어떤 행동을 했는가를 본다. 이에 비해 설명적 이해
는 행위의 동기를 파악한다. 회계처리를 위한 것이었는가, 아니면 생
계유지를 위한 것이었는가를 파악한다. 만약 행위 동기가 생계유지를
위한 것이었다면 이성적인 것으로 간주된다. 하지만 그것이 분노, 복
수, 질투, 공포 유발이라면 그것은 비이성적인 것이 된다.

이해의 과정에 객관적 의미, 상호 주관적 현상, 문화접변과정 등
여러 개념이 존재한다. 객관적 의미(objective meaning)는 행위자의 행

위에 대해 다른 사람이 부여한 의미를 말한다. 행위자의 행위 의미와 객관적 의미가 같을 때도 있지만 서로 다를 때도 있다. 상호 주관적 현상(intersubjective phenomenon)은 A, B, C의 행위가 세계 안에 생활하고 있는 모두에게 의미를 갖는 것을 말한다. 각자의 경험이 이 세계에 부여하는 의미에 귀착된다. 문화접변과정(acculturation process)에서 이해는 학습과 문화접변과정의 결과다. 이를 통해 사건의 사실과 동기를 파악할 수 있다.

딜타이는 의미 있는 관계를 중시한다. 그는 이것이 자연과학과 인문과학의 차이라 말한다. 그에 따르면 객관적으로 인지되는 인과관계는 내적 이해능력을 통해서 안다. 그렇다면 그에게 있어서 이해란 무엇일까? 이것은 쿨리(C. Cooley)의 동정적 내성(sympathetic introspection) 방법과 유사하다. 내가 나 자신을 동정적 내성을 통해 이해할수록 타인의 행동을 이해할 수 있고, 타인의 행동을 이해함으로써 나 자신을 더욱 이해할 수 있다는 것이다. 딜타이의 이해는 타자 속에서 자아를 재발견한다는 점에 특색이 있다. 이러한 이해의 방법은 기술 과학적 인간관으로부터 해방될 수 있다.

귀태: 귀태와 귀태 난다는 다르다

민주당 홍익표 원내 대변인이 박근혜 대통령을 '귀태의 후손'이라 했다. 저주에 가까운 정치적 막말이다. 비난 여론이 높아지자 홍 의원 은 원내 대표직을 사퇴했다. 매우 생소한 귀태라는 단어가 한동안 사 람들 입에 오르내렸다. 싸움을 하다 보면 때로 극단까지 가고 막말이 나온다. 이것이 어찌 정치뿐이겠는가.

이 논쟁에서의 키워드는 '귀태'다. 귀태가 무엇이기에 한동안 요란 했을까. 귀태에는 사실 좋은 의미도 있고, 나쁜 의미도 있다. 같은 말 도 어떻게 사용하느냐에 따라 의미가 다르다.

좋은 의미는 귀태(貴態)다. '귀태 난다' 또는 '귀티 난다'고 말한다. 이때 귀태는 고귀한 모습이나 흠모할 만한 자태를 의미한다. 어떤 처 자를 보며 귀티가 흐른다 하고, 청화백자의 고운 자태를 보며 귀태 난다 할 때 그 귀태는 아주 좋은 의미다. 상대에 대한 존중과 부러움 을 담고 있다. 이런 의미에서 모두 귀태 나기 바란다.

나쁜 의미는 귀태(鬼胎)다. 이 귀태는 원래 의학적인 용어로 융모막 조직이 포도송이 모양으로 이상 증식하는 '포도상 귀태'를 뜻한다. 임 신 초기에 태아를 덮는 막이 이상 발육하여 포도송이 모양이 되는 병이다. 그래서 귀태는 임산부를 두렵게 하고, 공포에 휩싸이게 하며, 걱정을 하게 만든다. 귀태를 사전적으로도 '공포, 염려, 두려움', '나쁜 의미'로 사용하는 것은 이 때문이다.

홍 의원이 말하는 귀태는 변형 사용된 것이다. 그는 강상중 세이가 쿠인대학 교수와 현무암 홋카이도대학 교수가 함께 쓴 책, 『기시 노부스케(岸信介)와 박정희』에서 나온 '귀태'란 표현을 인용했다고 했다. 이 책의 저자들은 기시 노부스케 전 일본 수상과 고 박정희 대통령을 가리켜 '제국주의의 귀태'라 했다. "태어나지 않아야 할 사람들이 태어났다"는 것이다. 홍 의원은 한술 더 떠 박근혜 대통령을 '귀태의 후손'이라 했다. 귀태라는 말을 듣고 좋아할 사람은 아무도 없다. 근본부터 거부당하기 때문이다.

귀태는 '귀신 귀(鬼)' 자에 '태아 태(胎)' 자를 쓴다. 귀신 태아니 무서울 만하다. 이 의학적인 용어인 귀태를 '태어나서는 안 될, 불길한, 사위스러운' 같은 부정적 뉘앙스로 사용한 사람은 일본 작가 시바 료타로(司馬遼太郎)다. 그는 일본 역사소설을 완성시킨 소설가, 국민작가라는 평을 받았다. 그는 러일전쟁에서부터 제2차 세계대전 패전에 이르는 40년을 '근대 일본이 낳은 귀태'라 했다. '잘못된 탄생', '태어나지 말았어야 할 역사'란 말이다. 의학 용어를 역사에 처음 적용했다는 점에서 귀태는 그의 조어임에 틀림없다.

귀태는 부정적인 단어다. 상대가 아무리 밉다 해도 용어는 가려 쓸수록 귀티가 나는 법이다. 정치가 잘못되었다면 그 정치를 꼬집되 좀 더 순화된, 정제된 언어 사용이 필요하다. 그래야 신사다운 면모가 있고, 국민으로부터 존경을 받는다.

정치인만 나무랄 수는 없다. 우리도 삶 속에서 가끔 막말을 한다.

그러곤 후회하기도 한다. 그런데 어떤 이는 그 말로 상대에게 큰 상처를 입혀놓고서도 '난 뒤가 없어'라고 말한다. 사이코패스라면 큰 문제고, 소시오패스라면 이중인격자다.

살면서 남을 미워하며 사는 것은 다반사다. 그러나 그것을 어떻게 조절하고 통제하느냐 하는 것은 각 사람의 성숙에 달려 있다. 언어는 그 사람의 인격을 드러낸다. "내가 말하기를 나의 행위를 조심하여 내 혀로 범죄하지 아니하리니 악인이 내 앞에 있을 때에 내가 내 입에 재갈을 먹이리라 하였도다(시편 39:1)." 매사에 조심, 또 조심할 일이다. 그러면 국격도 달라진다. "귀태?" "노." "귀태 난다?" "예스."

넛지 효과: 부드러움이 강함을 이긴다

리처드 탈러(R. Thaler) 시카고대 교수는 넛지(Nudge) 개념을 주창했다. 넛지는 '팔꿈치로 슬쩍 찌르다, 주의를 환기시키다'라는 뜻을 가지고 있다. 팔꿈치로 옆구리 콕콕 찌르기다. 타인의 선택을 유도하는 부드러운 개입이란 의미를 가지고 있다.

정책 결정자가 공공 정책을 결정할 때 강압적으로 하는 방법과 부드럽게 유도하는 방법이 있다. 넛지는 후자 쪽이다. 부드럽게 개입해 국민들에게 좋은 결과를 유도한다. 정책 결정자는 이렇듯 사회적 넛지(social nudge)가 필요하다. 결정자의 이미지도 달라지고, 따르는 국민들 마음도 편하다.

그는 넛지와 개입을 구분한다. 탄소배출이 국제 문제화되고 있다. 정부가 엄격하게 탄소배출을 금지하는 것은 완전 개입이다. 이에 반해 자전거 타기 캠페인을 하는 것은 순수한 넛지이고, 탄소세를 도입해 자연스레 규제할 경우 이것도 넛지에 해당한다. 강압이 아니라 스스로 선택해 조정하도록 하기 때문이다. 하지만 세금을 아주 높게 매길 경우 강압적 성격이 커 완전 개입이 된다.

넛지는 강요나 인센티브가 아니라 선택을 유도하는 부드러운 힘을 가지고 있다. 조금만 힌트를 줘도 행동을 바꾸게 만든다. 예를 들어, 공중변소에서 남자 화장실에 들어가면 "화장실을 깨끗하게 사용하자"는 캠페인 문구를 종종 볼 수 있다. 남성들이 일을 볼 때 소변기 밖으로 튀는 것을 막기 위한 것이다. 대대적으로 캠페인을 벌여도 사실 나아지는 것은 별로 없다. 그러나 소변기 아래에 발자국을 그려 넣거나 소변기 중앙 부분에 파리 그림을 그리거나 축구 골대를 만들면 남성들이 일을 볼 때 재미있게 생각하고 보다 주의를 하게 된다. 이것이 바로 규제보다 강한 넛지의 힘이다.

자녀들이 공부를 하지 않을 때 공부하라 강압하면 오히려 공부를 하지 않는다. 공부하는 척하거나 부모를 미워하는 데 시간을 보낸다. 강요하는 부모와 이에 저항하는 자녀 사이엔 늘 팽팽한 긴장감이 있다. 서로가 피로하다. 그러나 학교에서 돌아오는 아이를 향해 수고했다며 등을 다독여주거나 먹고 싶은 것 없느냐, 사랑한다는 말을 하면 아이는 달라진다. 혼자서 공부하기 어려우면 친구와 함께 해도 좋다고 한다. 밥을 잘 먹지 않는 아이의 경우도 마찬가지다. 밥을 많이 먹게 하려고 달래거나 야단을 치면 효과를 보기 어렵다. 누군가와 함께 식사를 하도록 하면 된다. 같이 먹으면 혼자 먹을 때보다 35% 이상, 네 명이 함께하면 75% 이상 더 먹는다. 이런 방법을 담배와 술, 또는 마약을 끊거나 자살을 방지하는 것에도 적용할 수 있다. 넛지 효과(nudge effect)가 나타나기 때문이다.

탈러의 넛지 이론은 "타인에게 자연스럽게 선택을 유도한다"는 데 있다. 기업이든 정부든 과거엔 상명하달식이거나 일방적이었다. 가정도 예외가 아니었다. 옛날에는 그것이 통했다. 순종이 미덕이었던 시대였기 때문이다. 하지만 지금은 세상이 달라졌다. 명령할수록, 지시

할수록, 복종을 강요할수록 반항한다. 무시하거나 일처리도 느려진다.

신고전파는 '누구도 선택을 도와줄 수 없다'고 생각한다. 제한된 합리성에 따라 상황이 그리 가도록 만들기 때문이다. 하지만 탈러의 생각은 다르다. 지금은 오히려 선택 설계(choice architect)가 필요한 시대이다. 상황이 비록 달라지지 않았다 하더라도 우리의 마음을 움직이면 행동과 태도가 달라질 수 있다.

그는 말한다. "팔을 잡아끌지 말고 팔꿈치로 툭툭 쳐보라." 강제와 지시를 하면서 억압하는 것보다 부드러운 개입이 사람의 행동을 변화시키는 데 효과가 있다. 넛지 효과, 부드러움이 강압을 이긴다.

성인식: 어른은 어른다워야 한다

　연령이 높아졌다고 다 성인이 되는 것은 아니다. 성인이라 할 땐 성인으로서의 책임과 의무, 삶의 용기와 담대함, 가정과 공동체를 아끼고 지켜내는 의식 등 다양한 요구들이 담겨 있다. 나라마다 성인 연령이 조금씩 다르지만 성인식을 통해 공동체 안에서 이러한 의식을 다짐하기도 한다.

　성인식도 나라마다 다르다. 아프리카의 경우 어떤 주민들은 위험한 사자 사냥에 참가하거나 불개미 굴에서 물리면서 그 고통을 참아내야 한다. 여러 마리의 소 등에 뛰어올라 건너기도 한다. 떨어지지 않아야 한다. 인내와 용맹, 그리고 담력을 시험하는 것이다.

　남미 인디언의 경우 옥수수밭 가운데를 지나가게 하며 가장 크고 잘 여문 옥수수를 고르도록 한다. 간 길은 되돌아갈 수 없고, 한 번 고르면 끝이다. 크고 잘 여문 옥수수를 보지만 더 큰 것을 기대하며 지나간다. 계속 지나치다 결국 끝에 왔다는 것을 알고서는 부랴부랴 아무거나 한 개 고르거나 아예 따지 못하기도 한다. 인생을 살면서 판단이 얼마나 중요한지를 가르쳐준다.

　북미 인디언 성인식 얘기는 아버지의 마음을 읽게 한다. 특히 오릴

리아(Orillia) 부족의 얘기는 많은 사람들에게 감명을 준다.

성인식이 있는 날 아버지는 아들을 강가로 데려가 몸을 깨끗이 씻게 한다. 해가 질 무렵 아버지는 아들과 함께 숲 속으로 깊이 들어간다. 골짜기도 지나고 강도 건넌다. 그야말로 아무도 모르는 숲이다. 적당한 곳에 도착하면 아버지는 아들의 눈을 잘 가린다. 조그만 모닥불과 아들만 남겨두고 아버지는 자리를 떠난다. 어두운 밤을 홀로 지내게 하는 것이다.

아들은 금방 어디서 맹수들이 뛰어나올지 모르는 공포 속에 사로잡힌다. 멀리서 들리는 짐승의 울음소리조차 그의 목을 조인다. 천둥소리, 바람소리, 미물의 바스락거리는 소리조차 두렵다. 지금 그의 눈은 가려져 있고, 아무런 무기도 없다. 무방비 상태로 당할 수 있다. 아들은 혼자서 이 두려운 밤을 이겨내야 한다. 그래야 성인으로 인정받을 수 있다.

그 밤 아들은 무섭고 두려운 가운데서 담력도 키우며 나름대로 여러 생각에 잠겼을 것이다. 그리고 앞으로 그 어떤 어려움이 와도 이겨내야 한다는 다짐을 수백 번 했을 것이다. 당시 인디언의 삶이란 첩첩산중에서 맹수들과 적대적인 세력을 이겨내는 것이 아니었겠는가.

이런저런 생각을 하는 가운데서 어두운 밤은 물러가고 새벽이 온다. 희미하게나마 빛의 감촉을 느낀 그는 비로소 안대를 벗는다. 그리고 주변을 살핀다. 그때 저만치서 화살을 겨누고 있는 희미한 그림자를 보게 된다. 아버지다. 아주 떠난 줄 알았던 아버지가 저만치 숨어서 밤새 두려움에 떨고 있는 그를 지키고 있었던 것이다. 아버지도 한순간도 잠 못 이루며 아들을 보호하고 있었다.

아들은 아버지의 이 모습을 보고 기뻐한다. 또한 아버지는 이 두려운 밤을 이긴 아들을 대견스럽게 생각하며 함께 집으로 돌아온다. 이 하룻밤의 일은 죽을 때까지 비밀로 부쳐진다고 한다. 아버지와 아들만이 알고 간직하는 성인식이다. 아버지의 사랑이 뭉텅 묻어나는 성인식이다. 우리에게는 바로 이런 사랑과 기대로 자식을 바라보는 아버지들이 있다. 그래서 살맛이 나는 것 아니겠는가.

인디언들은 인생길에서 어른이 된다는 것의 무엇인가를 자식들에게 가르치고자 했을 것이다. 이 과정이 절실히 필요하다고 생각했기에 성인식을 치렀을 것이다. 현대인들에게서 이처럼 유별난 성인식을 찾긴 어렵다. 군대에서 훈련을 받거나 여러 형태의 극기 훈련을 받으면서 인생을 생각하기도 한다. 어떤 형식과 절차가 없어도 인생의 고비고비를 넘기면서 어른이 되기도 한다. 중요한 것은 어른은 어른다워야 한다는 것이다. 이름만 어른이어서는 안 된다.

● ● ●

SOFTEN 기법: 상대의 마음을 열라

사람은 평생 말을 하고 산다. 때로는 말 때문에 칭찬을 받기도 하지만 순간 잘못된 말 때문에 질타를 받기도 한다. 말을 잘한다는 것이 그리 쉬운 일이 아니다. 그렇다면 어떻게 해야 할까?

말을 하려 하기보다 듣기를 먼저 하라. 귀만 가지고 들어서는 안 된다. 눈과 마음으로 들어야 한다. 소통 과정에서 단지 7%만이 단어를 통해 전달된다. 나머지는 몸짓이나 어조, 목소리를 통해 느껴지는 감정을 전한다. 상대방이 하는 말의 참뜻을 알고 싶다면 말하는 것 이상을 들어야 한다. 겉으로는 퉁명스럽게 말하는 사람도 마음속으로는 이해받고 싶은 절박한 욕구를 가지고 있다. 너무 일찍 말하려고 하지 마라. 다음 할 말을 미리 생각하지 마라. 상대가 말을 하는 동안만큼은 당신의 모든 것을 쏟아 붓듯 집중하라.

말을 할 때 분명하게, 그리고 정확히 말한다. 정확한 발음을 확실히 한다. 말더듬인 처칠도 연습에 연습을 거듭해 마침내 훌륭한 연설가가 되었다. 표준말을 사용한다. 자신감을 갖고 말한다. 자신 있는 말투는 상대방을 사로잡는다. 말할 것을 정리해서 듣기 쉽게, 알기 쉽게 말한다. 불필요한 외래어는 가급적 사용하지 않는다. 음조에 변화와 억양을 주면 상대가 나의 말을 이해하는 데 도움을 준다. 말을 할 때 바른 자세를 취한다. 안경테를 입에 물고 말한다든지, 딴 곳을 보면서 말하는 것은 예의가 아니다.

함께 관심을 가질 수 있는 부담 없는 대화소재를 찾아낸다. 나의 관심사보다 상대방의 관심사에 집중하라. 자기 말만 하면 대화가 아니다. 이를 위해선 상대방의 수준과 취향에 맞는 화제를 찾는 것이 중요하다. 대화의 접촉점을 찾는 것이다. 많은 것을 읽고, 보고, 듣고, 경험하면 화제가 풍부해진다.

상대방의 마음을 열게 한다. 이를 위해 SOFTEN 기법이 있다.

- Smile이다. 미소는 상대방에게 관심, 호감, 편안함 등의 긍정적인 메시지를 보낸다.
- Open posture다. 열린 자세를 하고 있으면 여유 있어 보이고 관심을 나타낸다.
- Forward lean이다. 상대방 쪽으로 몸을 약간 기우는 자세는 관심이 있음을 뜻하고 대화에 몰입할 수 있도록 해준다.
- Touch다. 신체 접촉은 "당신에게 신경을 쓰고 있습니다"라고 침묵으로 말하는 것이다.
- Eye contact이다. 상대의 눈을 바라봄으로써 자신이 관심의 대상이 되고 있음을 보다 쉽게 느끼게 된다.
- Nod다. 고개를 끄덕임으로써 상대방에 대한 긍정적인 태도와 이해의 정도를 표시할 수 있다.

지식의 언어보다 지혜의 언어를 사용한다. 지식의 언어는 아는 정보와 학술적 지식을 나누는 것이다. "시금치는 눈에 좋다." 그래서 아내는 매끼 시금치를 댄다. 그러나 몇 번 먹으면 질린다. 남편은 질린 기색을 한다. 그때 아내는 지식의 언어보다 지혜의 언어로 응답해야 한다. "나라고 먹기 좋겠어. 몸에 좋다니까 그러지" 하면 지식의 언어다. 그러나 "질리지. 며칠 끊었다 다른 방법으로 해줄게." 지혜의 언어를 사용하면 싸움이 날 리 없다. 상대의 정서적 측면을 배려하는 것이 좋다.

처음 만나는 사람과 어색함을 풀 수 있는 대화법과 유머기술을 익히라. 평범하고 무뚝뚝한 사람도 재치와 순발력으로 위기를 기회로 바꾸는 유머능력을 키우면 얼굴에 웃음꽃이 피어난다. 유머가 있으면 우울증 및 스트레스 해결, 노화 방지에도 효과가 있다.

상대를 먼저 이해하라. 자신보다 상대를 먼저 배려하라. 말에 당신의 품격을 담으라. 그러면 상대의 마음도 열리리라.

대화: 좋은 대화를 원한다면 상대를 공부하라

KBS <아침마당> 진행자에서 하차한 김재원 아나운서가 조선일보 기자와 인터뷰한 기사가 실렸다. 대담에서 나의 주목을 끈 것은 아침마다 달리 만나는 사람에 대한 그의 준비 자세였다.

"아침마당을 통해 매일 한 권씩 사람 책을 읽는 기분이었거든요. 하루 전날 출연자에 대해 공부를 하고, 마치 그 사람이 된 것처럼 하루를 보내면서 주인공에게 던질 질문들을 만들었고요."

이런 노력으로 그는 말을 잘하는 사람이 아니라 질문을 잘하는 사람이 되었다. 그는 강조했다.

"출연자가 바이올린의 현이라면 진행자는 활이 되어 출연자가 자기의 아름다운 목소리를 마음껏 낼 수 있도록 도와주는 역할이지요."

이 대담의 글을 읽으면서 문득 생각나는 것이 있었다. 데일 카네기가 쓴 인간관계 책이다. 그는 '사람들이 당신을 좋아하게 만드는 6가지 길' 중 다섯 번째로 사람의 관심을 끄는 방법을 소개했다. 다음은 몇 가지 보기다.

첫째, 시어도어 루스벨트 대통령 얘기다. 그는 박학다식한 것으로 소문이 나 있다. 상대방이 카우보이면 카우보이 얘기를 꺼냈고, 정치가를 만나면 정치 얘기를, 그리고 외교관을 만나면 외교 얘기로 꽃을 피웠다. 어떻게 해서 만나는 사람에게 적합한 화제를 그토록 풍부하게 가질 수 있었을까? 그 비결은 의외로 간단했다. 방문객이 누구든 만날 약속이 되어 있으면 상대방이 좋아할 만한 화제에 대해 전날 밤 늦게까지 책을 보고 연구한다는 것이다. 다른 사람의 마음을 사로잡으려면 무엇보다 상대방의 관심사를 화제로 삼아야 한다는 것을 잘 알고 있었기 때문이다.

둘째, 『인간성에 관하여』라는 글을 쓴 예일대 교수 윌리엄 펠프스 얘기다. 그는 이 책에서 자신이 여덟 살 적 숙모 댁에서 주말을 보내고 있을 때 만났던 한 손님을 추억했다. 그 손님은 숙모와 잠시 대화를 한 다음 곧 그를 찾아와 시간을 보냈다. 당시 그는 보트에 대한 관심이 높았는데, 그 사람은 줄곧 보트 이야기로 자신을 사로잡았다.

손님이 돌아간 다음 그는 숙모에게 말했다. "그 손님, 정말 대단한 분이세요. 세상에 보트를 그처럼 잘 알고 좋아하는 사람은 처음 봤어요."

그러자 숙모는 그분이 뉴욕의 변호사시며, 보트에 대해 말을 많이 했지만 정작 보트에 대해서는 잘 모르고, 별 관심도 없을 것이라 했다.

"그럼, 왜 계속해서 보트 얘기만 하셨을까요?"

"그야, 워낙 좋은 사람이니까. 네가 보트에 관심이 있다는 것을 알고 일부러 보트 이야기를 꺼내신 거야. 네 관심을 끌고 너를 기쁘게 해주려는 것이었어. 부러 너와 장단을 맞춰주신 거지." 펠프스 교수는 평생 숙모의 이 말을 잊을 수 없다고 했다.

끝으로, 제빵기업인 헨리 듀버노이 얘기다. 그는 한 호텔에 자기 회사의 빵을 납품하기 위해 노력했다. 4년 동안이나 지배인을 찾아가 설득해보았으나 허사였다. 지배인이 참석하는 각종 모임을 찾아가 눈

도장도 찍고, 손님을 가장해서 그 호텔에 투숙도 해보았다. 하지만 효과는 없었다. 방도를 찾던 중 인간관계를 연구하기 시작했다. 그리고 전략을 바꾸기로 했다. 그것은 지배인이 무엇에 관심을 가지고 있는가, 어떤 일에 열심을 다하고 있는가를 알아내는 것이다. 그 결과 그 지배인이 미국호텔협회의 회원이라는 사실을 알아냈다. 그것도 보통 회원이 아니라 협회 회장직을 맡고 있었다.

다음 날 그는 지배인을 찾아가 호텔협회 이야기를 꺼냈다. 지배인의 반응은 전과는 아주 달랐다. 30분이나 협회 이야기를 했고 그에게도 협회에 가입하도록 권유했다. 그동안 그는 빵 이야기는 한마디도 하지 않고 오직 협회 이야기만 했다. 며칠 후 호텔에서 전화가 걸려왔다. 빵의 견본과 가격표를 가져오라는 것이었다. 호텔에서 요구한 것을 챙겨 호텔에 도착하자 호텔 직원이 말했다. "당신이 무슨 수단을 썼는지 모르겠지만 우리 지배인이 당신에게 완전히 반해버렸더군요."

카네기는 여러 사례를 소개하면서 사람과 대화할 경우 상대방의 관심사가 무엇인지 파악하고, 그것에 초점을 맞추도록 했다. 이것이 상대방의 호감을 살 수 있는 비결이기 때문이다. 만일 김재원 아나운서가 출연자에 대해 공부하고 그의 관심사에 대해 연구하지 않았다면 질문을 잘하는 아나운서가 아니라 그저 말 잘하는 아나운서로 기억되었을 것이다. 카네기는 대화할 땐 자기 자신보다 상대방의 관심사에 집중하고, 그것을 화제로 삼으라 한다. 그러면 그를 얻을 수 있기 때문이다. 듀버노이가 상대방의 관심사를 모르고 있었다면 어찌 되었을까. 4년이 아니라 그 후에도 줄곧 호텔과 거래를 트기 위해 헛된 시간을 보냈을 것이다. 생각만 해도 아찔하다. 좋은 대화, 좋은 인간관계를 위해선 상대에 대한 공부가 필요하다. 그래야 윈-윈 한다.

친절: 질이 높을수록 감동의 깊이가 다르다

친절은 나의 마음뿐 아니라 상대의 마음을 열게 한다. 친절하고자 할 때 나는 이미 상대와 하나 되고, 상대는 나와 하나 된다. 친절은 크게 순수한 친절과 불순한 친절이 있다. 순수한 친절은 사람을 감동시키지만 불순한 친절은 마음을 상하게 한다.

제임스 레이니(James T. Laney)는 우리에게 주한미국대사로 알려져 있다. 하지만 대사로 오기 전 1977년부터 1993년까지 에머리 대학 총장을 지냈다. 그런데 그가 이 대학 총장이 된 데는 아름다운 이야기가 있다.

레이니는 교수이자 신학자였다. 대학교 평교수 시절 출퇴근할 때 차를 이용하기보다 걸어서 다니기로 했다. 20분 정도이니 걸으면 건강에도 좋고, 오고가면서 주민들과 친숙해질 수 있다는 기대 때문이었다.

하루는 어떤 집을 지날 때 한 할아버지를 보았다. 그 할아버지는 가끔 현관에 나와 앉아 있기도 하고 햇볕이 드는 잔디밭에서 일광욕을 하기도 했다. 레이니 교수는 마음속에서 왠지 "그 사람에게 다가가라. 그 사람에게 잘해줘라"는 소리를 듣는 듯했다. 그 할아버지에게 가까이하고, 친구가 되어주어야겠다는 마음이 든 것이다. 그래서 그 날부터 할아버지와 만나 담소도 하고, 친해지면서 할아버지 잔디밭의 잔디도 깎아주기도 했다. 외로운 할아버지에게 친구가 되어준 것이다. 그 할아버지와의 관계가 4년 가까이 지속되었다.

그런데 어느 날부터 그 할아버지가 보이지 않았다. '어찌 된 일인가?' 궁금하던 차 변호사 사무실에서 연락이 왔다. 할아버지 한 분이 돌아가셨는데 그가 레이니 교수에게 유산을 남겨놓았다는 것이다.

레이니 교수는 변호사 사무실에서 그 할아버지가 그토록 유명한 코카콜라 회장을 지낸 분이라는 것을 처음 알았다. 그리고 그에게 남겨준 유산은 전체 유산 가운데 4%에 해당되는 것이었다. 코카콜라 회사는 현금이 많기로 유명한 회사다. 그 4%는 자그마치 25억 달러로 우리 돈 3조 원에 해당했다. 레이니 교수는 그 돈을 자기 자신을 위해 사용하지 않고 전액 대학의 발전기금으로 내놓았다. 대학은 놀랐다. 그 같은 거액은 처음 받았기 때문이다. 대학은 너무 감사해 그를 대학총장으로 추대했다.

총장직을 마친 다음 그는 한국에 대사로 왔고, 대사를 지내고 난 다음에도 이 대학의 명예총장으로 있었다. 2009년 에머리 대학은 이 대학의 대학원 명칭을 그의 이름을 따, '제임스 레이니 대학원(James T. Laney School of Graduate Studies)'으로 바꿨다. 그가 대학에 기여한 바가 너무나 크기 때문이다.

이 이야기는 흔한 이야기는 아니다. 하지만 친절이 어떤 결과를 가져왔는가를 극명하게 보여준다. 만약 그가 처음부터 어떤 이익을 얻기 위해 친절을 베풀었다면 그것은 친절이 아닐 것이다. 그의 친절이 순수한 것이었기에 더욱 우리를 감동시킨다.

친절(kind)이라는 말 속에는 매너(manner)도 포함되지만 본질(essence)
이라는 의미도 있다. 친절에는 질이 중요하다는 말이다. 질이 높은 친
절일수록 감동의 깊이가 다르다. 친절은 누구나 할 수 있지만 감동을
주는 친절은 그리 많지 않은 이유가 다 있다.

누구나 좋은 인간관계를 원한다. 그 관계가 성립되려면 나부터 친
절을 베풀어야 한다. 그들에게 먼저 다가가고, 말을 걸며, 그들의 필
요를 채운다. 그 친절을 통해 어떤 반대급부를 바라지도 말라. 자연스
럽게 친구가 되어주라. 상대가 마음의 문을 열면 들어가고, 차를 나누
며 삶을 이야기한다. 자주 만날수록 관계는 깊어질 것이다. 그로 인한
부담도 갖지 말라. 공기를 마시듯 서로를 마시고, 친절을 주고받으라.
그 속에 새로운 삶이 싹튼다. 삶에 희망이 보인다. 할아버지는 레이니
에게서 그것을 보았을 것이다. 그 친절이 지금 우리에게 필요하다.

● ● ●

인정: 그것을 넘어설 때 당신 자신이 될 수 있다

사람은 누구나 다른 사람으로부터 인정을 받고 싶어 하는 강한 욕구를 가지고 있다. 영국의 정치가 디즈렐리(B. Disraeli)는 "사람들에게 그들 자신에 관한 얘기를 하라. 그러면 그들은 몇 시간이고 귀를 기울일 것이다"라 했다. 사람들은 내가 하는 자랑에는 별로 귀를 기울이지 않는다. 그러나 자기가 해낸 일을 몇 시간이고 이야기하고 싶어 한다. 남보다 자기가 중요하기 때문이다.

사람은 누구나 자신을 중요하게 생각하며 자기 자신의 자그마한 세계에서 중요한 존재라는 느낌을 갖고자 한다. 듀이(J. Dewey)에 따르면 중요한 존재가 되려는 소망은 인간에게 있어서 가장 뿌리 깊은 욕구이다. 윌리엄 제임스도 남으로부터 인정을 받고자 하는 것처럼 강한 욕구는 없다고 했다. 이것이 바로 인간이 동물과 다른 점이다. 사람은 사람들로부터 받은 인정이나 상대방이 나를 좋아한다는 말 한마디 때문에 기뻐하고, 아무도 나에게 관심을 두지 않는다, 나는 쓸모없다는 느낌 때문에 자살까지 한다. 인간이 끈질기게 문명을 만들어 온 것도 이 원칙이 살아 있기 때문이다. 사람이 칭찬을 받고자 하는 것도, 비난을 싫어하는 것도 이 원칙에 어긋나기 때문이다.

인정욕구는 여러 형태로 나타난다. 어떤 것은 부정적인 성격을 띠고 있고, 어떤 것은 긍정적으로 작용하기도 한다. 먼저 명품족 사례를 보자. 명품족은 짝퉁이 많은 세상에서 어쩌다 진품을 사는 사람을 말하는 것이 아니다. 계절마다 바뀌는 제품을 값을 따지지 않고 구매한다. 그렇게 구매하는 사람의 마음속에는 남이 나를 알아준다는 것이다. 새로 나온 명품임을 사람들이 알아본 다음 그 사람을 다시 본다는 것이다. 사람들의 시선과 말을 들으면서 그는 쾌감을 느낀다. 물질을 통해 자신을 인정받고 싶은 것이다. 명문대학 중독증도 마찬가지다. 특정 대학 입학으로 인정을 받고 싶어 한 것이다. 그 대학이 아니면 안 된다며 다른 대학은 거들떠보지도 않다가 정작 대학을 들어가지 못한 사람도 있다.

여기서 생각해봐야 할 것이 있다. 내가 남으로부터 인정을 받고 싶은 만큼 남도 다른 사람으로부터 인정을 받고 싶어 한다는 점이다. 이것은 우리가 다른 사람을 인정하고 칭찬하는 것이 필요하다는 것을 가르쳐준다.

기꺼이 상대를 인정하라. 상대가 가지고 있는 장점이나 가치관 등을 잘 관찰하고 인정해주면 개선과 성장의 동기를 갖게 된다. "너는 재능이 있어, 너는 할 수 있어"라는 선생의 말에 감격해하는 학생, 그리고 숨은 능력을 발휘하기 위해 분발하는 학생에 관한 예는 많다. 선생에게 중요한 것은 학생들 하나하나에 대해 "당신은 중요한 존재다"는 사실을 마음속 깊이 심어주는 것이다. 메이오(E. Mayo)는 호손 실험을 통해 이 원칙이 조직에서 매우 중요하다는 것을 입증했다. 상대방에게 진심으로 중요한 존재라는 것을 느끼게 해주는 것처럼 효과 있는 인간관계 원칙은 없다. 이것은 가정에서도 마찬가지다. 칭찬과 인정이 사람을 키운다. 하지만 거짓 칭찬은 금물이다.

아무리 인정이 중요하다 해도 인정에 너무 치우쳐 인정중독증에 빠지는 것은 피해야 한다. 인정중독증은 오직 인정받는 것에서 자신의 존재감을 찾는 것을 말한다. 인정을 받을 때 삶 전체가 행복하고 의미 있다고 생각하지만 인정을 받지 못하면 살 가치가 전혀 없다고 생각한다. 늘 남의 눈과 판단을 의식한 나머지 주체적으로 자기의 삶을 만들어가지 못한다. 심하면 우울증에 빠진다.

인정은 사람의 마음을 기쁘게 한다. 마음을 움직이고 삶에 기운을 불어넣는다. 당신이 그것을 필요로 하는 만큼 다른 사람도 그것을 필요로 한다. 그러므로 상대를 인정하고 칭찬하라. 그러나 인정에 너무 매이지 말라. 오히려 그것을 넘어서야 당신 스스로 설 수 있다. 네 자신이 되라.

좌뇌와 우뇌: 칭찬에도 지혜가 필요하다

　칭찬은 할수록 좋다. 그러나 칭찬이 통하지 않을 때가 있다. 왜 그 럴까? 뇌의 구조 때문이다. 학자들은 좌뇌가 발달했는지 우뇌가 발달 했는지에 따라 칭찬의 방법과 내용이 달라야 한다고 주장한다. 좌뇌 가 이성적인 반면 우뇌는 감성적이기 때문이다. 따라서 그 사람이 어 떤 사람인가를 파악하는 것이 중요하다.

　좌뇌 사용자는 논리적이다. 칭찬을 받으면 왜 칭찬을 받는지 궁금 하다. 타당성을 따지는 것이다. 따라서 어떤 결과를 내거나 구체적 근 거를 가지고 있을 때 칭찬하는 것이 바람직하다. 이도저도 아니면서 그저 칭찬을 하면 그 칭찬은 위험한 칭찬이 되고, 칭찬한 사람은 실 없는 사람이 되고 만다. 잘했을 때, 그 이유가 뚜렷할 때 칭찬을 해야 칭찬다울 수 있다. 이것은 질책을 했을 때도 마찬가지다. 잘못을 했을 때 정확히 지적하고 납득하면 별로 상처를 받지 않고 받아들인다. 솔 직한 피드백을 감사하며 개선노력을 한다. 이런 점에서 좌뇌 사용자 는 시원시원한 점이 있다.

　이에 반해 우뇌 사용자에게는 다른 방법으로 접근해야 한다. 예민 하기 때문에 칭찬받을 일과 질책받을 일을 잘 알고 있다. 칭찬을 받아야 할 것에 대해 칭찬을 하면 당연하다 생각하기 때문에 상대가 칭찬을 해도 별로 효과가 없다. 이땐 칭찬보다 진심 어린 충고가 효과적일 수 있다. 지금도 잘했지만 더 잘하려면 이렇게 할 때 도움이 될 것이라 말하는 식이다. 눈치가 빨라 조금만 말해도 금방 알아듣는다. 더 잘하기 위해 마음을 단단히 먹는다.

우뇌 사용자는 칭찬받는 것보다 잘못한 일로 인해 받을 질책에 더 신경을 쓴다. 태도가 조금만 달라도 어찌할 줄 모른다. 자그마한 질책에도 상처를 받는다. 우뇌 사용자는 대부분 이미 자기의 잘못을 잘 알고 있다. 그렇지 않아도 자신이 잘못해 속이 상한데 상대가 냉정하게 따지고 들면 마음의 상처가 커지고 기도 꺾인다. 따라서 질책을 해야 할 때 거꾸로 칭찬카드를 꺼내면 의외로 효과를 볼 수 있다. "혼날 줄 알았는데." 역설이 칭찬의 효과를 내는 것이다. 그렇다고 늘 그런 식이면 오히려 역효과를 낼 수 있다. 자신을 작게 한정시키고 있거나 동일한 패턴에 빠져 있을 때 혹은 안전지대에 머물러 있을 때에도 인정만 남발한다면 상대를 무기력하게 만들 수 있다.

좌뇌 소유자에겐 칭찬에 조심하되 우뇌 소유자에겐 칭찬을 아끼지 말라. 잘한다 잘한다 하면 좌뇌 소유자는 왜 그럴까 의심하지만 우뇌 소유자는 그저 신이 난다. 못 한다 못 한다 하면 좌뇌 소유자는 왜 그럴까 생각하지만 우뇌 소유자는 기부터 죽는다. 끝없이 추락할 수도 있다.

칭찬에서 배려가 필요한 쪽은 우뇌 쪽이다. 특별히 무슨 일을 잘했기 때문이 아니라 격려하는 의미에서 칭찬한다. 지금까지 해온 것도 중요하지만 앞으로 더 잘하라 격려한다. 그의 잠재 가능성을 인정하고, 자네 뒤에 내가 있다며 지지한다. 그때 칭찬은 그의 미래에 대한 투자가 된다. 과거를 보면 칭찬이 나오지 않는다. 과거를 보지 말고 미래를 보며 칭찬하라. 자신감과 재능을 키우니 얼마나 좋은가.

칭찬방법은 이것에 한정되어 있지 않다. 상대가 있을 때 직접 칭찬하는 것도 효과가 있지만 그가 없을 때 칭찬하면 효과가 더 크다. 그가 없다고 흉보지 말라. 그 말을 새가 듣고 쥐가 듣는다. 칭찬할 사람은 나밖에 없다고 생각하며 열심히 칭찬하라. 칭찬의 말을 듣기 어려운 세상에서 진솔하게, 사랑을 담아 칭찬하면 세상이 달라진다. 칭찬은 한 개인뿐 아니라 세상을 움직인다. 칭찬은 이처럼 강한 힘을 가지고 있다.

그러나 잊어선 안 될 것이 있다. 칭찬이 통할 때도 있지만 통하지 않을 때도 있다는 것이다. 이상한가. 그것은 사람이 다 같지 않기 때문이다. 그땐 사람에 대해 좀 더 연구해보라. 아이라고 다 같지 않고, 어른이라고 다 같지 않다. 칭찬에도 지혜가 필요하다. 칭찬을 하는 것도 결코 쉬운 일이 아니다.

정직: 정직만큼 큰 자산은 없다

흔히 "정직하게 살면 손해 본다"는 말을 한다. 그러나 그 말에 속지 말라. 그것은 당신을 부정직으로 인도하는 달콤한 유혹일 수 있다.

한 젊은 신학생이 어느 교회에 전도사로 가게 되었다. 그 교회 목사님이 그를 부르더니 이렇게 말씀하는 것이었다.

"자네에게 꼭 한 가지 부탁을 하겠네. 착하게 살아주었으면 하네."

이것이 부탁의 전부였다. 지금 목회자가 된 그는 그가 처음 받은 부탁을 좀처럼 잊을 수 없다고 했다. 그리고 좀 더 착하게 사는 것이 삶의 좌우명이 되었다고 했다.

이 땅에 살면서 정직하게 산다는 것은 결코 쉽지 않다. 미국의 코미디언 그루초 막스는 사람이 거짓말쟁이냐 아니냐를 분간하려면 그 사람에게 물어보라고 말한다. 자기가 정직하다고 대답하는 사람은 분명히 거짓말쟁이라는 것이다. 다음은 미국인들의 조크에 나오는 이야기이다.

초등학생 셋이 교문 앞에서 10달러 지폐를 주웠다. 나누어 갖기로 하자니 자투리가 남는지라 거짓말 내기를 해서 몽땅 차지하기로 했다.

첫째 아이의 거짓말.

"우리 엄마는 밤마다 빗자루를 타고 날아다니셔."

둘째 아이의 거짓말.

"우리 엄마는 내가 밤늦도록 잠을 안 자도 나무라지 않아."

셋째 아이.

"우리 엄마는 내가 하고 있는 숙제를 빼앗아 대신 해주셔."

서로들 자기의 거짓말이 진짜 거짓말이라며 우기고 있는데 마침 교장선생님이 지나가자 심판을 의뢰했다. 그러자 교장선생님은 아이들을 향해 이렇게 말했다.

"그러면 안 되지. 주운 돈은 파출소에 갖다 주어야지. 거짓말 내기를 하다니. 하늘에 맹세코 교장선생님은 어릴 적에 거짓말 한 적이 없었단다."

이에 세 아이들이 한목소리로 말했다.

"우리가 졌다. 10달러는 교장선생님 드리자."

교장선생님의 거짓말이 최고의 거짓말이라는 것이다. 교장선생의 정직을 믿어주지 않다니. 교장선생이 얼마나 당황했을까 싶다.

어느 결혼식에 참석을 했는데 그때 마침 정량모 선생이 주례를 하고 있었다. 그런데 신랑 이름을 서툴게 부르는 게 아닌가. 자신도 미안했는지 솔직하게 고백을 했다.

"어젯밤 연습 많이 했는데 잘 안 되네요."

그의 솔직한 이 말 한마디에 모두 식장이 떠나가도록 웃었다. 그리고 그의 주례사를 더 경청하게 되었다. 사람은 실수를 할 수 있다. 그러나 그것을 애써 감추려 하기보다 정직하고 진솔하게 자신을 보여주면 좋아한다. 모든 것에서 완벽한 사람보다 결점이 있고 실수도 하는 사람이 선호된다. 인간적이기 때문이다. 하지만 정직을 잃지 마라.

정직처럼 귀중한 자산은 없다.

공자는 말한다. "유익한 벗이 셋이 있고, 해로운 벗이 셋이 있다. 정직한 자와 성실한 자와 박학다식한 자를 벗하면 유익하고, 아첨하는 자와 성실하지 못한 자와 말 둘러대기 잘하는 자를 벗하면 해롭다." 그가 제일 꼽는 사람이 정직한 자다.

세상이 아무리 악해졌다 해도 정직한 사람은 결국 인정을 받는다. 친구관계든 사업에서든 사회생활에서든 정직한 자는 승리한다. 절대 부정직에 자신을 내어주지 말라. 정직해야 당당할 수 있다.

회초리: 처음의 이치로 돌아오게 하는 것

"그의 아버지는 너무 늦기 전에 그를 회초리로 때려서 사람을 만들어야겠다고 결심했다." "어머니는 불장난보다 더 나쁜 것이 거짓말이라면서 더 세게 회초리를 휘두르시는 거였다."

"선생님은 수업 시간에 학생들을 벌주기 위해 회초리를 들곤 했다."

"선생님이 회초리를 만들기 위해 나뭇가지들을 오도독거리며 부러뜨리고 계신 소리가 들려왔다."

이런 글들을 만나면 무슨 생각이 나는가? 회초리 맞아보지 않은 사람 있나. 하지만 회초리를 든 아버지나 어머니, 그리고 선생님을 생각하면 긴장되지 않을 수 없다.

회초리는 벌로 아이를 때릴 때나 마소를 부릴 때 쓰는 가늘고 긴 나뭇가지를 가리킨다. 아이든 말이든 소든 말을 잘 듣지 않을 때 쓰는 것이다. 사랑의 매든, 교육을 위한 매든 회초리는 회초리다.

체벌은 필요한가? 필요하다는 사람도 있고 필요하지 않다는 사람도 있다.

"제가 소입니까? 말입니까? 때리게."

"아니에요. 교육을 위해선 체벌이 필요해요."

체벌을 논하는 프로그램에서 참가자들이 서로 다른 주장을 한다. 다 일리가 있다. 그런데 그 프로그램에서 청학동 훈장님이 회초리를 한자로 적은 종이를 펴 보인다. '회초리(回初理).' 돌아올 회, 처음 초, 다스릴 리. 理는 가지런히 도랑을 낸 땅 里와 구슬 玉자를 합친 것이다. 빛나는 보석의 무늬를 가리킨다. 이 무늬, 곧 처음의 이치로 돌아오게 하는 것이 회초리란 말이다. 그것을 보는 순간 나의 눈이 번쩍 뜨였다. 그래, 회초리를 드는 것은 기본으로 돌아오게 하는 것(back to the basics)이다. 그렇다면 회초리는 정녕 필요한 것 아니겠는가.

회초리와 같은 말로 초달(楚撻, 超達) 또는 달초가 있다. 이것은 어버이나 스승이 자식이나 제자의 잘못을 꾸짖고 훈계하기 위해 회초리로 볼기나 종아리를 때리는 것을 말한다. 성경에도 초달의 중요성을 말한다. "초달을 차마 못 하는 자는 그 자식을 미워함이라 자식을 사랑하는 자는 근실히 징계하느니라(잠언 13:24)." 사랑하면 매를 들라는 것이다.

그러나 꼭 때려야 훈계가 되는 것은 아니다. 옛 우리 선현들은 아이가 잘못을 했을 때 먼저 회초리를 가져오라 했다. 아이에게 있어서 회초리를 가지러 가는 시간은 반성이 될 것이다. 그리고 부모에게 있어서 회초리를 기다리는 시간은 분을 삭이는 시간이 될 것이다. 아이가 회초리를 가지고 오면 그것으로 때리는 것이 아니라 그것을 가지고 훈계를 한다. 아무리 사랑의 매라도 그것이 아이의 몸에 닿으면 서로 상처와 아픔으로 남는다. 회초리의 용도는 훈계에 있음을 잊어서는 안 된다.

회초리는 아이들에게만 적용되는가? 그렇지 않은 모양이다. 박광우 감독이 영화 <회초리>를 내놓았다. 그런데 설정이 이상하다. 막장 인생을 사는 불량 아빠와 바른 생활을 가르치는 훈장 딸을 대비하고 있기 때문이다. 산 많고 물 맑은 강원도 철원 깊숙한 곳에 예절학당이 있다. 그곳에는 어린 나이에도 불구하고 남다른 학식과 카리스마가 넘치는 꼬마훈장 송이가 있다. 그런데 송이 인생 13년에 최대 위기가 찾아왔다. 사회마저 포기한 문제 어른 두열을 바로잡아야 하는 것이다. 사실 송이는 두열이 12년 전에 잃어버린 딸이었다. 이 비밀을 간직한 송이는 두열과 사사건건 부딪치면서도 포기하지 않는다. 두열도 송이가 자신의 딸임을 알게 된다. 그러나 아버지를 향해 회초리를 드는 어린 훈장의 목소리가 매섭다.

"아버지, 종아리 걷으시지요!"

세상에 회초리를 맞아야 할 사람이나 기관도 많다. 국민은 투표로 정당에 회초리를 든다. 남양유업도 광고에서 "고맙습니다. 먼저 매를 맞은 만큼, 먼저 바꿀 수 있었습니다"라고 고백했다. 보이지 않는 사회적 회초리도 무섭다.

옛 세대라면 부모로부터 회초리 한 번쯤 다 맞아봤을 것이다. 자라선 자녀들에게 회초리를 든다. 크게 잘못하면 맞는 것이 당연하다. 그러나 신세대는 여간해선 매를 들려 하지 않는다. 매를 들어야 할 때 매를 들지 않는다면 사회는 어떻게 될까. 그래서 과감히 회초리를 든 어르신에게 감사한다. 하지만 내가 자녀를 향해 들었던 매를 가끔 돌아본다. 훈계의 회초리였던가, 혹시 그것에 나의 분노를 담진 않았던가. 회초리, 많은 것을 생각하게 한다.

관포지교: 참된 우정은 공리를 초월한다

"나를 낳아준 이는 부모님이지만, 나를 알아준 이는 포숙이다"라는 말이 있다. 포숙이 진짜 친구라는 말이다. 이 말은 관포지교(管鮑之交)에 뿌리를 두고 있다. 관포지교는 관중(管仲)과 포숙(鮑叔)의 우정에서 비롯된 사자성어로 포숙처럼 자신을 인정해주는 친구가 없었다면 관중이 천하 통일을 이룰 수는 없었을 것이다. 이것은 진정한 우정이 무엇인가를 보여준다.

춘추시대의 관중과 포숙은 매우 친한 친구 사이였다. 포숙은 어려서부터 관중의 비범한 재능을 간파하고 있었고, 관중은 포숙의 마음을 이해하며 사이좋게 지냈다.

두 사람이 함께 장사를 한 적이 있었다. 동업이다. 그런데 돈을 나눌 때마다 관중이 더 많은 몫을 챙겨갔다. 주변 사람들이 그 일을 두고 관중은 욕심쟁이라 했다. 하지만 포숙은 관중을 감쌌다.

"그것은 관중의 형편이 가난하기 때문입니다. 그래서 좀 더 많이 가져가도록 한 것이지요."

관중은 여러 차례 전쟁에 참여했다. 그런데 적진을 향해 돌격할 때는 항상 뒤처져 따라가고, 후퇴할 때는 먼저 도망가기 일쑤였다. 그 모습을 보고 사람들이 그를 겁쟁이라며 비웃었다. 그러자 포숙이 다시 관중 편을 들었다.

"관중은 죽음이 두려워서 그러는 것이 아닙니다. 집에 계신 노모를 보살펴야 하기 때문입니다."

두 사람은 벼슬길에 올라 관중은 공자(公子) 규(糾)를 섬기게 되고, 포숙은 규의 아우 소백(小白)을 섬기게 되었다. 소백이 왕위에 올랐다. 그가 바로 환공(桓公)이었다. 환공은 규 편이던 관중을 붙잡아 죽이려 했다. 더욱이 관중이 쏜 화살에 죽을 뻔하지 않았는가. 그러자 포숙이 환공에게 이렇게 진언했다.

"관중은 정말 훌륭한 인재입니다. 저보다 훨씬 능력이 뛰어납니다. 만일 폐하께서 단순히 나라를 잘 다스리고 싶다는 마음뿐이라면 제가 기꺼이 도와드릴 수 있습니다. 그러나 만일 천하를 얻고자 하시면 반드시 관중의 도움이 필요합니다."

관중은 환공을 도와 천하를 통일했다. 환공이 춘추의 패자(覇者)가 된 것이다. 훗날 관중은 이렇게 술회했다.

"나를 낳아준 이는 부모이지만 나를 진정으로 알아준 사람은 포숙이다."

만일 포숙이 관중을 욕심쟁이다, 겁쟁이다, 비겁하다 생각하며 친구 취급을 하지 않았다면 역사는 달라졌을 것이다. 관중과 포숙이 서로의 마음을 읽고 사랑하지 않았다면 관포지교도 없었을 것이다.

영어에서는 관포지교를 '지독히 가까운 우정(an extremely close friendship), 다몬과 핀티아스의 우정(a Damon and Pythias friendship), 다윗과 요나단의 우정(a David and Jonathan friendship)'이라 했다.

참다운 우정은 무엇인가? 아벨 보나르(Abel Bonnard)에 따르면 참다운 우정은 공리(功利)를 초월한다. 두 사람의 우정이 맺어져 있는 것은 다만 돕고, 도움을 받는 일 때문은 아니라는 말이다. 우정이라는 고귀한 감정은 공리 따위로 맺어져 있지 않다. 진정한 우정은 친구를 사랑하는 것이며 친구를 진정 아끼는 데 있다. 당신이 먼저 포숙이 되라.

존 크랠릭: 감사가 당신의 삶을 바꾼다

이지선은 2000년 7월 귀가하던 길에 교통사고로 전신 55퍼센트에 3도 중화상을 입었다. 그리고 그는 7개월간 입원, 30번이 넘는 고통스러운 수술과 재활치료를 받았다. 의료진도 살 가망이 없다고 했다. 그에게 남은 것은 절망뿐이었다. 그러나 그 모든 절망을 이겨내고 건강도, 삶도 회복했다. 『지선아 사랑해』의 저자 이지선 이야기다. 그가 내놓은 『다시 새롭게 지선아 사랑해』에서 그는 삶, 고난, 기적, 감사, 사랑, 희망 등 두 번째 삶이 그녀에게 가져다준 여섯 가지 선물이라 했다. 그리고 하루에 한 가지씩 감사 찾기를 하도록 했다. 감사하면 삶이 달라진다는 것이다.

감사하라는 말은 많이 들었다. 하지만 실제의 삶에서 감사하며 사는 것은 쉽지 않다. 습관이 되어 있지 않기 때문이다. LA 주의 대법원 판사 존 크랠릭(John Kralik)이나 ABC 라디오 쇼의 진행자 데보라 노빌(Deborah Norville) 등은 감사의 습관이 얼마나 중요한가를 가르쳐주었다.

크랠릭은 아주 힘든 시기에 감사할 거리를 찾았다. 15개월 동안 365통의 감사편지를 쓰기 시작했다. 그 과정에서 그 안에서 놀라운 변화가 일어나는 것을 느꼈다. 그가 쓴 글 중에 이런 것이 있다.

하루는 서류철 안에서 분홍색 봉투 하나를 발견했다. 그 위에 빨간색 잉크로 '내 남편에게'라고 짧게 적혀 있었다. 그것은 21년 전에 이혼한 아내의 것이었다. 그 안에는 카드가 적혀 있었다. 메시지는 간단했다. "내가 당신을 사랑하도록 해줘요." 그 당시 이 글을 읽은 기억은 없다. 설사 읽었다 해도 그 뜻을 헤아리지 못했을 것이다. 하지만 감사편지를 쓰기 시작한 뒤에야 읽은 편지가 주는 의미는 남달랐다. 그는 말한다. "그 순간 거기서 누구라도 내가 흐느끼는 것을 볼 수 있었을 것이다." 감사하면 달라진다.

노빌은 자기뿐 아니라 주변의 위대한 성공은 "감사합니다"라는 말을 자주하는 사소한 습관에서 비롯되었다고 말한다. 이것은 감사의 힘이 얼마나 대단한 것인가를 보여준다. 그래서 그는 매일 잠깐의 시간을 내어 감사노트를 정리해보라 했다.

감사노트를 정리하면 유익한 점으로 크게 두 가지가 있다. 첫째, 오늘 잘된 일과 잘못된 일을 명확히 구분할 수 있다. 잘된 일을 통해 자신을 격려할 수 있고, 잘못된 일을 통해 반성하고 발전을 도모하게 된다. 둘째, 지나간 과거에서 벗어날 수 있도록 우리를 인도한다. '했어야 했는데', '그렇게 할 걸' 같은 지나간 과거에 대한 후회와 집착을 버리고 현재에 대해 긍정적이고 객관적으로 바라보는 시각을 갖게 된다. 우리가 가장 불행할 때는 바로 '과거의 잘못에 집착해 그것을 수시로 떠올리고 스스로 마음에 채찍질을 가하는 바로 그때'다.

두 사람 모두 작은 것부터 감사하라 한다. 크랠릭은 딸이 선물한 파란 땡땡이 무늬 갈색 넥타이를 매면서 이 넥타이가 자신의 어두웠던 어느 해의 마지막을 가장 환하게 밝혀주었던 선물이었음을 기억한다. 그리고 이 넥타이를 자주 매며 감사한다. 노빌은 그동안 잊고 지냈던 친구들이나 고마움을 제대로 표시해본 적 없는 부모님에게 감사 편지 한 통을 보내고, 하루하루 감사한 일들을 감사노트에 적고, 단 1분만이라도 웃으라 한다.

감사노트에 무엇을 적을까 염려하지 마라. 오늘따라 반갑게 맞아준 경비 아저씨의 아침 인사, 출근길에 우연히 마주한 천진난만한 아기 얼굴 등도 충분히 감사할 일이다. 소설을 창작하는 것도 아니니 무엇이든 나를 기분 좋게 만든 일을 적으면 된다. 노트에 감사한 일들이 쌓이다 보면 당신은 어느새 주위 모든 것에 감사하는 사람으로 변한다. 삶을 대하는 태도가 바뀌고, 무엇이든 할 수 있다는 긍정의 에너지로 차게 된다.

"감사합니다", "고맙습니다" 이 말을 하는 데 단 0.3초도 걸리지 않는다. 그러나 노빌은 0.3초의 습관이 큰 힘을 발휘한다고 말한다. 감사하다 말하고, 감사할 것을 노트에 쓰는 순간 행복이 시작된다. 변화가 시작된다. "감사하는 말을 하라(에베소서 5:4)." 삶에서 감사함을 넘치게 하라. 감사는 세상을 보다 밝은 눈으로 볼 수 있게 한다. 감사할 때 두려움도 물러간다. 일하는 태도도 달라지고, 스트레스를 이기는 힘도 강해진다. 다른 사람들로부터 관대하고 친절한 사람이라는 말을 듣고, 인생의 목표를 다시 세우며 그것을 이루기 위해 노력하게 된다. 가족관계도 돈독해진다. 이보다 좋은 보약이 어디 있겠는가. 감사를 습관화하라.

소통: 부부간에 소통이 문제라면

남들 앞에선 잉꼬부부인 것처럼 행세하지만 집안에선 등을 돌리고 사는 부부들이 꽤 있다. 잉꼬가 아니라 가면부부다. 심리학자 존 가트맨에 따르면 이혼의 네 가지 지름길이 있다. 비난, 방어, 경멸, 담쌓기다. 상대를 욕하는 것부터 일은 시작된다. 방어로 들어가면 자기는 잘못이 없고 '네 탓'이라 우긴다. 상대방에 실컷 모욕을 준 다음 담쌓기에 들어간다. 아예 대꾸도 하지 않는다. "그래 당신 잘났어. 혼자 실컷 떠들어라." 말이 끊기면 쌓인 정도 무너진다.

한국가정법률상담소가 서울가정법원, 서울남부지방검찰청 등으로부터 397명의 부부문제 사례를 분석한 결과 의사소통이 문제가 된 경우가 47.6%에 달했다. 특히 부부 사이의 원활하지 못한 의사소통이 가정폭력 원인 1순위였다. 주로 배우자에 대한 비난이나 무시, 모욕적인 발언, 폭언 등으로 인해 부부갈등이 쌓여 감정조절에 실패한 경우였다. 음주문제, 생활양식 및 가치관 차이, 의처증 또는 의부증, 경제적 갈등 등이 그다음을 이었다.

부부는 서로 잘 아는 사이인데 왜 소통이 어려울까? 거기에는 다 이유가 있다. 특히 어떤 유형의 말을 주고받는가에 따라 결과가 달라질 수 있다. 다음은 잘못된 유형의 보기들이다.

첫째, 설교형이다. 입만 열면 설교하려 든다. "육아는 여성들에게 지고지선의 가치지." 육아의 책임은 여성에게 있다는 말이다. 육아 책임이 어찌 부인에게만 있겠는가. 다 큰 어른인데 설교를 좋아하는 사람은 없다.

둘째, 논리적 논쟁형이다. "당신이 뭘 안다고 그래? 내 말은 학계에서도 증명된 이론이야." 명석한 논리로 말도 못 붙이게 한다. 대화의 싹마저 잘린다.

셋째, 해석형이다. "당신은 열등감이 많아서 처갓집을 좋아하지 않는 것 같아." 이미 결론을 내놓고 말하니 진전이 안 된다. 듣는 사람이 점점 열 받는다.

끝으로, 동정형이다. "당신이 돈 많이 못 벌어서 주눅 들어 있는 거다 알아." 이해해주는 말처럼 들리지만 화나게 한다. 내가 그런 존재밖에 되지 않는다니.

말이 안 통하면 이성은 저리 가고 점점 목소리가 높아진다. 그러다둘 사이에 금이 가기 시작한다. 싸워도 한 가지 잊지 말아야 할 것이있다. '가장 한심한 남편은 아내와 싸우고 이긴 사람이다'는 말이다. 남편들이여, 아무리 화가 나도 아내를 이기려 들지 마시라. 오히려 차원 높은 소통방법으로 상대를 감격하게 만들라. 당신이 가장 사랑하는 사람 아닌가.

기처가가 되라는 말이 있다. 기처가란 아내를 기절시키는 사람이다. 아내를 어떻게 기절시킬 수 있을까? 답은 의외로 가까이 있고, 간단하다. 다음은 몇 가지 팁이다.

첫째, 서로 보물로 여기라. 상대방을 지배하려 들지 말자. 상대방을 서로 보물로 알고 닦아준다. 보물은 닦아줄수록 빛이 난다.

둘째, 낮은음 자리를 택하라. 사랑할 때 목소리를 낮추지 않았는가. 높은음 자리를 피하고 낮은 목소리로 속삭이라. 그리고 말없이 껴안아주라. 상처가 여문다.

셋째, 함께 기도하라. 하나님 앞에 서면 겸손해질 수밖에 없다. 하나님을 사랑하고 가정을 위해 함께 기도하라. 기쁨과 아픔도 함께 나누라. 깊게 달라진다.

넷째, 부부만의 시간도 필요하다. 주말에 아이들과 함께한다고 종일 붙어 있는 것은 비효율적이다. 두세 시간 집중해서 놀아준 뒤에는 부부 둘만의 시간을 갖는다. 각자의 취미를 즐겨도 좋고, 부부가 함께 집 근처로 산책을 나서도 좋다.

끝으로, 아내에게도 휴일을 허하라. 한 달에 한 번 정도 아내만의 주말을 제공한다. 하루 종일이나 힘들면 반나절만이라도 자유 시간을 주라. 그 시간 아이는 아빠와 지내는 것으로 더욱 가까워질 수 있다.

남편이 의지를 갖고 하나씩 실천해나가려는 것만 보아도 아내는 감동한다. 소통은 내가 어떻게 하느냐에 달려 있다. 가정이 화평해야 나라가 산다. 남 말 하지 말고 나부터 실천해야겠다.

서방님: 호칭보다 본분이 중요하다

　장가를 갔을 때부터 흔히 들었던 말이 있다. '양 서방'이다. 장인, 장모님은 말할 것 없고 처가 식구의 어르신들은 나를 그렇게 불렀다. 그래서 내 호칭은 '양 서방'이 되었다. 나도 장가온 아래 동서들을 향해 '김 서방', '백 서방', '조 서방'이라 불렀다. 동서들도 이름 대신 모두 서방으로 바뀌었다. 서방은 처가에서 아랫사람을 부르는 칭호가 되어 있었다.

　그런데 서방님은 어디서, 누가 부르느냐에 따라 의미와 격이 다르다. 사전을 보니 서방님은 역사적으로 벼슬이 없는 양반가의 젊은이를 높여 부르던 말이었다고 한다. "어제 서방님께서 다리를 다치셨습니다." 그 말로라도 위안을 받으라는 것인가. 그뿐 아니다. 서방님은 남편을 높여 이르던 말이다. "서방님, 오늘은 집에 일찍 들어오실 거지요?" 요즘에도 남편을 예스럽게 높여 이를 때 이 단어를 사용한다.

　그런데 놀라운 것은 결혼한 시동생을 가리키거나 부를 때 서방님이라 한다는 것이다. 결혼을 하지 않았을 때는 '도련님'이라 하지만 결혼한 다음에는 '서방님'이라 한다. 남편만 서방님으로 모시고 있는 아내가 시동생에게 갑자기 '서방님' 하려니 입이 떨어지지 않을 것이다. 하지만 그렇다니 어쩌겠는가. 연습이 필요하다.

서방은 어떻게 유래되었을까? 가장 유력한 설은 책을 읽는 방(書房)론이다. 남자들이 책을 읽고 공부했다는 것에 의미를 둔 것인데, 그 옛날 남편이든 시동생이든 출세를 위해 글방에서 책을 읽는 사람으로 친 것이다. 이 단어 하나로도 남자들이 과거시험에 얼마나 집착했는가를 보여준다. 합격만 하면 집안의 위세와 격이 달라졌기 때문이리라.

또 다른 주장은 서방(西房)론이다. 이것은 처가살이와 관련이 있다. 조선시대 초기만 해도 남자가 장가를 들면 부인이 아이를 거의 다 낳을 때까지 처가에서 살았다 한다. 처가살이를 한 것이다. 사위가 묵을 방은 주로 집에서 서쪽에 위치해 있어서 사위가 묵는 방을 '서방'이라 했다. 처가 어른은 사위를 '서방'이라 했고, 그 집안의 하인들은 '서방님'이라 했다. 이런 경우 처가에서 부른 서방과 본가에서 부른 서방은 차이가 있다. 같은 서방을 놓고 본가나 처가에서 느낌이 다른 탓이리라.

한데 예절을 따지는 사람들 가운데 서방님이란 말을 절대로 사용해서는 안 된다는 주장이 있어 눈길을 끈다. 왜 그럴까? 이 말은 하인들이 장가든 상전을 부르던 노비언어였기 때문이라는 것이다. 서방님이란 말은 노비가 상전 앞에서만 쓰던 것인데, 만일 상대를 가리켜 '서방님'이라 했다면 그것은 자신이 스스로 노비의 후손임을 밝히는 꼴이라는 것이다. 그 말 하나로 자기의 신분과 급이 급전직하한다.

그들 주장에 따르면 하인이 상전 남자를 부를 때 상대가 총각이면 '도령님', 장가를 든 경우 '서방님', 그리고 50세 정도가 되면 '샌님'이라 했다. 그러니 세 단어 모두 입에 올리기 민망하다. 어디 그뿐이랴. 상전 처녀를 '아씨'라 하고, 그가 시집을 가면 '○○ 애씨'라 했으며,

상전 며느리를 '마님'이라 했다. 이것도 노비언어에 속한다. 상하관계가 뚜렷한 시대에 이 말은 하등 문제가 되지 않았지만 시대가 달라진 지금 그 말을 사용하는 자체가 문제라는 것이다. 그러고 보니 이런 단어는 사극에서 자주 등장하지 않던가.

어찌 되었든 서방이나 서방님은 지금 장가간 한국 남성의 대명사다. 시대가 변했다 해도 이런저런 모양으로 이 단어를 사용하고 있고, 달리 부를 마땅한 칭호도 찾기 어렵다. 그렇다고 서양처럼 이름을 부를 수는 더더욱 없다. 이것은 한국의 서방들이 그만큼 애매한 존재라는 의미도 된다. 이럴 때 남이야 나를 어떻게 부르든 내게 주어진 일만 열심히 하면 되지 않겠는가. 제 본분과 역할을 다할 때 그에 따른 합당한 호칭도 따라올 것이다. 한국의 남자들이여, 힘내시라. 지금은 호칭보다 본분이 중요한 때다.

● ● ●

치매: 함께하면 이길 수 있다

요즘 부쩍 치매에 대한 관심이 높아지고 있다. 그전에 관심이 없었던 것은 아니지만 우리 사회가 고령화 사회로 접어들다 보니 여기저기서 치매환자가 늘어가고, 이에 대한 대책이 절실해졌다.

나의 어머님은 만으로 90을 넘으셨다. 곧 92세가 되신다. 지난번 미국을 찾아가 뵈었을 땐 대화가 잘되어 기뻤다. 하지만 동생의 말로는, 80%는 정상 대화가 가능하고 20%는 먼 과거로 돌아가 말씀하신다 하였다. 외할아버지 돌아가신 때가 반세기가 넘었는데도, 그분이 방금 돌아가신 것처럼 말씀하며 우신다. 고운 치매라고 말들 하지만 형제들은 오늘도 어머님이 무슨 말씀을 어떻게 하실지 초조해한다. 가까이 있는 동생들의 수고가 이만저만이 아니다.

우리가 보통 치매(癡呆)라 하지만 그 뜻을 굳이 따지지 않아서 그렇지 그것은 사용하기가 매우 부적절한 단어다. 어리석을 치 자에 어리석을 매 자이기 때문이다. 두 번이나 어리석다 하니 부르기도 민망하다. 그 뜻을 아는 사람이라면 듣는 이도 매우 거북할 것이다. 차라리 예부터 어른들이 사용한 노망(늙어서 잊어버리는 병)이나 망령(영을 잊는 병)이 더 낫다.

2000년대에 들어와 일본에서는 인지증, 대만에서는 실지증, 홍콩에서는 노퇴화증으로 이름을 바꾸었다. 우리나라에서도 인지장애, 인지저하증 등으로 바꾸자는 운동이 일어나고 있다. 치매는 인지능력이 떨어짐으로 나타나는 자연스러운 현상이기 때문에 사실 감추거나 부끄러워할 이유가 없다.

치매를 나타내는 영어는 demantia다. 이것은 '마음이(ment) 지워지는(de) 병(ia)'이라는 뜻을 가지고 있다. 그래서 아무 생각이 나지 않을 때 머리가 하얘졌다고 말하듯 하얀 마음으로 돌아가는 병, 곧 백심증(白心症)이라 하면 좀 더 품위 있는 이름이 될 것이라 한다.

의사들에 따르면 치매는 나쁜 단백질인 아밀로이드(amyloid) 때문에 발생하는데, 이것이 뇌척수액을 떠나 뇌에 들러붙어 문제를 일으킨다. 치매진단을 하기 위해 주로 양성자방출단층촬영(PET) 검사나 뇌척수액 측정법을 사용한다. PET 검사를 해보면 아밀로이드가 뇌에 침착해 있는 것을 발견할 수 있다. 또 머리에서 뇌를 떠받드는 뇌척수액을 측정해 아밀로이드 농도가 낮으면 치매될 가능성이 높은 것으로 진단한다. 아밀로이드 농도가 낮아졌다는 것은 아밀로이드가 뇌척수액을 떠나 뇌어 들러붙었다는 말이다. 따라서 뇌척수액의 아밀로이드 농도는 낮아지고, 뇌에 침착된 아밀로이드는 많아진 것이다.

치매 초기엔 중요한 일을 잊어 일처리가 늦어지는 사건이 발생하고, 가스 불 끄는 것을 잊거나 계획했던 집안일마저 까먹는 일이 반복된다. 잊고 있던 일을 주변사람들이 알려줘도 전혀 기억이 나지 않는다 말하고, 전에 비해 참을성이 없어져 화를 자주 낸다. 특별한 이유 없이 불안하고 긴장하기도 한다. 이런 정도는 약과다. 우울증부터 보이는 가성치매도 있다.

인지에 장애가 생기고 기억력이 감퇴해도 뇌세포는 80% 정상 완치율이 가능하다고 한다. 빨리 발견하면 치유할 수 있다는 말이다. 문제는 내가 무슨 치매냐며 애써 외면하는 자신, 그리고 치매 사실이 알려지는 것을 부끄러워하는 식구들의 태도부터 고칠 필요가 있다.

약물치료도 있고, 여러 의학적 치료도 필요하지만 사람들을 자주 만나 대화하고, 함께 취미생활도 하고 봉사하면서 살면 크게 도움이 된다고 한다. 사람과 일이 약인 셈이다. 나아가 섭생에도 주의한다. 생선이나 견과류는 가까이하고 맵고 짠 것은 멀리하는 것이 치매를 예방하는 식사법이다. 뇌 혈류량을 증가시키는 음식(현미, 보리, 통밀 등 도정이 안 된 곡물, 피스타치오 등 견과류, 우유, 치즈), 항산화 효과로 뇌세포 손실을 방지하는 음식(블루베리, 토마토, 마늘, 양파, 시금치, 종합비타민제), 그리고 손상된 신경세포를 복구하는 음식(연어, 정어리, 참치, 고등어 등 오메가3 지방산 함유생선)이 추천 대상이다.

사람은 누구나 늙어간다. 치매를 앓을 확률도 점점 높아지고 있다. 미국 대통령 레이건, 노벨 문학상 수상 작가 마르케스도 치매에 걸렸다. 우리도 얼마든지 걸릴 수 있다. 문제는 이에 대한 두려움에 지레 사로잡히지 말고, 우리 모두 지혜를 모아 합리적으로 대처방법을 찾아야 한다. 의료적인 것은 의사에게 맡기더라도, 식구나 친구 모두 함께 이겨낼 수 있는 지혜를 모을 차례다. 함께하면 이길 수 있다.

●●●

버냉키: 누가 등록금을 대줬는지 기억하라

오늘 아침엔 미국 중앙은행 총재인 벤 버냉키 연방준비제도이사회 (FRB) 의장이 프린스턴 대학 졸업식에서 한 연설이 기사로 떴다. 이 대학 경제학과 교수를 하다 10여 년 전 FRB 의장이 되었다. 어떻게 하면 교수회의를 빠질까 궁리하고 있었는데 마침 FRB로부터 전화 연락이 왔다며 인생은 예측할 수 없는 경이로움이라 했다. 늘 근엄하게 보이던 그가 유머가 넘치다니 놀랍다.

그의 연설문을 보면 여기저기 공감되는 부분이 많다. 그중에 하나가 등록금 문제다. 그는 혹시 양적완화에 대해 어떤 말을 할까 궁금해하는 사람들 앞에 이것과는 전혀 다른 미국 명문 사립대학의 살인적인 등록금 문제를 언급했다.

어느 날 친구가 그에게 말했다. "세 자녀를 모두 아이비리그에 보내는 건 매년 새 캐딜락을 사자마자 절벽으로 밀고 가서 떨어뜨리는 심정이다." 그만큼 재정적 부담이 크다는 말이다. 나도 둘째가 주립대학에 다니다 사립대학으로 옮겨 달라 해서 두 해 동안 허리띠 졸라맨 기억이 새롭다.

그는 이처럼 값비싼 등록금을 내가며 선택된 엘리트 교육을 받은 프린스턴 졸업생들이 금과옥조처럼 새겨야 할 충고를 했다.

"우리는 (프린스턴 대학과 같은) 능력지상주의 학교와 사회는 공정하다고 배웠습니다. 완벽하게 능력 위주로 굴러가지는 않는다는 게 현실이지만 능력지상주의가 다른 방안보다 더 공정하고 효율적인 것도 사실입니다."

그다음 질문이 예사롭지 않다.

"진짜로 그럴까요?"

실제로는 상대적으로 더 유복한 가족의 지원과 부족하지 않은 (부모의) 소득 혜택을 입은 사람들이 능력지상주의 사회에서 더 혜택을 받고 있지 않느냐고 꼬집었다. 공정하지 않았다는 것이다. 자네들은 더 혜택을 받았다는 말이다.

이어 버냉키는 학생들에게 주문을 했다.

"정규 교육을 제대로 받지는 못했지만 가족들에게 의식주를 제공하고 교육기회를 준 사람(부모)들이 겉보기에 성공한 사람들보다 더 많은 존경을 받아야 합니다. 이들은 소박한 술 한 잔에도 즐거움을 느끼는 사람들이죠."

어려운 환경에도 불구하고 자녀 교육을 위해 희생한 부모에게 감사하도록 했다. 그러곤 부모님께 자주 전화할 것을 부탁했다.

"이제 막 졸업하는 여러분도 언젠가는 아이들한테서 걸려오는 전화를 받고 싶어 할 때가 올 것입니다. 누가 대학 등록금을 내줬는지 꼭 기억하시기 바랍니다."

졸업생들은 그의 연설에 공감하고 부모의 노고에 감사했을 것이다. 한국의 부모들은 어려운 시기에 자녀들을 대학에 보냈다. 온갖 일을 마다하지 않았다. 그것이 어려우면 소도 팔고 논도 팔았다. 오죽하면 상아탑을 우골탑이라 했을까. 한국에 대학 졸업생이 많다는 것은 그만큼 부모의 노고가 컸음을 보여준다. 한 형제를 졸업시키기 위해 다른 형제들이 희생을 해야 하는 경우도 많았다.

대학을 졸업하고 나면 언제 그랬는가 싶을 정도로 부모를 잊는다. 사회생활을 하게 되면 더 그렇다. 그래도 부모는 자식이 뒤지지 않고 살아가는 것을 보며 위안을 삼는다. 우리 모두 이런 부모가 있었기에 오늘의 우리가 있는 것 아니겠는가. 부모를 생각할 때마다 우리는 말한다. "당신이 있어 행복했노라고. 정말 감사하다고." 굳이 등록금이 아니더라도, 부모가 아니더라도 우리를 위해 희생한 사람들의 노고와 아픔을 기억하는 것은 도리가 아니겠는가. 감사를 잊지 않는 것은 경제학 강의보다 귀하다.

맹장: 필요 없는 장기는 없다

맹장(盲腸, cecum)은 소장과 대장 사이에 있는 길이 6~10센티미터의 막힌 주머니 모양의 조직이다. 사람들은 우리 몸에 필요 없는 장기로 이 맹장을 꼽는다. 왜 그런 생각을 하게 되었을까? 원인 제공자로 먼저 다윈을 꼽는다.

진화론자인 그는 인간이나 고릴라와 같은 영장류들이 맹장을 가지고 있었지만 식생활이 바뀌면서 점차 기능을 잃고 퇴화한 모습으로 남아 있다고 주장했다. 원시조상들이 자연에서 거친 나뭇잎을 먹고 살아야 했을 때 셀룰로오스를 분해해 소화를 돕는 세균이 필요했는데, 그 균들이 모인 곳이 바로 맹장이었다는 것이다. 하지만 과일처럼 소화가 쉬운 음식을 주로 먹게 되면서 맹장의 역할이 줄어들고 지금과 같이 퇴화되었다는 것이다. 이런 생각이 150년을 지배했다.

자연히 퇴화의 흔적이 된 맹장을 떼어낸들 문제가 없다는 생각이 팽배하게 되었다. 맹장염을 앓으면 사람들은 주저하지 않고 그것부터 떼어냈다. 심지어 다른 수술을 할 때 덤으로 떼어내기도 했다. 천덕꾸러기 신세가 된 것이다.

그런데 시간이 가면서 맹장 유용론이 고개를 들기 시작했다. 다윈의 사고에 반기를 든 것이다. 최근 미국 과학자들은 맹장은 영장류뿐 아니라 여러 다양한 동물에게서 발견되며 지금도 면역체계를 유지하는 역할을 하고 있다고 주장했다.

특히 듀크대 의대 윌리엄 파커 교수 연구진은 식성이 다른 동물 361종을 조사해 50종이 맹장을 갖고 있음을 발견했다. 몸집이 큰 영장류에게만 있다는 종전의 생각과는 달리 비버, 코알라, 호저 등도 맹장을 가지고 있었다. 초식동물의 경우 육식동물에 비해 아주 긴 맹장을 가지고 있다. 예를 들어, 코알라는 자신의 몸길이의 세 배쯤 되는 긴 맹장을 가지고 있다. 이것은 초식동물에게는 맹장이 꼭 필요한 기관이라는 것을 보여준다.

이 동물들의 진화과정에서 최소한 32차례에 걸쳐 맹장이 발달했다는 것도 알아냈다. 식성의 변화에 따라 맹장이 퇴화했다는 종래의 주장도 별 연관성이 없는 것으로 판명되었다. 과학의 이름으로 단정되던 것이 과학의 이름으로 단죄된 형국이다.

맹장은 무슨 일을 할까? 이 연구 결과 면역 체계를 유지하는 장내세균에 있어서 맹장은 일종의 안가 역할을 한다. 장내세균은 소화기관에서 병원균의 성장을 억제한다. 하지만 병원균이 갑자기 늘면 감당하기 어렵다. 이때 잠시 맹장으로 피신했다가 인체 면역 체계가 힘을 되찾았을 때 다시 나와 장내세균 군집을 복원한다는 것이다. 적군이 인해전술로 밀고 오면 맹장으로 작전상 후퇴했다가 때를 노려 반격하는 것이다.

맹장의 역할은 이것뿐만이 아니다. 다른 연구 결과에 따르면 소장의 끝부분인 회장(回腸)과 맹장 사이에 회장맹장판막(回腸盲腸瓣膜)이 있다. 이것이 대장으로 내려가는 내용물의 속도를 조절하며 또 대장

내용물이 소장으로 역류하는 것을 막아준다. 맹장은 또한 소장에서의 소화와 흡수가 끝난 뒤에도 남아 있는 수분과 염분을 흡수하고 내용물을 점액과 섞어준다. 맹장의 안은 두꺼운 점막으로 되어 있어 수분과 염분이 흡수되며 점막 밑에는 근육층이 있어서 내용물을 휘젓고 반죽하는 운동을 한다.

맹장은 우주여행 때 몸의 균형을 잡아준다는 주장도 있다. 이것이 사실이라면 맹장을 뗀 사람은 우주여행에서 심각한 장애를 겪게 될 것이다.

그런데 한 가지 놀라운 사실. 우리가 아는 맹장수술은 실제 맹장수술이 아니라는 것이다. 대부분의 맹장수술이라고 불리는 수술은 급성이나 만성의 충수염으로 염증이 터질 때 복막염을 일으킬 우려가 있어 미리 충수를 제거해주는 것이다. 충수는 맹장 제일 끝 쪽에 있다. 맹장수술이 아니라 충수제거수술이다. 그러니 수술을 했다 해도 맹장이 그대로 있으니 확인하기 바란다. 휴, 다행이다. 하나님이 만드신 장기다. 이 세상에 필요 없는 장기는 없다. 옛날 전쟁터에서 용감무쌍한 장수를 맹장이라 했다고? 그 맹장은 아니지.

윤동주: 별이 있어 아름다운 세상을

　<윤동주, 달을 쏘다> 윤동주가 뮤지컬에 올랐다. 그의 시집 『하늘과 바람과 별과 시』만 알았던 우리에게 그의 삶이 뮤지컬로 등장한 것이다. 늦게나마 그의 삶이 재조명되었다는 점에서 우선 반갑다.

　윤동주에게 있어서 별은 많은 의미를 담고 있다. 그의 시 「별 헤는 밤」을 보자.

> 별 하나에 추억과
> 별 하나에 사랑과
> 별 하나에 쓸쓸함과
> 별 하나에 동경과
> 별 하나에 시와
> 별 하나에 어머니, 어머니

　별 하나하나에 의미를 부여하자면 그 수많은 별을 언제 다 헬까 싶다. 잊을 수 없는 것은 그래도 별 하나에 시를 달아주었다는 것이다. 그 별에 가면 그의 시를 더 읽을 수 있지 않을까 기대해본다.

　그런데 김승옥은 시를 이렇게 정의했다. "시는 하늘에 뿌려놓은 별과 같다." 얼마나 멋진 말인가. 그 말 자체가 시다. 이젠 시 자체가 별이 되었다. 아름다운 시만큼이나 하늘의 별들도 아름답다. 그래서 어떤 사람들은 별을 안고 살아가나 보다.

별 하면 잊을 수 없는 인물이 또 하나 있다. 그 자신이 별인 스티븐 호킹이다. 아인슈타인 이후 최고의 이론물리학자로 손꼽히는 그는 2012년 런던 장애인올림픽에서 다음과 같이 축사를 했다.

"우리는 모두 다릅니다."

그의 등장에 경기장이 떠나갈 듯 함성을 질러대던 8만 관중이 숨을 죽이며 그의 말을 경청하기 시작했다.

"'표준적인 인간'이나 '평범한 인간'이란 존재하지 않습니다. 그러나 우리는 공통적으로 창의적인 능력을 지니고 있습니다. 삶이 아무리 힘들더라도 모든 사람에겐 특별한 성취를 이뤄낼 힘이 있습니다. 발을 내려다보지 말고 별을 올려다보세요. 눈에 보이는 모든 것을 이해하려고 시도해보세요. 호기심을 가지세요! 인간의 노력엔 한계가 없습니다. 이보다 세상에 더 특별한 일이 있겠습니까!"

발을 내려다보지 말고, 별을 올려다보라 말하는 그에게 관중들은 일제히 박수를 보냈다. 그리고 인간의 노력에는 한계가 없을 것이라는 그의 말에 공감했다.

인간은 별을 바라보는 존재다. 시편 기자도 별을 바라보았다. "주께서 만드신 하늘, 그곳에 두신 달과 별, 내가 신기한 눈으로 바라봅니다(시편 8:3)." 어제도 보았고, 오늘도 보고, 내일도 그것을 신비롭게 바라볼 것이다. 그런데 사람들은 왜 별을 바라볼까? 아름답게 반짝이기 때문이다. 희망을 주기 때문이다.

지구는 우주에서 최고로 아름다운 별이다. 오늘도 지구는 반짝이며 밤하늘을 수놓을 것이다. 아니, 우리 한 사람 한 사람 모두 이 땅에 심어진 아주 독특한 별(Younique star)이다. 별이라면 마땅히 빛을 내야 할 것이다. 바라볼 별이 있어 아름다운 세상, 그 세상을 우리가 만들어야 한다. 윤동주로 계속 별을 헤게 하자.

생각의 숲

초판인쇄   2014년 7월 7일
초판발행   2014년 7월 7일

지은이   양창삼
펴낸이   채종준
펴낸곳   한국학술정보㈜
주소   경기도 파주시 회동길 230(문발동)
전화   031) 908-3181(대표)
팩스   031) 908-3189
홈페이지   http://ebook.kstudy.com
전자우편   출판사업부 publish@kstudy.com
등록   제일산-115호(2000. 6. 19)

ISBN   978-89-268-6449-4 03810

이담 는 한국학술정보(주)의 지식실용서 브랜드입니다.